O FALCÃO MALTÊS

DASHIELL HAMMETT

O FALCÃO MALTÊS

Tradução de Rubens Figueiredo

www.lpm.com.br
L&PM POCKET

Coleção **L&PM** POCKET, vol. 1368

Texto de acordo com a nova ortografia.
Título original: *The Maltese Falcon*

Este livro foi publicado em formato 14x21cm, pela L&PM Editores, em 2017
Primeira edição na Coleção **L&PM** POCKET: agosto de 2024

Tradução: Rubens Figueiredo
Capa: Ivan Pinheiro Machado
Preparação: Guilherme da Silva Braga
Revisão: Nanashara Behle

CIP-Brasil. Catalogação na publicação
Sindicato Nacional dos Editores de Livros, RJ.

H191f

Hammett, Dashiell, 1894-1961
O falcão maltês / Dashiell Hammett ; tradução Rubens Figueiredo.
– 1. ed. - Porto Alegre [RS]: L&PM, 2024.
304 p. ; 18 cm. (L&PM POCKET)

Tradução de: *The maltese falcon*
ISBN 978-65-5666-506-1

1. Ficção americana. I. Figueiredo, Rubens. II. Título. III. Série.

24-92822 CDD: 813
CDU: 82-31(73)

Gabriela Faray Ferreira Lopes - Bibliotecária - CRB-7/6643

Rua Comendador Coruja, 314, loja 9 – Floresta – 90.220-180
Porto Alegre – RS – Brasil / Fone: 51.3225.5777

PEDIDOS & DEPTO. COMERCIAL: vendas@lpm.com.br
FALE CONOSCO: info@lpm.com.br
www.lpm.com.br

Impresso no Brasil
Inverno de 2024

Sumário

1. Spade & Archer ... 9
2. Morte no nevoeiro ... 20
3. Três mulheres ... 37
4. O pássaro negro ... 48
5. O levantino ... 65
6. O espião baixinho ... 74
7. G. no ar ... 86
8. Conversa fiada ... 102
9. Brigid ... 114
10. O divã do Hotel Belvedere ... 125
11. O gordo ... 140
12. Carrossel ... 154
13. O presente do imperador ... 167
14. La Paloma ... 179
15. Todos os malucos ... 191
16. O terceiro assassinato ... 206
17. Noite de sábado ... 220
18. O bode expiatório ... 235
19. O toque do russo ... 257
20. Se enforcarem você ... 283

Para Jose

1. Spade & Archer

O maxilar de Spade era largo e ossudo, seu queixo era um V muito pronunciado, abaixo do V mais suave, formado pela boca. As narinas se arqueavam para trás para formar um outro V, menor. Os olhos amarelo--cinzentos eram horizontais. O tema do V era retomado pelas sobrancelhas um tanto peludas que se erguiam a partir de duas rugas gêmeas acima do nariz adunco, e o cabelo castanho-claro tombava – de suas têmporas altas e retas – em uma ponta, por cima da testa. De modo bem ameno, ele parecia um satã louro.

Disse para Effie Perine:

– O que é, meu bem?

Effie era uma moça magricela, queimada de sol, cujo vestido cor de bronze, feito de lã fina, colava no corpo e criava um efeito de umidade. Tinha olhos castanhos e marotos em um rosto radiante e juvenil. A moça acabou de fechar a porta atrás de si, recostou-se nela e disse:

– Tem uma garota que quer falar com você. O nome dela é Wonderly.

– Uma cliente?

– Acho que é. Mas você vai querer falar com ela, de um jeito ou de outro: ela é de tirar o fôlego.

– Mande logo entrar, querida – disse Spade. – Mande logo entrar.

Effie Perine abriu a porta de novo, puxou-a atrás de si ao voltar para a sala de espera e parou segurando a maçaneta enquanto dizia:

– Por gentileza, poderia entrar, senhorita Wonderly?

Uma voz respondeu "obrigada" com tanta suavidade que apenas a articulação cristalina tornou as palavras inteligíveis, e uma jovem transpôs a porta. Ela avançou devagar, com passos hesitantes, fitando Spade com olhos azul-cobalto que eram ao mesmo tempo tímidos e penetrantes.

Era alta e elasticamente esguia, sem nada de anguloso em parte alguma. Tinha o corpo empertigado, os seios empinados, as pernas compridas, as mãos e os pés pequenos. Vestia dois tons de azul, escolhidos por causa da cor dos olhos. O cabelo, que descia em cachos por baixo do chapéu azul, era de um vermelho escuro enquanto os lábios carnudos eram de um vermelho mais brilhante. Dentes brancos reluziam na meia-lua que seu sorriso tímido formava.

Spade ergueu-se e curvou-se em cumprimento, apontando com a mão de dedos grossos a cadeira de braços, feita de carvalho, ao lado da escrivaninha. A moça não tinha menos de um metro e oitenta de altura. A rampa íngreme e arredondada dos seus ombros dava ao seu corpo o feitio quase de um cone – a largura igual à profundidade – e impedia que seu casaco cinzento recém-passado caísse muito bem nela.

A srta. Wonderly disse, num sussurro:

– Obrigada – suavemente, como antes, e sentou-se na beirada do assento de madeira da cadeira.

Spade afundou na sua cadeira giratória, deu um quarto de volta para se pôr de frente para ela, sorriu educadamente. Ele sorria sem separar os lábios. Todos os Vs de sua cara ficaram mais compridos.

Os estalidos, o sininho agudo e o rumor abafado da datilografia de Effie Perine soavam através da porta fechada. Em algum ponto, num dos escritórios vizinhos, um motor elétrico vibrava um som surdo. Sobre a escrivaninha de Spade, um cigarro molenga ardia em um cinzeiro de latão cheio dos restos de outros cigarros molengas. Ásperos flocos cinzentos de cinzas de cigarro pontilhavam o tampo amarelo da escrivaninha, o mata-borrão verde e os papéis que estavam ali. Uma janela protegida por uma cortina cor de camurça, com uma abertura de vinte ou vinte e cinco centímetros, deixava vir do pátio uma corrente de ar com um leve cheiro de amônia. As cinzas sobre a escrivaninha se contorciam e rastejavam na corrente de ar.

A srta. Wonderly observou os flocos cinzentos se contorcerem e rastejarem. Seus olhos estavam inquietos. Ela sentou-se bem na beirada da cadeira. Seus pés estavam firmemente apoiados no chão, como se estivesse prestes a se levantar. As mãos, metidas em luvas escuras, cingiam contra o seu colo uma bolsa achatada e escura.

Spade balançou-se para trás na cadeira e perguntou:

– E, então, em que posso ser útil, senhorita Wonderly?

Ela tomou fôlego e olhou para ele. Engoliu em seco e disse, apressada:

– Você poderia...? Pensei que... eu... isto é... – Em seguida, torturou o lábio inferior com os dentes cintilantes e não disse nada. Agora, apenas os olhos escuros falavam, numa súplica.

Spade sorriu e fez um gesto afirmativo com a cabeça, como se a entendesse perfeitamente, porém da maneira mais afável do mundo, como se não houvesse nada de sério a ser tratado. Falou:

– Acho que o melhor é a senhorita me contar tudo desde o início e então vamos saber o que é preciso fazer. É melhor começar bem lá de trás, o mais que puder.

– Foi em Nova York.

– Sim.

– Não sei onde ela o conheceu. Quer dizer, não sei em que lugar de Nova York. Ela é cinco anos mais nova do que eu, tem só dezessete anos, e não temos os mesmos amigos. Creio que nunca fomos tão ligadas quanto as irmãs costumam ser. Mamãe e papai estão na Europa. Uma coisa dessas iria matá-los. Tenho de trazê-la de volta antes que eles voltem para casa.

– Sim – disse ele.

– Eles voltam no dia primeiro.

Os olhos de Spade brilharam.

– Então temos duas semanas – disse ele.

– Eu não sabia o que ela havia feito, até que chegou a carta. Fiquei histérica. – Seus lábios tremeram. As mãos esmagaram a bolsa escura no seu colo. – Eu tinha medo demais de que houvesse feito alguma coisa para me atrever a procurar a polícia, e o medo de que alguma coisa ruim tivesse acontecido a ela me impelia o tempo todo a dar parte na polícia. Não havia ninguém a quem pudesse pedir um conselho. Eu não sabia o que fazer. O que podia fazer?

– Nada, é claro – disse Spade. – Mas aí chegou uma carta dela.

– Sim, e eu lhe enviei um telegrama pedindo que viesse para casa. Eu o enviei para a posta-restante daqui. Foi o único endereço que ela me deu. Esperei uma semana inteira, mas não veio resposta, não veio mais nenhuma palavra dela. E o regresso do papai e da mamãe estava cada vez mais perto. Então vim para São Francisco buscá-la. Eu escrevi a ela avisando que vinha para cá. Não devia ter feito isso, não é?

– Talvez não. Nem sempre é fácil saber o que fazer. Não a encontrou?

– Não, não encontrei. Escrevi e disse que ia para o Hotel St. Mark e implorei que ela também fosse para lá, que me deixasse conversar com ela, mesmo que não tivesse a intenção de voltar para casa comigo. Mas ela não apareceu. Esperei três dias, e ela não veio, nem sequer me mandou uma mensagem.

Spade fez um gesto afirmativo com a cabeça loura de satã, franziu as sobrancelhas em sinal de compreensão e comprimiu os lábios um contra o outro.

– É horrível – disse a srta. Wonderly, tentando sorrir. – Eu não podia ficar lá parada, daquele jeito, só esperando, sem saber o que havia acontecido a ela, o que podia estar acontecendo. – Ela parou de tentar sorrir. Estremeceu. – O único endereço que eu tinha era o da posta-restante. Fiquei lá até depois do anoitecer, mas não a vi. Fui lá de novo esta manhã e ainda não vi Corinne, mas vi Floyd Thursby.

Spade, de novo, fez um gesto afirmativo com a cabeça. O franzido das sobrancelhas desapareceu. No lugar disso, veio uma expressão de atenção penetrante.

– Ele não me disse onde Corinne estava – prosseguiu ela, desamparada. – Não me contou nada, exceto que Corinne estava bem e feliz. Mas como posso acreditar nisso? É o que ele me diria de qualquer forma, não é?

– Claro – concordou Spade. – Mas pode ser verdade.

– Espero que seja. Espero mesmo que seja – exclamou ela. – Mas não posso voltar para casa desse jeito, sem ter visto Corinne, sem ter nem falado com ela por telefone. Ele não me levou até onde ela estava. Disse que ela não queria me ver. Não consigo acreditar nisso. Floyd prometeu dizer a ela que estivera comigo e depois trazer

Corinne para me ver, se ela quisesse vir, esta noite, no hotel. Disse que sabia que ela não ia querer. Prometeu que ele mesmo viria, se ela não viesse. Ele...

Interrompeu-se levando à boca a mão assustada, quando a porta se abriu.

O homem que havia aberto a porta deu um único passo para dentro do gabinete e disse:

– Ah, me desculpe! – Apressadamente, tirou o chapéu marrom da cabeça e recuou.

– Não faz mal, Miles – disse Spade. – Entre. Senhorita Wonderly, este é o senhor Archer, meu sócio.

Miles Archer entrou de novo no escritório, fechou a porta atrás de si, baixou a cabeça em um cumprimento, sorrindo para a srta. Wonderly, e fez um vago gesto de cortesia com o chapéu na mão. Era de altura mediana, compleição forte, ombros largos, pescoço maciço, com um rosto jovial, vermelho, de queixo firme e um tom levemente grisalho no cabelo bem aparado. Parecia ter passado dos quarenta o mesmo número de anos que Spade tinha passado dos trinta.

Spade disse:

– A irmã da senhorita Wonderly fugiu de Nova York com um sujeito chamado Floyd Thursby. Estão aqui. A senhorita Wonderly esteve com Thursby e tem um encontro marcado com ele esta noite. Talvez ele traga a irmã dela junto. O mais provável é que isso não aconteça. A senhorita Wonderly quer que nós encontremos sua irmã, afastemos a moça do sujeito e a levemos de volta para casa. – Olhou para a srta. Wonderly. – Certo?

– Sim – respondeu ela, de forma vaga. O constrangimento, que aos poucos fora afastado graças aos sorrisos insinuantes de Spade, graças aos seus acenos de cabeça e às suas palavras de confiança, mais uma vez deixou rosado o rosto da jovem. Ela baixou os olhos para a bolsa no colo e, nervosamente, remexeu nela com um dos dedos enluvados.

Spade piscou para o sócio.

Miles Archer avançou para deter-se junto a um dos cantos da escrivaninha. Enquanto a garota olhava para o interior da bolsa, ele a observou. Os olhinhos castanhos de Archer correram seu foco insolente e avaliador desde o rosto abaixado da moça até os seus pés, para depois voltarem ao rosto. Em seguida virou-se para Spade e fez com a boca um gesto de assobio silencioso, a fim de expressar sua admiração.

Spade ergueu dois dedos do braço da sua cadeira, em um breve sinal de advertência, e disse:

– Acho que não teremos maiores dificuldades. É apenas uma questão de termos o homem no hotel esta noite, para depois segui-lo, até que ele nos leve aonde está a sua irmã. Se ela vier com ele, e a senhorita a persuadir a voltarem juntas, tanto melhor. De outro modo, se ela não quiser deixar o homem depois que a encontrarmos, bem, aí vamos achar um jeito de remediar a questão.

Archer disse:

– É isso aí. – Sua voz era pesada, rouca.

A srta. Wonderly ergueu os olhos para Spade rapidamente, franzindo a testa entre as sobrancelhas.

– Ah, mas vocês precisam tomar cuidado! – A voz dela tremeu um pouco e seus lábios modelaram as palavras com um espasmo nervoso. – Eu morro de medo dele, do que pode vir a fazer. Ela é tão novinha e o fato de a ter trazido de Nova York para cá é tão sério... Será que ele... ele não poderia fazer algo... fazer algo de ruim com ela?

Spade sorriu e bateu de leve com as mãos nos braços da cadeira.

– É só deixar tudo por nossa conta – disse Spade. – Saberemos como lidar com ele.

– Mas ele não poderia? – insistiu a moça.

– Sempre há uma possibilidade. – disse Spade, acenando a cabeça com ar ponderado. – Mas pode confiar em nós para cuidar do caso.

– Eu confio em vocês – respondeu ela, com toda a seriedade. – Mas quero que saibam que ele é um homem perigoso. Francamente, não creio que alguma coisa possa detê-lo. Não creio que esse homem hesite em... em matar Corinne, se achar que isso é necessário para ele se salvar. Vocês não acham que ele faria isso?

– A senhorita não o ameaçou, não é?

– Eu disse que tudo o que eu queria era ter minha irmã de volta antes que mamãe e papai regressassem da viagem, e assim nunca saberiam o que ela havia feito. Prometi a ele que nunca diria nenhuma palavra sobre o caso aos meus pais se ele me ajudasse, mas que, se não fizesse isso, papai certamente tomaria providências para que fosse castigado. Eu... eu acho que ele não acreditou em mim, nem um pouco.

– Ele poderia resolver o problema casando com sua irmã? – perguntou Archer.

A moça corou e retrucou, com voz constrangida:

– Ele tem esposa e três filhos na Inglaterra. Corinne me escreveu sobre isso, para explicar por que havia fugido com ele.

– Normalmente eles têm esposas – disse Spade –, mas nem sempre na Inglaterra. – Inclinou-se para a frente para pegar um lápis e um bloco de papel. – Qual é a aparência dele?

– Ah, tem uns trinta e cinco anos, talvez, e é da sua altura, e tem a pele naturalmente morena ou é muito queimado de sol. O cabelo também é escuro e as sobrancelhas são grossas. Fala muito alto, de um modo atropelado, e tem um jeito nervoso, irritável. Dá uma impressão de ser... violento.

Spade, rabiscando no bloco, perguntou sem levantar os olhos:

– Qual é a cor dos olhos?

– São azul-acinzentados, e lacrimosos, mas não de um jeito fraco. E também, ah, sim, tem uma fenda muito pronunciada no queixo.

– Magro, mediano ou corpulento?

– Muito atlético. Tem ombros largos e está sempre empertigado, tem o que se poderia chamar de porte francamente militar. Vestia um terno cinzento, leve, e chapéu cinzento, quando o vi nesta manhã.

– Como ele ganha a vida? – perguntou Spade, enquanto baixava o lápis sobre a mesa.

– Não sei – respondeu ela. – Não tenho a menor ideia.

– A que horas ele vem encontrar-se com a senhorita?

– Depois das oito.

– Tudo bem, senhorita Wonderly, teremos um homem nosso lá. Facilitaria se...

– Senhor Spade, será que o senhor ou o senhor Archer poderiam cuidar disso? – Ela fez um gesto de apelo com as duas mãos. – Algum dos senhores poderia cuidar disso pessoalmente? Não quero dizer que o homem enviado pelos senhores seria incompetente, mas... Ah! Tenho tanto medo do que possa acontecer a Corinne. Tenho medo dele. Os senhores poderiam? Eu ficaria... E claro, sei que vou ter de pagar mais por isso. – Abriu a bolsa com dedos nervosos e pôs duas notas de cem dólares na escrivaninha de Spade. – Será que é o bastante?

– É, sim – disse Archer. – Eu mesmo vou cuidar disso.

A srta. Wonderly levantou-se e estendeu a mão para ele com um gesto impulsivo.

– Muito obrigada! Muito obrigada! – exclamou ela, e depois estendeu a mão para Spade, e repetiu: – Muito obrigada!

– Não tem de quê – respondeu Spade. – O prazer é nosso. Facilitaria se a senhorita encontrasse Thursby no térreo ou se fosse vista no saguão em companhia dele durante algum tempo.

– Farei isso – prometeu ela, e agradeceu aos sócios mais uma vez.

– E não procure por mim – Archer a preveniu. – Estarei de olho na senhorita.

Spade foi até a porta do corredor com a srta. Wonderly. Quando voltou para a escrivaninha, Archer acenou para as duas notas de cem dólares ali em cima e rosnou de satisfação:

– Isso aí é mais do que suficiente – pegou uma delas, dobrou e enfiou em um dos bolsos do colete. – E elas tinham outras irmãzinhas dentro da bolsa.

Spade embolsou a outra nota antes de sentar-se. Depois, disse:

– Bem, não perturbe demais essa moça. O que achou dela?

– Uma doçura! E você vem me dizer para eu não perturbar a moça! – Archer soltou uma gargalhada violenta, mas sem alegria. – Você pode até ter visto a moça primeiro, Sam, mas eu é que falei primeiro. – Meteu as mãos nos bolsos da calça e balançou-se sobre os calcanhares.

– Você vai fazer o diabo com essa moça, sei que vai. – Spade sorriu com ar feroz, deixando à mostra a borda dos dentes da extremidade posterior da mandíbula. – Você é esperto, é bem esperto mesmo. – Então ele começou a enrolar um cigarro.

2. Morte no nevoeiro

A campainha de um telefone tocou no escuro. Depois que havia tocado três vezes, as molas de uma cama rangeram, dedos tatearam na madeira, algo duro e pequeno tombou com um baque no chão atapetado, as molas rangeram de novo e uma voz de homem falou:

– Alô... Sim, é ele mesmo... Morto?... Sim... Quinze minutos. Obrigado.

Um interruptor estalou e um globo branco pendurado no centro do teto por três correntinhas douradas encheu o quarto de luz. Spade, descalço, de pijama xadrez verde e branco, sentou-se na beirada da cama. Olhou de cara fechada para o telefone sobre a mesinha enquanto as mãos apanharam, ao lado do aparelho, um pacote de papel pardo e um saco de tabaco Bull Durham.

Um ar frio e enfumaçado soprava através de duas janelas abertas, trazendo consigo, seis vezes por minuto, o gemido monótono da buzina de nevoeiro de Alcatraz. Um despertador de estanho, perigosamente colocado bem na pontinha de um volume de *Famosos casos criminais da América*, de Duke – com a capa virada para baixo, sobre a mesa –, assinalava com os ponteiros duas horas e cinco minutos.

Os dedos grossos de Spade enrolaram um cigarro com um zelo minucioso, verteram uma porção bem medida de flocos cor de bronze dentro do papel recurvado, espalharam os flocos de modo que se distribuíssem por igual, nas duas extremidades, deixando uma ligeira depressão no meio, os polegares enrolaram a borda interna do papel sobre a borda externa, enquanto os indicadores apertavam do outro lado, em seguida, os polegares e os indicadores deslizaram até as duas pontas do cilindro de papel para mantê-lo esticado, enquanto a língua lambia a aba, depois o indicador e o polegar esquerdos alisaram a junção úmida, enquanto o indicador e o polegar direitos torceram uma ponta e ergueram a outra até a boca de Spade.

Ele apanhou o isqueiro de níquel e de couro de porco que tinha caído no chão, acionou-o e, com o cigarro aceso no canto da boca, levantou-se. Tirou o pijama. A massa úmida dos braços, das pernas e do corpo, bem como a linha arqueada dos ombros grandes e protuberantes, davam ao seu corpo o aspecto de um urso. Era como um urso de pelo raspado: seu peito não tinha pelos. Sua pele tinha a maciez e o tom rosado de uma criança.

Coçou a nuca e começou a vestir-se. Pôs ceroula e camiseta brancas, de pano fino, meias cinzentas, ligas pretas e sapatos marrom-escuros. Depois de amarrar os sapatos, pegou o telefone, ligou para Graystone 4500 e pediu um táxi. Vestiu uma camisa branca de listas verdes, um colarinho branco e mole, gravata verde, o mesmo terno cinzento que tinha vestido no dia anterior, um sobretudo folgado de tweed e um chapéu cinzento escuro. A campainha da porta tocou e ele tratou de enfiar às pressas no bolso o tabaco, as chaves e o dinheiro.

No ponto onde a rua Bush encontra a rua Stockton, antes de deslizar ladeira abaixo rumo a Chinatown, Spade pagou a corrida e saiu do táxi. O nevoeiro noturno de São Francisco, fino, viscoso e penetrante, toldava a rua.

A poucos metros do local onde Spade deixara o táxi, um pequeno grupo de homens se encontrava parado, olhando para um beco. Duas mulheres estavam do outro lado da rua Bush, com um homem, também olhando para o beco. Havia rostos nas janelas.

Spade atravessou a calçada entre alçapões com balaustradas de ferro que se abriam acima de escadas feias e nuas, foi até o parapeito e, apoiando as mãos na borda úmida, olhou para baixo, na direção da rua Stockton.

Um automóvel irrompeu do túnel abaixo dele com um zunido atroador, como se tivesse sido soprado para fora e fugisse dali. Não longe da boca do túnel, um homem estava de cócoras diante de um quadro de anúncios que exibia propaganda de um filme e de uma marca de gasolina, e que recobria o espaço que separava dois armazéns. A cabeça do homem de cócoras estava curvada quase até tocar a calçada, para ele poder espiar por baixo do quadro. Uma mão apoiada no pavimento e a outra segura na moldura verde do quadro de anúncios o mantinham naquela posição grotesca. Outros dois homens mantinham-se na extremidade do quadro e espiavam, meio sem jeito, através dos poucos centímetros de intervalo entre o quadro de anúncios e o prédio. O edifício na outra ponta do cartaz tinha uma parede lateral cinzenta e nua que dava para o terreno atrás do quadro. Luzes tremulavam na parede e sombras de homens moviam-se entre as luzes.

Spade deu as costas para o parapeito e seguiu pela rua Bush na direção do beco onde os homens se aglomeravam. Um policial de uniforme, mascando chiclete, embaixo de uma plaquinha esmaltada que indicava SARGENTO BURRITT em letras brancas contra um fundo azul-escuro, ergueu o braço e perguntou:

– O que quer aqui?

– Sou Sam Spade. Tom Polhaus me telefonou.

– É mesmo. – O braço do policial baixou. – Não o reconheci, à primeira vista. Bem, eles estão lá atrás. – Sacudiu o polegar sobre o ombro. – É coisa feia.

– Põe feia nisso – concordou Spade, subindo pelo beco.

No meio do beco, perto da entrada, havia uma ambulância escura. Atrás da ambulância, à esquerda, o beco era barrado por uma cerca que batia na cintura, faixas horizontais formadas por tábuas sem pintura. A partir da cerca, um declive íngreme de terra escura descaía até o quadro de anúncios, abaixo, na rua Stockton.

Uma travessa de três metros no alto da cerca fora arrancada de um mourão em uma das extremidades e ficara pendurada na outra ponta, onde balançava. Quatro metros e meio abaixo da rampa, uma pedra chata se destacava do solo. Na fenda entre a pedra e a ladeira, Miles Archer jazia estirado de costas. Dois homens estavam parados junto a ele. Um deles mantinha o foco de uma lanterna elétrica sobre o morto. Outros homens vasculhavam a rampa com luzes.

Um desses homens cumprimentou Spade:

– Oi, Sam. – E escalou até o beco, enquanto a própria sombra subia depressa pela rampa à sua frente. Era alto e tinha a barriga igual a um barril, olhinhos astutos, boca grossa e faces escuras, barbeadas sem nenhum cuidado. Sapatos, joelhos, mãos e queixo estavam cobertos de argila marrom.

– Achei que você gostaria de ver isso antes que nós o retirássemos daqui – disse ele, ao erguer a perna e passar por cima da cerca quebrada.

– Obrigado, Tom – disse Spade. – O que aconteceu? – Apoiou o cotovelo num mourão da cerca e olhou para os homens lá embaixo, cumprimentando com a cabeça aqueles que o cumprimentavam.

Tom Polhaus cutucou com o dedo sujo o próprio peito, do lado esquerdo.

– Foi atingido em cheio no coração e a bala atravessou direto... Com isto aqui. – Tirou um revólver pesadão do bolso do paletó e entregou-o para Spade. Havia lama incrustada nas depressões da superfície do revólver. – Um Webley. Inglês, não é?

Spade tirou o cotovelo do mourão da cerca e se inclinou para examinar a arma, mas não a tocou.

– Sim – disse ele. – Webley-Fosbery, revólver automático. É isso mesmo. Calibre .38, oito tiros. Não fabricam mais. Quantas balas foram disparadas?

– Só um balaço. – Tom cutucou de novo o peito com o dedo. – Ele já devia estar morto quando arrebentou a cerca. – Ergueu o revólver enlameado. – Já viu um desses antes?

Spade fez um gesto afirmativo com a cabeça.

– Já vi outros Webley-Fosbery – respondeu sem maior interesse, e emendou depressa: – Ele levou o tiro bem aqui, não foi? De pé, aí onde você está, de costas para a cerca. O homem que atirou nele estava aqui. – Passou para o outro lado de Tom e ergueu a mão na altura do peito, com o indicador estendido. – Ele aperta o gatilho e Miles cai para trás, leva junto a parte de cima da cerca e desmorona do outro lado, ladeira abaixo, até a rocha segurá-lo. É isso?

– É isso mesmo – respondeu Tom, devagar, cerrando as sobrancelhas. – A detonação queimou o paletó dele.

– Quem o achou?

– O homem da ronda, Shilling. Ele vinha descendo pela rua Bush e, bem na hora em que passou, um carro fez a curva e a luz dos faróis bateu bem aqui, e então ele viu a parte da cerca quebrada. Veio dar uma espiada e encontrou o homem.

– E o tal carro que estava fazendo a curva?

– Não sabemos nadinha dele, Sam. Shilling não prestou a mínima atenção ao carro, pois na hora não fazia a menor ideia do que tinha acontecido. Ele diz que ninguém saiu daqui enquanto vinha da Powell, senão ele teria visto. A única saída, além dessa, seria por baixo do cartaz na rua Stockton. E ninguém vinha daquele lado. A neblina deixou o solo encharcado e as únicas marcas que ficaram estão no lugar por onde Miles deslizou pela rampa e por onde esta arma rolou.

– Alguém ouviu o tiro?

– Pelo amor de Deus, Sam. A gente acabou de chegar aqui. Alguém deve ter ouvido, mas ainda não achamos ninguém. – Virou-se e pôs uma perna por cima da cerca. – Quer descer e dar uma espiada nele antes da remoção?

Spade respondeu:

– Não.

Tom se deteve com a perna por cima da cerca e olhou para trás, na direção de Spade, com olhinhos surpresos.

Spade explicou:

– Você já olhou. Você viu tudo o que eu poderia ter visto.

Tom, ainda olhando para Spade, fez um gesto afirmativo com a cabeça, um pouco em dúvida, e recolheu a perna de volta por cima da cerca.

– A arma dele estava enfiada na cintura – disse Tom. – Não foi disparada. O sobretudo estava abotoado. Tem cento e sessenta dólares no bolso. Ele estava a trabalho, Sam?

Spade, após um instante de hesitação, fez um gesto afirmativo com a cabeça.

Tom perguntou:

– E então?

– Era para ele seguir um homem chamado Floyd Thursby – disse Spade, e descreveu Thursby conforme a srta. Wonderly o descrevera.

– Para quê?

Spade pôs as mãos nos bolsos do seu sobretudo e piscou olhos sonolentos para Tom.

Tom repetiu, com impaciência:

– Para quê?

– Era um inglês, talvez. Não sei exatamente qual é a jogada dele. Estávamos tentando descobrir onde morava. – Spade sorriu de leve e tirou uma das mãos do bolso para dar um tapinha no ombro de Tom. – Não me aperte. – Meteu a mão de volta no bolso. – Vou levar a notícia à esposa de Miles. – Deu meia-volta.

Tom, de cara feia, abriu a boca, abriu-a sem dizer nada, limpou o pigarro, desanuviou o rosto e falou com uma espécie de delicadeza cortante.

– É duro, ele acabar desse jeito. Miles tinha seus defeitos, como todos nós, mas também devia ter lá as suas qualidades.

– Acho que sim – Spade concordou, em um tom de voz absolutamente inexpressivo, e saiu do beco.

Em uma drogaria vinte e quatro horas na esquina das ruas Bush e Taylor, Spade deu um telefonema.

– Meu anjo – disse ele, pouco depois de ter dado um número –, Miles levou um tiro... Sim, morreu... Olhe, não fique nervosa... Sim... Você vai ter de contar a Iva... Não, não farei isso de jeito nenhum. Você é que tem de fazer... Eu sabia que você é uma ótima moça... E trate de mantê-la longe do escritório... Diga que vou encontrá-la...

hã... um dia desses... Sim, mas não me comprometa com nada... É só isso. Você é um anjo. Tchau.

O despertador de estanho de Spade marcava três e quarenta quando ele acendeu de novo a luz no globo suspenso. Jogou o chapéu e o sobretudo sobre a cama e foi para a cozinha, depois voltou para o quarto com um copo e uma garrafa grande de Bacardi. Serviu uma dose e bebeu de pé. Pôs a garrafa e o copo em cima da mesa, sentou-se no lado da cama de frente para eles e enrolou um cigarro. Tinha bebido o terceiro copo de Bacardi e acendia o quinto cigarro quando a campainha da porta tocou. Os ponteiros do despertador marcavam quatro e meia.

Spade deu um suspiro, levantou-se da cama e foi até o interfone, ao lado da porta do banheiro. Apertou o botão que destrancava a porta da rua. Resmungou:

– Desgraçada. – E ficou de cara fechada junto ao telefone negro, respirando em ritmo irregular enquanto um rubor opaco crescia nas suas faces.

O ranger e o chocalhar da porta do elevador que abria e fechava ressoaram no corredor. Spade suspirou de novo e avançou na direção da porta. Passos silenciosos e pesados soaram no piso acarpetado, lá fora, os passos de dois homens. O rosto de Spade se iluminou. Seus olhos não estavam mais abatidos. Abriu a porta ligeiro.

– Oi, Tom – disse ele ao detetive alto, que tinha a barriga igual a um barril, com quem conversara na rua Burritt, e depois: – Oi, tenente – para o homem ao lado de Tom. – Entrem.

Os dois o cumprimentaram ao mesmo tempo com um aceno de cabeça, sem falar nada, e entraram. Spade fechou a porta e levou-os para o seu quarto. Tom sentou-

-se na ponta do sofá, junto à janela. O tenente sentou-se em uma cadeira ao lado da mesa.

O tenente era um homem corpulento, com uma cabeça redonda embaixo do cabelo curto e grisalho e um rosto quadrado por trás de um bigode curto e grisalho. Um alfinete feito de uma moeda de ouro de cinco dólares estava espetado na sua gravata e ele trazia na lapela um requintado emblema de sociedade secreta, em forma de losango.

Spade trouxe dois copos da cozinha, encheu-os, e também o seu, com Bacardi, deu um para cada e sentou-se com o seu copo no lado da cama. Seu rosto estava sereno e sem nenhuma curiosidade. Ergueu o copo e disse:

– Sucesso ao crime – e bebeu de um gole só.

Tom esvaziou seu copo, pousou-o no chão, ao lado dos pés, e enxugou a boca com o indicador sujo de barro. Olhou fixamente para os pés da cama como se tentasse lembrar alguma coisa que aquilo vagamente lhe recordava.

O tenente olhou para o copo durante vários segundos, sorveu um gole muito ligeiro do seu conteúdo e pôs o copo sobre a mesa, ao lado do cotovelo. Observou o quarto com olhos duros e meticulosos, e depois olhou para Tom.

Tom remexeu-se com desconforto no sofá e, sem levantar os olhos do chão, perguntou:

– Você já deu a notícia para a esposa do Miles, Sam?

Spade respondeu:

– Ãrrã.

– E como ela reagiu?

Spade balançou a cabeça.

– Não sei nada sobre mulheres.

Tom retrucou em voz baixa:

– Não sabe uma ova.

O tenente pôs as mãos nos joelhos e inclinou-se para a frente. Seus olhos esverdeados estavam cravados em Spade com uma fixidez singularmente rígida, como se o seu foco fosse uma questão de mecânica, que só mudaria ao puxar uma alavanca ou ao apertar um botão.

– Com que tipo de arma você anda? – perguntou ele.

– Com nenhuma. Não gosto muito de armas. Mas claro que tenho algumas lá no escritório.

– Eu gostaria de ver uma delas – disse o tenente. – Por acaso não tem uma dessas armas aqui na sua casa?

– Não.

– Tem certeza?

– Pode procurar. – Spade sorriu e fez um pequeno meneio com o seu copo. – Vire a lixeira de pernas para o ar, se quiser. Não vou dar nenhum pio... contanto que você tenha um mandado de busca.

Tom protestou:

– Ah, qual é, Sam!

Spade largou o copo em cima da mesa e levantou--se, encarando o tenente.

– O que você quer, Dundy? – perguntou ele, com uma voz tão dura e fria quanto o seu olhar.

Os olhos do tenente Dundy se deslocaram para manter o foco concentrado em Spade. Só os olhos se moveram.

Tom remexeu-se de novo no sofá, soltou um suspiro profundo através do nariz e resmungou em tom queixoso:

– A gente não está a fim de arranjar nenhuma encrenca, Sam.

Spade, ignorando Tom, disse para Dundy:

– Então, o que vocês querem? Abram o jogo. Quem é que vocês pensam que são, afinal, para virem aqui e tentarem me enrolar?

– Tudo bem – disse Dundy, com a voz para dentro. – Sente-se e escute.

– Vou sentar ou ficar de pé conforme eu bem entender – retrucou Spade, sem se mexer.

– Pelo amor de Deus, não complique! – suplicou Tom. De que adianta a gente brigar? Se quer saber por que não abrimos o jogo é porque, quando lhe perguntei quem era o tal de Thursby, você praticamente me disse que não era da minha conta. Você não pode nos tratar desse jeito, Sam. Isso não está certo, e não vai levar você a lugar nenhum. Temos de fazer o nosso trabalho.

O tenente Dundy ergueu-se de um pulo, parou perto de Spade e virou a cara quadrada para cima, na direção do rosto do detetive particular, que era mais alto do que ele.

– Eu já tinha avisado a você que, mais dia, menos dia, você ia escorregar – disse ele.

Spade fez um muxoxo de pouco-caso, erguendo as sobrancelhas.

– Todo mundo escorrega, um dia – retrucou ele, com uma docilidade irônica.

– Pois este foi o seu dia.

Spade sorriu e balançou a cabeça.

– Não, eu não vou cair, não, obrigado. – Spade parou de sorrir. Seu lábio superior, no lado esquerdo, retorceu-se acima do canino. Seus olhos estreitaram-se e ficaram em brasa. Sua voz saiu tão grave quanto a do tenente. – Não gosto disso. O que vocês vieram fuçar aqui? Digam de uma vez, ou saiam e me deixem dormir.

– Quem é Thursby? – cobrou Dundy.

– Contei ao Tom o que eu sabia sobre ele.

– O que você contou ao Tom é muito pouco.

– Eu sei muito pouco.

– Por que vocês estavam seguindo o sujeito?

– Eu não estava. Miles é que estava, e o motivo sensacional é que temos um cliente que nos pagou com a boa moeda dos Estados Unidos para seguirmos o sujeito.

– Quem é o cliente?

A placidez voltou ao rosto e à voz de Spade. Respondeu em tom de repreensão:

– Você sabe que não posso lhe dizer isso antes de ter conversado sobre o caso com o meu cliente.

– Ou você me conta, ou conta no tribunal – disse Dundy, com raiva. – Trata-se de assassinato e não se esqueça disso.

– Talvez. E eis aqui uma coisa para você não esquecer, meu anjo. Vou contar ou não vou contar, conforme bem entender. Faz tempo que parei de chorar só porque uns policiais não gostavam de mim.

Tom saiu do sofá e sentou-se na ponta da cama. Seu rosto mal barbeado, lambuzado de barro, estava cansado e cheio de rugas.

– Seja razoável, Sam – implorou ele. – Dê uma chance para a gente. Como é que vamos descobrir alguma coisa sobre o assassinato do Miles se você não nos mostrar o que tem na mão?

– Não precisam ficar com dor de cabeça por causa disso – respondeu Spade. – Eu vou enterrar os meus mortos.

O tenente Dundy sentou-se e pôs de novo as mãos nos joelhos. Seus olhos eram discos verdes e cálidos.

– Foi o que pensei que você faria – disse ele. Sorriu com uma satisfação lúgubre. – Foi exatamente por isso que viemos aqui falar com você. Não é, Tom?

Tom grunhiu, mas não falou nada.

Spade observou Dundy com ar desconfiado.

– Foi exatamente o que eu disse para o Tom – prosseguiu o tenente. – Eu falei: “Tom, tenho um palpite de que Sam Spade é o tipo de homem que mantém os problemas de família em família". Foi exatamente isso o que eu disse ao Tom.

O ar desconfiado abandonou os olhos de Spade. Ele tornou seus olhos baços de enfado. Virou a cara para Tom e perguntou com o mais completo pouco-caso:

– Que bicho mordeu o seu amiguinho, agora?

Dundy levantou-se de um salto e bateu de leve no peito de Spade com a ponta de dois dedos curvos.

– Só isto aqui – disse ele, esforçando-se para tornar cada palavra bem clara, sublinhando cada uma delas com um cutucão aplicado com a ponta dos dedos. – Thursby foi baleado na porta do hotel onde estava trinta e cinco minutos depois que você partiu da rua Burritt.

Spade falou, tomando igual cuidado com as palavras:

– Fique com suas patinhas longe de mim.

Dundy recuou os dedos que cutucavam o peito de Sam, mas não houve nenhuma alteração na sua voz:

– Tom diz que você saiu de lá muito apressado e nem quis olhar o cadáver do seu sócio.

Tom resmungou com ar de desculpa:

– Puxa, Sam, caramba, é verdade que você saiu dali muito afobado.

– E não foi à casa de Archer para falar com a esposa dele – prosseguiu o tenente. – Telefonamos e aquela garota do seu escritório atendeu e disse que você a tinha mandado para lá.

Spade fez um gesto afirmativo com a cabeça. Seu rosto estava abobalhado de tanta placidez.

O tenente Dundy levantou dois dedos curvos na direção do peito de Spade, rapidamente baixou-os e disse:

– Eu lhe dou dez minutos para pegar o telefone e conversar com a tal garota. Eu lhe dou mais dez minutos para ir até o buraco onde o Thursby se escondia, Geary, perto de Leavenworth, você poderia chegar lá facilmente nesse tempo, ou em quinze minutos, no máximo. E isso lhe daria dez ou quinze minutos de espera, antes que Thursby aparecesse por lá.

– Eu sabia onde ele morava? – perguntou Spade. – E eu sabia que ele não tinha ido direto para casa depois de matar o Miles?

– O que você sabia não interessa – replicou Dundy, teimoso. – A que horas você chegou aqui na sua casa?

– Vinte para as quatro. Andei por aí, pensando na vida.

O tenente acenou a cabeça redonda para cima e para baixo.

– Sabemos que você não estava em casa às três e trinta. Tentamos ligar. Por onde foi que andou?

– Pela rua Bush, fiquei indo e vindo.

– Viu alguém que...?

– Não, nenhuma testemunha – respondeu Spade e riu, com satisfação. – Sente-se, Dundy. Você ainda não terminou de beber o seu drinque. Pegue o seu copo, Tom.

Tom falou:

– Não, obrigado, Sam.

Dundy sentou-se, mas não prestou atenção ao seu copo de rum.

Spade encheu o próprio copo, bebeu, pôs o copo vazio sobre a mesa e voltou a sentar-se no seu lugar, no lado da cama.

– Sei qual é a minha situação, agora – disse ele, fitando com olhos amistosos ora um policial, ora o outro. – Desculpem por eu ter posto as garras de fora, mas vocês aparecerem aqui sem mais nem menos e tentarem me pôr contra a parede essa é uma coisa que só podia mesmo me deixar nervoso. O Miles ser queimado desse jeito já me deixou um bocado alterado, e depois vocês chegam aqui cheios de onda para cima de mim. Mas agora está tudo bem, eu já sei o que vocês querem.

Tom disse:

– Esqueça.

O tenente não disse nada.

Spade perguntou:

– Thursby morreu?

Enquanto o tenente hesitava, Tom respondeu:

– Sim.

Em seguida o tenente falou, irritado:

– E você também pode ficar sabendo, se é que já não sabe, que ele morreu antes de poder revelar qualquer coisa.

Spade enrolou um cigarro. Perguntou, sem levantar os olhos.

– O que você está querendo sugerir? Acha que eu sabia disso?

– Só quero dizer aquilo que eu disse, e pronto – retrucou Dundy, com rispidez.

Spade ergueu os olhos para ele e sorriu, segurando o cigarro inacabado em uma das mãos e o isqueiro na outra.

– Você ainda não está em condições de me fisgar, não é, Dundy? – perguntou ele.

Dundy encarou Spade com olhos verdes e duros, e não respondeu.

– Então – disse Spade – não há nenhum motivo especial para eu dar a mínima atenção ao que você pensa, não é, Dundy?

Tom comentou:

– Ah, Sam, seja razoável.

Spade pôs o cigarro na boca, acendeu e deu uma risada, enquanto soltava a fumaça.

– Vou ser razoável, Tom – prometeu ele. – Como foi que matei esse tal de Thursby? Eu me esqueci.

Tom grunhiu, contrariado. O tenente Dundy disse:

Ele levou quatro tiros nas costas, com uma .44 ou uma .45, disparada do outro lado da rua, na hora em que entrava no hotel. Ninguém viu, mas parece ter sido assim.

– E ele levava uma Luger em um coldre a tiracolo – acrescentou Tom. – Não tinha sido disparada.

– O que os funcionários do hotel sabem a respeito dele? – perguntou Spade.

– Nada, a não ser que estava lá fazia uma semana.

– Sozinho?

– Sozinho.

– E o que vocês encontraram com ele? No quarto dele?

Dundy contraiu os lábios e perguntou:

– O que você acha que encontraríamos?

Spade, com seu cigarro molenga, traçou no ar um círculo displicente.

– Alguma coisa que revelasse quem ele era, qual é a história dele. Encontraram?

– Pensamos que você poderia nos contar isso.

Spade olhou para o tenente com olhos amarelo-acinzentados que continham uma dose de franqueza quase exagerada.

– Nunca vi esse tal de Thursby, nem vivo, nem morto.

O tenente Dundy levantou-se com ar descontente. Tom ergueu-se bocejando e espreguiçando-se.

– Já perguntamos o que viemos perguntar – disse Dundy, franzindo a pele acima dos olhos duros como seixos verdes. Pressionou contra os dentes o lábio superior, protegido pelo bigode, e deixou que o lábio inferior expelisse as palavras:

– Nós lhe contamos mais do que você nos contou. Foi muita bondade da nossa parte. Você me conhece, Spade. Quer você tenha feito isso ou não, conseguirá comigo um acordo justo, e terá todas as oportunidades. Não sei se eu reprovaria você tanto assim por ter feito uma coisa dessas... mas nem por isso eu deixaria de meter você em cana.

– É justo – respondeu Spade, no mesmo tom. – Mas eu me sentiria melhor se você bebesse o seu drinque.

O tenente Dundy voltou-se para a mesa, apanhou seu copo e esvaziou-o lentamente. Em seguida, disse:

– Boa noite – e estendeu a mão. Apertaram as mãos num gesto formal. Tom e Spade também apertaram as mãos num gesto formal. Spade os levou até a porta. Depois se despiu, apagou as luzes e foi para a cama.

3. Três mulheres

Quando Spade chegou ao escritório às dez horas, na manhã seguinte, Effie Perine estava na escrivaninha abrindo a correspondência matinal. Seu rosto juvenil estava pálido, por baixo do bronzeado de sol. Ela baixou sobre a mesa o monte de envelopes e a espátula de metal em sua mão e disse:

– Ela está lá dentro. – Sua voz era baixa e tinha um tom de advertência.

– Eu pedi a você que a mantivesse longe daqui – Spade reclamou. Ele também manteve a voz baixa.

Os olhos castanhos de Effie Perine se arregalaram e sua voz soou tão irritada quanto a dele:

– Sei, mas você não me explicou como. – Suas pálpebras estreitaram-se um pouco e seus ombros curvaram-se. – Não fique bravo, Sam – disse Effie, esgotada. – Aguentei essa mulher a noite inteira.

Spade parou ao lado da moça, pôs a mão na cabeça dela e afagou seu cabelo a partir da linha que o dividia ao meio.

Desculpe, meu anjo, eu não tinha... – Interrompeu-se quando a porta interna foi aberta. – Oi, Iva – disse ele para a mulher que abriu a porta.

– Ah, Sam! – exclamou ela.

Era uma loura de um pouco mais de trinta anos. Sua beleza facial talvez já tivesse passado cinco anos do seu melhor momento. Seu corpo, a despeito de toda a robustez, tinha um talhe elegante e belo. Vestia-se de preto, do chapéu aos sapatos. Como luto, isso tinha um aspecto improvisado. Depois de falar, ela afastou-se um passo da porta e parou, aguardando Spade.

Ele afastou a mão da cabeça de Effie Perine e entrou no pequeno gabinete, fechando a porta. Rapidamente, Iva aproximou-se de Spade e ergueu o rosto triste para receber o seu beijo. Os braços da mulher estavam em torno dele antes que os braços de Spade pudessem segurá-la. Depois que se beijaram, ele fez um pequeno gesto como que para soltá-la, mas Iva apertou o rosto contra o peito de Spade e começou a soluçar.

Ele afagou as costas arredondadas da mulher, dizendo:

– Pobre e querida Iva.

A voz de Spade era carinhosa. Seus olhos, que miravam enviesados a escrivaninha que fora do sócio, do lado oposto à sua, estavam zangados. Puxou os lábios para trás, sobre os dentes, em uma careta de impaciência, e virou o queixo para o lado a fim de evitar o contato com o topo do chapéu de Iva.

– Você avisou o irmão de Miles? – perguntou ele.

– Sim, ele veio esta manhã. – As palavras soaram abafadas pelos soluços e pelo paletó de Spade, junto à boca de Iva.

Ele fez outra careta e inclinou o rosto para espiar disfarçadamente o relógio de pulso. O braço esquerdo estava ao redor de Iva, a mão no seu ombro esquerdo. O punho da camisa estava repuxado o bastante para deixar o relógio à mostra. Marcava dez e dez.

A mulher estremeceu em seus braços e ergueu o rosto de novo. Seus olhos azuis estavam molhados, muito abertos e rodeados de branco. Sua boca estava úmida.

– Ah, Sam – gemeu ela. – Você o matou?

Spade fitou-a com olhos arregalados. O seu queixo ossudo baixou. Afastou os braços dela e deu um passo atrás para se desvencilhar dos braços de Iva. Olhou para a mulher de cara feia e pigarreou.

Iva ficou com os braços levantados, tal como Spade os deixara. A angústia toldava os olhos de Iva, fechava-os parcialmente, abaixo das sobrancelhas repuxadas para cima, na extremidade interna. Os lábios úmidos e macios de Iva tremeram.

Spade riu uma sílaba áspera:

– Ha! – E dirigiu-se para a janela com uma cortina amarelada. Ficou ali, de costas para ela, olhando para o pátio, através da cortina, até que Iva começou a mover-se na sua direção. Ele voltou-se depressa e foi para a escrivaninha. Sentou-se, pôs os cotovelos sobre a mesa, o queixo entre os punhos, e olhou para ela. Os olhos amarelados de Iva rebrilharam entre as pálpebras semicerradas.

– Quem – perguntou Spade, friamente – pôs essa ideia genial na sua cabeça?

– Eu pensei... – Iva ergueu a mão até a boca e novas lágrimas surgiram em seus olhos. Ela veio se pôr de pé ao lado da escrivaninha, movendo-se com graça desenvolta e passos firmes em seus sapatos pretos, cuja pequenez e altura do salto eram extraordinárias. – Seja bonzinho comigo, Sam – disse ela, com humildade.

Spade riu para a mulher, seus olhos ainda brilhavam.

– Você matou o meu marido, Sam. Agora, seja bonzinho comigo.

Ele juntou as mãos e exclamou:

– Santo Deus!

Iva começou a chorar ruidosamente, segurando um lenço branco colado ao rosto.

Spade levantou-se e se pôs bem ao lado dela. Passou os braços em volta de Iva. Beijou seu pescoço entre a orelha e a gola do casaco. Disse:

– Iva, por favor, não chore. – O rosto de Spade estava inexpressivo. Quando ela havia parado de chorar, ele encostou a boca na sua orelha e sussurrou: – Você não devia ter vindo aqui, hoje, meu anjo. Não foi sensato. Você não pode ficar aqui. Tem de ficar na sua casa.

Ela virou-se nos braços de Sam para encará-lo e perguntou:

– Você vai vir esta noite?

Ele balançou a cabeça com brandura.

– Esta noite, não.

– Em breve?

– Sim.

– Quando?

– Assim que eu puder.

Ele a beijou na boca, levou-a até a porta, abriu e disse:

– Até logo, Iva – Despediu-se dela inclinando a cabeça, fechou a porta e voltou para a sua escrivaninha.

Apanhou tabaco e papel fino nos bolsos do colete, mas não enrolou um cigarro. Permaneceu sentado com os papéis em uma das mãos, o tabaco na outra, e mirou com olhos pensativos a escrivaninha do sócio morto.

Effie Perine abriu a porta e entrou. Seus olhos castanhos estavam inquietos. Sua voz soou indiferente. Perguntou:

– E então?

Spade não disse nada. Seu olhar pensativo não se desviou da escrivaninha do sócio.

A moça franziu as sobrancelhas e veio para o lado dele.

– E então – perguntou de novo, com uma voz mais alta. – Como é que você e a viúva se acertaram?

– Ela acha que eu matei Miles – disse Spade. Só os seus lábios se mexeram.

– Para poder casar com ela?

Spade não respondeu a isso.

A moça tirou o chapéu da cabeça de Spade e o colocou sobre a mesa. Em seguida, inclinou-se para a frente e retirou o saco de tabaco e os papéis finos dos dedos inertes de Spade.

– A polícia acha que eu matei Thursby – disse ele.

– Quem é Thursby? – perguntou Effie, destacando um papel de cigarro do pacote e vertendo o tabaco sobre ele.

– E você, quem você acha que eu matei?

Como Effie ignorou essa pergunta, Spade disse:

– Thursby é o cara que Miles deveria seguir para aquela moça, a tal de Wonderly.

Os dedos finos de Effie terminaram de modelar o cigarro. Ela correu a língua sobre o papel, alisou-o, torceu as duas pontas e pôs o cigarro entre os lábios de Spade. Ele disse:

– Obrigado, doçura. – Pôs um braço em torno da cintura magra da moça e, fatigado, recostou a face contra o seu quadril, fechando os olhos.

– Você vai casar com Iva? – perguntou ela, olhando para baixo, na direção do cabelo castanho-claro de Spade.

– Não seja boba – resmungou ele. O cigarro apagado bamboleava para cima e para baixo com o movimento dos seus lábios.

– Ela não acha que isso seja uma bobagem. E por que deveria achar, do jeito que você andava por aí, atrás dela?

Spade suspirou e disse:

– Eu daria tudo para nunca ter visto a cara dessa mulher. Talvez você diga isso agora. – Um traço de rancor se entremeou na voz da moça. – Mas houve um tempo em que não era assim.

– Nunca sei o que fazer ou dizer para mulheres, a não ser desse modo – murmurou ele. – E além do mais eu não gostava do Miles.

– Isso é mentira, Sam – disse a moça. – Você sabe que eu acho essa mulher uma descarada, mas eu também seria uma descarada, se tivesse um corpo que nem o dela.

Spade esfregou o rosto com impaciência contra o quadril da moça, mas não disse nada.

Effie Perine mordeu o lábio, franziu as sobrancelhas e, curvando-se para a frente a fim de ter uma visão melhor do rosto de Spade, perguntou:

– Você acha que ela poderia ter matado o próprio marido?

Spade aprumou-se na cadeira e retirou o braço da cintura dela. Sorriu para a moça. Seu sorriso não continha nada, a não ser surpresa. Pegou o isqueiro, deflagrou uma chama e encostou-a na ponta do cigarro.

– Você é um anjo – disse ele, com ternura, através da fumaça. – Um anjinho bonito e desmiolado.

Ela sorriu, um pouco sem graça.

– Ah, sou mesmo, Sam? E se eu disser que a sua Iva não estava em casa e que demorou muitos e muitos minutos para aparecer, quando fui lá lhe dar a notícia, às três horas da madrugada?

– Está falando sério? – perguntou ele. Seus olhos ficaram atentos, embora sua boca continuasse a sorrir.

– Ela me deixou esperando na porta enquanto se despia ou terminava de se despir. Eu vi suas roupas no lugar onde ela as amontoara, em cima de uma cadeira. O chapéu e o casaco de Iva estavam embaixo. A sua combinação estava por cima, e ainda estava quente. Ela disse que estava dormindo, mas não estava. Iva tinha revirado a cama, mas as dobras do pano não estavam amassadas pelo peso do corpo.

Spade segurou a mão da moça e deu um tapinha nela.

– Você é uma boa detetive, querida, mas – ele balançou a cabeça – não foi Iva quem o matou.

Effie Perine afastou a mão de Spade.

– Essa descarada quer casar com você, Sam – disse a moça, em tom amargo.

Ele fez um gesto impaciente com a cabeça e a mão.

Effie franziu o rosto para ele e indagou:

– Você esteve com ela na noite passada?

– Não.

– Sinceramente?

– Sinceramente. Não faça como o Dundy, meu anjo. Não lhe cai bem.

– O Dundy está atrás de você?

– Ãrrã. Ele e Tom Polhaus deram um pulinho lá em casa para tomar um drinque às quatro horas da madrugada.

– Eles acham mesmo que você matou esse tal de, sei lá o nome dele?

– Thursby. – Spade jogou no cinzeiro de latão o que restava do cigarro e começou a enrolar outro.

– Acham mesmo? – insistiu Effie.

– Só Deus sabe. – Os olhos dele estavam fixos no cigarro que fazia. – Tinham alguma coisa desse tipo na cabeça. Não sei até que ponto consegui mudar a opinião deles.

– Olhe para mim, Sam.

Ele olhou para a moça e riu, de modo que, por um momento, o bom humor misturou-se com a aflição no rosto dela.

– Você me deixa preocupada – disse Effie Perine, e a seriedade voltou ao rosto da moça enquanto ela falava. – Você sempre acha que sabe o que está fazendo, mas é justamente essa esperteza que o atrapalha, e um dia você vai descobrir isso.

Spade soltou um suspiro jocoso e esfregou o rosto no braço da moça.

– É isso mesmo que o Dundy me diz, mas trate de manter Iva longe de mim, doçura, porque assim vou conseguir sobreviver a todos os meus problemas. – Ele se levantou e pôs o chapéu. – Retire da porta a tabuleta SPADE & ARCHER e ponha outra, só SAMUEL SPADE. Volto daqui a uma hora, ou então telefono para você.

Spade atravessou o comprido saguão púrpura do Hotel St. Mark em direção à escrivaninha e perguntou a um ruivo todo paramentado se a srta. Wonderly estava hospedada ali. O ruivo deu as costas, afastou-se e depois voltou, balançando a cabeça:

– Ela deixou o hotel nesta manhã, senhor Spade.

– Obrigado.

Spade passou pela mesa da recepção rumo a uma saleta ao lado do saguão, onde um homem gorducho, de meia-idade, de roupa escura, estava sentado atrás de uma escrivaninha de mogno, de tampo liso. Na beirada da escrivaninha, de frente para o saguão, havia um prisma triangular, de mogno e de latão, com a inscrição SR. FREED.

O gorducho levantou-se e contornou a escrivaninha, com a mão estendida para ele.

– Sinto muito pelo que houve com o Archer, Spade – disse ele, no tom de voz de alguém bem adestrado a se mostrar prontamente solidário, sem ser invasivo. – Acabei de ler no *Call.* Ele esteve aqui, na noite passada, você sabe, não é?

– Obrigado, Freed. Você conversou com ele?

– Não. Ele estava sentado no saguão quando entrei para o meu turno de serviço, no início da noite. Eu não parei. Achei que devia estar aqui a trabalho e sei que vocês preferem ficar sozinhos quando estão de serviço. Será que essa história não teve alguma coisa a ver com a sua...?

– Creio que não, mas ainda não sabemos. De todo modo, não vamos envolver o hotel no caso, se pudermos evitar.

– Obrigado.

– Tudo bem. Você poderia me dar algumas dicas sobre um ex-hóspede e depois esquecer que eu lhe pedi isso?

– Claro.

– Uma tal de senhorita Wonderly deixou o hotel esta manhã. Eu gostaria de saber dos detalhes.

– Venha comigo – disse Freed – e veremos o que se pode descobrir.

Spade ficou onde estava e balançou a cabeça.

– Não quero que me vejam.

Freed fez um gesto afirmativo com a cabeça e saiu da saleta. No saguão, ele se deteve de repente e voltou na direção de Spade.

– Harriman era o detetive de serviço no hotel na noite passada – disse Freed. – Ele afirma ter estado com o Archer. Acha melhor eu preveni-lo para não tocar no assunto?

Spade olhou para Freed com o canto dos olhos.

– É melhor que não. Não fará nenhuma diferença, contanto que não haja uma ligação explícita com a tal de Wonderly. Harriman é um bom sujeito, mas gosta muito de falar, e acho melhor que ele não pense que há alguma coisa para manter em segredo.

Mais uma vez, Freed fez um gesto afirmativo com a cabeça e saiu. Quinze minutos depois, voltou.

– Ela chegou na terça-feira, registrou-se como se viesse de Nova York. Não tinha bagagem grande, só umas bolsas. Não houve ligações de telefone na conta do quarto e parece que ela também não recebeu muita correspondência, se é que recebeu alguma. A única pessoa que lembram ter visto em companhia dela era um homem alto e moreno, de uns trinta e seis anos, aproximadamente. Ela saiu às nove e meia, nesta manhã, voltou uma hora depois, pagou a conta e mandou levarem as bolsas para um carro. O rapaz que levou a bagagem disse que o carro era um Nash de turismo, na certa alugado. Ela deixou um endereço para recados: o Hotel Ambassador, em Los Angeles.

Spade disse:

– Muito obrigado, Freed – e saiu do St. Mark.

Quando Spade voltou ao seu escritório, Effie Perine parou de datilografar uma carta para lhe dizer:

– O seu amigo Dundy esteve aqui. Queria dar uma espiada nas suas armas.

– E aí?

– Aí eu disse para ele voltar quando você estivesse aqui.

– Boa menina. Se ele voltar, pode deixar que olhe à vontade.

– E a senhorita Wonderly ligou.

– Já era tempo. O que ela disse?

– Quer encontrar você. – A moça apanhou um pedacinho de papel na escrivaninha e leu o recado rabiscado a lápis. – Ela está no Coronet, na rua Califórnia, apartamento 1001. Você tem de perguntar pela senhorita Leblanc.

Spade falou:

– Me dê isso aqui – e estendeu a mão. Depois que ela lhe entregou o recado, Spade pegou o isqueiro, fez estalar uma chama, encostou-a no pedacinho de papel e esperou até que todo ele, a não ser por um cantinho, se transformasse em uma cinza negra e crespa, atirou-o no chão de linóleo e o esmigalhou sob a sola do sapato.

A moça observou-o com uma expressão de censura.

Spade sorriu para ela e disse:

– A vida é assim, minha flor – e saiu de novo.

4. O PÁSSARO NEGRO

A srta. Wonderly, em um vestido verde de crepe de seda, com um cinto, abriu a porta do apartamento 1001, no Coronet. Seu rosto estava ruborizado. O cabelo vermelho-escuro, partido no lado esquerdo, que escorria para trás em ondas soltas sobre a têmpora direita, estava um pouco revolto.

Spade tirou o chapéu e disse:

– Bom dia.

O sorriso de Spade despertou um débil sorriso no rosto da mulher. Os olhos dela, de um azul quase violeta, não perderam a expressão constrangida. Ela baixou a cabeça e disse, com voz tímida, abafada:

– Entre, senhor Spade.

Passando pelas portas abertas da cozinha, do banheiro e do quarto, ela o levou até uma sala de estar vermelha e creme, e se desculpou pela confusão no aposento:

– Tudo está revirado. Ainda não terminei de desfazer as malas.

Ela pôs o chapéu de Spade sobre uma mesa e sentou-se em um canapé de nogueira. Spade sentou-se em uma poltrona com brocados, de encosto oval, de frente para ela.

A srta. Wonderly olhava para os dedos, apertava-os uns nos outros e disse:

– Senhor Spade, tenho uma confissão horrível, horrível mesmo, a fazer.

Spade, sem falar nada, armou um sorriso educado, mas ela não ergueu os olhos para ver.

– Aquela... aquela história que lhe contei, ontem, era tudo... era só uma história – gaguejou ela, e ergueu o rosto para Spade, dessa vez com olhos assustados e infelizes.

– Ah, aquilo – disse Spade, com voz mansa. – Para falar a verdade, nós não acreditamos muito na sua história.

– Mas então...? – A perplexidade veio somar-se à infelicidade e ao medo nos olhos dela.

– Acreditamos nos seus duzentos dólares.

– Quer dizer...? – Ela parecia não entender o que Spade queria dizer.

– Quer dizer que você nos pagou mais do que se estivesse dizendo a verdade – explicou, com delicadeza –, e mais do que o bastante para que isso não tivesse importância para nós.

Os olhos da mulher de repente cintilaram. Ela se ergueu alguns centímetros do canapé, sentou-se de novo, alisou a saia, inclinou-se para a frente e falou, ansiosa:

– E mesmo agora estaria disposto a...?

Spade a deteve erguendo a mão aberta. A parte superior do seu rosto se franziu. A parte inferior sorriu.

– Depende – respondeu ele. – O diabo disso tudo, senhorita... O seu nome é Wonderly ou Leblanc?

Ela ficou vermelha e murmurou:

– Na verdade é O'Shaughnessy... Brigid O'Shaugh-nessy.

– O diabo disso tudo, senhorita O'Shaughnessy, é que dois assassinatos como esses, cometidos quase ao mesmo tempo, deixam todo mundo nervoso, levam a polícia a pensar que a situação pode ficar quente, dificultam o contato com todo mundo, tornam todo mundo mais caro. Não é que...

Ele parou de falar porque ela havia parado de escutar, e apenas esperava que ele terminasse.

– Senhor Spade, diga a verdade. – A voz da mulher tremia, à beira da histeria. Seu rosto se desfigurara ao redor dos olhos desesperados. – Eu sou a culpada do que... do que aconteceu na noite passada?

Spade balançou a cabeça.

– Não, a menos que haja coisas que eu não sei – respondeu ele. – A senhorita nos advertiu de que Thursby era perigoso. É claro que a senhorita mentiu para nós sobre sua irmã e tudo o mais, mas isso não conta: não acreditamos no que disse. – Ele encolheu os ombros inclinados. – Eu não diria que foi culpa sua.

– Obrigada – disse ela muito de leve e, depois, moveu a cabeça para um lado e para o outro. – Mas sempre vou me sentir responsável por isso. – Pôs a mão no pescoço. – O senhor Archer estava tão... tão vivo, ontem à tarde, tão vigoroso, tão entusiasmado e...

– Pare – ordenou Spade. – Ele sabia o que estava fazendo. São riscos que temos de correr.

– Ele era... era casado?

– Era, tinha um seguro de dez mil dólares, nenhum filho e uma esposa que não gostava dele.

– Ah, por favor, não fale assim! – pediu ela, num sussurro.

Spade encolheu os ombros de novo.

– A verdade era essa. – Olhou de relance seu relógio de pulso, deixou a poltrona onde estava e foi sentar-se no canapé, ao lado da mulher. – Agora não há tempo para nos preocuparmos com isso. – Sua voz era delicada, mas firme. – Lá fora, um bando de policiais, assistentes do procurador e repórteres está fuçando por todo lado, farejando pelo chão. O que você quer fazer?

– Quero que você me salve de... de tudo isso – respondeu ela, com voz fina e trêmula. Pôs a mão tímida na manga do paletó de Spade. – Senhor Spade, eles sabem a meu respeito?

– Ainda não. Eu queria falar com você antes.

– O que... o que eles vão pensar se souberem do modo como eu o procurei... com todas aquelas mentiras?

– Vão ficar desconfiados. Por isso eu me esquivei deles, até poder conversar com você. Pensei que talvez não fosse necessário deixar que eles soubessem de tudo isso. Temos de ser capazes de forjar uma história que os embale e os ponha para dormir, se necessário.

– Você não acha que tive alguma coisa a ver com os... os assassinatos... acha?

Spade sorriu para ela e respondeu:

– Esqueci de lhe perguntar isso. Teve?

– Não.

– É bom saber. Pois bem, o que vamos contar para a polícia?

Ela se remexeu na ponta do canapé onde estava sentada e os olhos oscilaram entre as pestanas salientes, como se tentassem e não conseguissem livrar-se do olhar de Spade. Ela pareceu menor, muito nova e oprimida.

– Eles precisam saber alguma coisa a meu respeito? – perguntou. – Acho que eu preferiria morrer, senhor Spade. Não posso explicar, agora, mas será que você não pode arranjar as coisas de modo a me manter oculta para eles, para que eu não tenha de responder às perguntas dessas pessoas? Não creio que pudesse suportar um interrogatório, agora. Acho que preferiria morrer. Pode fazer isso, senhor Spade?

– Talvez – respondeu ele. – Mas tenho de conhecer a história inteirinha.

A mulher atirou-se aos joelhos dele. Ergueu o rosto para Spade. Seu rosto estava pálido, tenso e temeroso, por trás das mãos entrelaçadas com toda a força.

– Não tive uma vida boa – exclamou ela. – Fui má... pior do que você poderia imaginar... mas não sou de todo má. Olhe para mim, senhor Spade. Você sabe que não sou de todo má, não sabe? Consegue ver isso, não é? Então, não pode confiar um pouco em mim? Ah, estou tão sozinha e assustada, e não tenho ninguém para me ajudar, se você não me ajudar. Sei que não tenho nenhum direito de pedir-lhe que confie em mim, se não confio em você. Mas confio em você, só que não posso revelar do que se trata. Não posso revelar agora. Depois contarei, quando puder. Estou com medo, senhor Spade. Você pode me ajudar. Você disse que pode me ajudar. Se eu não acreditasse que você pode me salvar, teria fugido, hoje, em vez de procurá-lo. Se achasse que alguma outra pessoa poderia me salvar, estaria aqui, assim, de joelhos? Sei que não é justo da minha parte. Mas seja generoso, senhor Spade, não me peça para ser justa. Você é forte, determinado, corajoso. Sem dúvida pode me dar um pouco dessa força, dessa determinação, dessa coragem. Ajude-me, senhor Spade. Ajude-me, porque preciso desesperadamente de ajuda, e porque, se você não me ajudar, onde vou encontrar alguém capaz de me ajudar, ainda que essa pessoa esteja muito disposta a fazê-lo? Ajude-me. Não tenho nenhum direito de pedir-lhe para me ajudar às cegas, sem saber dos fatos, mas é o que estou pedindo. Seja generoso, senhor Spade. Você pode me ajudar. Ajude-me.

Spade, que contivera o fôlego durante um longo trecho desse discurso, esvaziou então os pulmões com uma exalação longa e suspirante, entre os lábios franzidos, e disse:

– Você não vai precisar muito da ajuda de ninguém. Você é boa. É ótima. São sobretudo os seus olhos, e essa palpitação que você imprime à voz, quando fala coisas como: "Seja generoso, senhor Spade".

Ela se levantou, de um salto. Seu rosto ruborizou-se de modo doloroso, mas a mulher manteve a cabeça erguida e fitou Spade bem nos olhos.

– Eu mereço isso – disse ela. – Eu mereço isso, mas... ah!... Eu quis tanto que você me ajudasse. E quero muito isso, e preciso disso, muito mesmo. E a mentira estava no modo como eu falei e não naquilo tudo que eu disse. – Ela lhe deu as costas, já não se mantinha mais empertigada. – É culpa minha, se você agora não pode mais acreditar em mim.

O rosto de Spade enrubesceu e ele voltou os olhos para o chão, murmurando:

– Nossa, você é perigosa.

Brigid O'Shaughnessy caminhou até a mesa e apanhou o chapéu de Spade. Voltou e parou diante dele, com o chapéu na mão, sem oferecê-lo para Spade, mas segurando-o para que ele o apanhasse, se assim quisesse. O rosto da mulher estava branco e franzino.

Spade olhou para o seu chapéu e perguntou:

– O que aconteceu na noite passada?

– Floyd foi ao hotel às nove horas e saímos para caminhar. Sugeri isso para que o senhor Archer pudesse vê-lo. Paramos em um restaurante na rua Geary, acho que a rua era essa, para jantar e dançar, e voltamos ao hotel mais ou menos à meia-noite e meia. Floyd deixou-me na porta, eu parei lá dentro e observei que o senhor Archer o seguia, descendo a rua, na calçada do outro lado.

– Descendo? Quer dizer que foram na direção da rua Market?

– Sim.

– Você sabe o que eles dois podiam estar fazendo lá nas bandas da rua Bush e da rua Stockton, onde Archer foi baleado?

– Isso não fica perto de onde Floyd estava hospedado?

– Não. Fica a uns doze quarteirões do caminho de Floyd, se ele estivesse indo do seu hotel para o hotel dele. Bem, e o que você fez depois que eles foram embora?

– Fui dormir. E, nesta manhã, quando saí para o desjejum, vi as manchetes nos jornais e li sobre... o senhor sabe. Depois, subi até a Union Square, onde tinha visto carros para alugar, aluguei um carro e voltei ao hotel para apanhar minha bagagem. Depois que vi como meu quarto tinha sido revirado e revistado, entendi que tinha de mudar de endereço e encontrei este lugar ontem à tarde. Portanto vim para cá e depois telefonei para o seu escritório.

– O seu quarto no Hotel St. Mark foi revistado? – perguntou Spade.

– Sim, enquanto eu estava no seu escritório. – Ela mordeu o lábio. – Não era para eu lhe contar isso.

– Quer dizer que eu não devo fazer perguntas sobre esse assunto?

Ela fez que sim com a cabeça, timidamente.

Spade franziu as sobrancelhas.

A mulher remexeu o chapéu um pouco nas mãos.

Ele riu com impaciência e disse:

– Pare de abanar esse chapéu na minha cara. Eu já não me ofereci para fazer o que puder?

Ela sorriu, contrita, repôs o chapéu sobre a mesa e sentou-se de novo ao lado dele, no canapé.

Spade disse:

– Não vejo nenhum problema em confiar em você sem conhecer os fatos, só que assim não vou poder ajudar grande coisa, se eu não tiver pelo menos alguma ideia do que está acontecendo. Por exemplo, preciso de alguma dica sobre esse tal de Floyd Thursby.

– Eu o conheci no Oriente. – Ela falou devagar, olhando para baixo, na direção de seu dedo esticado que traçava vários oitos no intervalo do canapé, entre os dois. – Chegamos de Hong Kong na semana passada. Ele era... Ele havia prometido me ajudar. Aproveitou-se da minha condição indefesa e da minha dependência em relação a ele para me trair.

– Trair você, como?

Ela balançou a cabeça e não disse nada.

Spade, franzindo a sobrancelha com impaciência, perguntou:

– Por que você queria que nós seguíssemos esse sujeito?

– Eu queria saber até que ponto ele havia ido. Floyd nem sequer me permitia saber onde se hospedava. Eu queria descobrir o que ele estava fazendo, com quem se encontrava, esse tipo de coisas.

– Ele matou Archer?

A mulher ergueu os olhos para Spade, surpresa.

– Sim, sem dúvida – respondeu.

– Ele tinha uma Luger num coldre a tiracolo. Archer não foi baleado por uma Luger.

– Ele tinha um revólver no bolso do sobretudo – explicou ela.

– Você viu essa arma?

– Ah, muitas vezes. Eu sei que ele sempre levava um revólver consigo. Não vi o revólver na noite passada, mas sei que ele nunca usava um sobretudo sem o revólver.

– Por que tantas armas?

– Ele vivia disso. Em Hong Kong corria a história de que fora para lá, para o Oriente, como guarda-costas de um gerente de jogo que foi obrigado a sair dos Estados Unidos, e que depois esse gerente de jogo sumiu. Diziam que Floyd sabia muito bem como havia sumido. Eu não sei. O que sei é que ele sempre andava muito bem armado e que nunca ia dormir sem cobrir o chão em volta da cama com jornais amassados, para que ninguém pudesse entrar no seu quarto sem fazer barulho.

– Mas que belo parceiro você foi arrumar.

– Só alguém assim poderia me ajudar – explicou ela, com simplicidade –, se fosse uma pessoa leal.

– Pois é, se fosse. – Spade beliscou o lábio inferior com o polegar e o indicador e olhou para ela com uma expressão sombria. As rugas verticais no alto de seu nariz se acentuaram, aproximando as sobrancelhas uma da outra. – E esse buraco em que você se meteu é muito fundo?

– Mais fundo é impossível – respondeu ela.

– Há um risco físico?

– Não sou nada heroica. Não creio que haja nada pior do que a morte.

– Então, é isso?

– É isso, tão certo quanto estarmos nós dois aqui sentados – a moça estremeceu –, a menos que você me ajude.

Spade afastou os dedos da boca e correu a mão pelo cabelo.

– Não sou Cristo – disse ele, irritado. – Não posso fazer milagres do nada. – Olhou para o relógio de pulso. – O dia está passando e você não me deu nada com que eu possa trabalhar. Quem matou Thursby?

Ela pôs um lenço amassado junto à boca e respondeu, através do pano:

– Não sei.

– Os seus inimigos ou os dele?

– Não sei. Dele, espero, mas infelizmente eu não sei.

– Como ele ia ajudar você? Por que você o trouxe de Hong Kong para cá?

Ela olhou para Spade com olhos assustados e balançou a cabeça em silêncio. Seu rosto estava transtornado e lamentavelmente obstinado.

Spade levantou-se, meteu as mãos no bolso do paletó e baixou o rosto na direção dela, de cara fechada.

– Não adianta – disse ele, com rudeza. – Não posso fazer nada por você. Não sei o que quer que eu faça. Não sei nem se você sabe o que quer.

Ela inclinou a cabeça e começou a chorar.

Spade emitiu um rosnado de fera e foi até a mesa para pegar o chapéu.

– Você não vai... – suplicou a moça com uma vozinha sufocada, sem levantar os olhos – não vai procurar a polícia?

– Procurar a polícia? – exclamou Spade, com voz alta, em sua raiva. – Basta eu ficar parado que num instante ela cai feito um enxame em cima de mim. Bem, vou dizer a eles o que sei, e você vai ter de confiar na sorte.

Ela levantou-se do canapé e se pôs de pé na frente dele, embora os joelhos tremessem, e manteve erguido o rosto branco, dominado pelo pânico, mas não conseguiu conter os músculos da boca e do queixo, que se contraíam. Disse:

– Você foi paciente. Tentou me ajudar. Mas é inútil, nada disso adianta, creio. – Ela estendeu a mão direita. – Eu lhe agradeço pelo que fez por mim. Eu... eu terei de confiar na sorte.

Spade emitiu de novo seu rosnado de fera e sentou-se no canapé.

– Quanto dinheiro você tem? – perguntou ele.

A pergunta a deixou espantada. Em seguida, comprimiu o lábio inferior entre os dentes e respondeu, com relutância:

– Tenho ainda uns quinhentos dólares.

– Entregue para mim.

Ela hesitou, olhou temerosa para Spade. Ele fez um gesto de irritação com a boca, as sobrancelhas, as mãos e os ombros. Ela entrou no quarto e voltou, quase de imediato, com um maço de cédulas na mão.

Spade tomou o dinheiro da mulher, contou-o e disse:

– Aqui só tem quatrocentos.

– Preciso ficar com algum para viver – explicou ela, dócil, pondo a mão no peito.

– Não tem algum jeito de arranjar mais?

– Não.

– Você deve ter alguma coisa com que possa levantar algum dinheiro – insistiu Spade.

– Possuo alguns anéis, umas poucas joias.

– Vai ter de penhorar – disse ele, e estendeu a mão. – O melhor lugar é o Remedial: fica entre a Mission e a Quinta.

A mulher olhou-o com ar de súplica. Os olhos amarelo-cinzentos de Spade eram duros e implacáveis. Lentamente, a mulher introduziu a mão no decote do vestido, retirou de lá um fino rolo de cédulas e depositou-o na mão que aguardava, estendida.

Spade alisou as notas e contou – quatro de vinte, quatro de dez e uma de cinco. Devolveu para ela duas notas de dez e a única de cinco. As demais, pôs no bolso. Em seguida, levantou e disse:

– Vou sair por aí e ver o que consigo fazer por você. Voltarei assim que puder, com as melhores notícias que conseguir arranjar. Vou fazer a campainha do telefone tocar quatro vezes: longo, curto, longo, curto. Assim você vai saber que sou eu. Não precisa vir até a porta comigo. Posso me virar sozinho.

Spade a deixou parada no meio do assoalho, olhando para ele com olhos azuis assombrados.

Spade entrou numa sala de recepção cuja porta tinha a inscrição WISE MERICAN & WISE. A moça ruiva no painel de telefonista disse:

– Ah, oi, senhor Spade.

– Oi, doçura – respondeu ele. – Sid está?

Spade ficou de pé ao lado dela, com a mão no ombro fofo da moça, enquanto ela manobrava um pino e falava no bocal:

– O senhor Spade quer falar com o senhor, senhor Wise. – Ela ergueu os olhos para Spade. – Pode entrar.

Spade apertou o ombro da moça num sinal de gratidão, atravessou a recepção até um corredor interno devidamente iluminado e seguiu por ele até o fim, onde havia uma porta de vidro fosco. Abriu a porta de vidro fosco e entrou em um escritório onde um homenzinho com pele morena e rosto oval e cansado, debaixo do cabelo fino e escuro, salpicado de caspas, estava sentado atrás de uma escrivaninha imensa onde se empilhavam fardos de papel.

O homenzinho acenou para Spade com um floreio do toco de cigarro apagado e disse:

– Puxe uma cadeira, aí. Quer dizer que o Miles tirou a sorte grande na noite passada, hein? – Nem seu rosto cansado nem sua voz um tanto estridente denotavam a menor emoção.

– Ãrrã, é por isso que vim aqui. – Spade franziu as sobrancelhas e pigarreou. – Acho que vou ter de mandar um investigador da polícia para o inferno, Sid. Posso me proteger atrás da santidade dos segredos e da privacidade dos meus clientes e outras coisas desse tipo, como fazem o padre e o advogado?

Sid Wise levantou os ombros e baixou as extremidades da boca.

– Por que não? Um inquérito não é um julgamento. Pelo menos, você pode tentar. Já se safou de coisa bem pior do que isso, outras vezes.

– Eu sei, mas o Dundy está ficando muito metido e talvez este caso seja um pouco mais complicado. Pegue seu chapéu, Sid, e vamos conversar com as pessoas certas. Quero estar seguro.

Sid Wise olhou para os papéis amontoados na sua escrivaninha e suspirou, mas levantou-se da cadeira e foi até o armário ao lado da janela.

– Você não é mole, Sammy – disse ele, enquanto tirava o chapéu do gancho.

Spade voltou ao seu escritório às cinco e dez da tarde. Effie Perine estava sentada na sua mesa, lendo a *Time*. Spade sentou-se na escrivaninha e perguntou:

– Alguma novidade sensacional?

– Aqui, não. Você parece até que viu passarinho verde.

Spade sorriu, satisfeito.

– Acho que temos algum futuro. Sempre pensei, lá no fundo, que se Miles saísse por aí e desse um jeito de morrer em algum canto, nós teríamos mais chance de prosperar. Você me faria a gentileza de mandar flores em meu nome?

– Já fiz isso.

– Você é um anjo inestimável. Como anda a sua intuição feminina, hoje?

– Por quê?

– Qual a sua opinião sobre Wonderly?

– Sou a favor dela – respondeu a moça, sem hesitar.

– Ela tem nomes demais – ponderou Spade. – Wonderly, Leblanc, e diz que o nome verdadeiro é O'Shaughnessy.

– Não me importo nem que ela tenha todos os nomes da lista telefônica. Essa moça é legal, e você sabe disso.

– Não tenho certeza. – Spade piscou, sonolento, para Effie Perine. Deu uma risadinha. – De todo modo, ela deixou escapar setecentos dólares em dois dias, e isso é bem legal.

Effie Perine aprumou-se na cadeira e disse:

– Sam, se essa moça está em apuros e você a deixar na mão, ou se você se aproveitar disso para explorá-la, nunca o perdoarei, nunca mais terei nenhum respeito por você, enquanto viver.

Spade deu um sorriso forçado. Depois, franziu as sobrancelhas. Isso também foi forçado. Abriu a boca para falar, mas o ruído da entrada de alguém pela porta do corredor o fez parar.

Effie Perine levantou-se e foi para a saleta de espera. Spade tirou o chapéu e sentou-se na sua cadeira no gabinete. A moça voltou com um cartão impresso: SR. JOEL CAIRO.

– Esse cara é muito esquisito – disse ela.

– Ponha o sujeito para dentro, doçura – pediu Spade.

O senhor Joel Cairo era um homem de ossos pequenos, moreno, estatura mediana. O cabelo era negro, liso e muito lustroso. Suas feições eram as de um levantino, um homem da parte oriental do Mediterrâneo. Um rubi retangular, margeado por quatro baguetes de diamante, cintilava contra o fundo verde muito vivo da sua gravata. O paletó preto, de corte bem justo para estreitar os ombros, abria-se um pouco nos quadris ligeiramente volumosos. As calças adaptavam-se às pernas roliças com mais folga do que a moda corrente determinava. A parte superior dos sapatos de verniz estava oculta por polainas cáqui. Segurava um chapéu preto de jóquei-clube na mão coberta por uma luva de camurça e avançou na direção de Spade com passinhos curtos, afetados, saltitantes. A fragrância de *chypre* o acompanhava.

Spade inclinou a cabeça para o seu visitante e em seguida na direção de uma cadeira, dizendo:

– Sente-se, senhor Cairo.

Cairo fez uma mesura caprichada com a cabeça, acima do chapéu, disse "Obrigado" com uma voz franzina, de timbre agudo, e acomodou-se. Sentou-se muito empertigado, cruzou os tornozelos, colocou o chapéu sobre os joelhos e começou a retirar as luvas amarelas.

Spade balançou-se para trás na sua cadeira e disse:

– Agora, o que posso fazer pelo senhor, senhor Cairo? – A afável displicência do tom de voz e o movimento na cadeira foram exatamente iguais aos do instante em que fizera a mesma pergunta para Brigid O'Shaughnessy no dia anterior.

Cairo virou o chapéu de boca para cima, jogou as luvas dentro do chapéu e o pôs virado para cima no canto da escrivaninha que estava mais perto dele. Diamantes rebrilharam no segundo e no quarto dedos da mão esquerda e, no terceiro dedo da mão direita, havia um rubi que imitava o da gravata, até nos diamantes que o rodeavam. Tinha as mãos macias e bem tratadas. Embora não fossem grandes, sua flácida brusquidão lhes dava um aspecto desgracioso. Ele esfregou as palmas das mãos e, por cima do ruído sussurrante dessa fricção, falou:

– Permitiria a um estranho oferecer os pêsames pela lamentável morte do seu sócio?

– Muito obrigado.

– Eu poderia perguntar, senhor Spade, se existe, conforme os jornais deram a entender, uma certa... hã... relação entre o lamentável acontecimento e a morte, um pouco posterior, de um homem chamado Thursby?

Spade não respondeu, e seu rosto tinha uma expressão vazia e inflexível.

Cairo levantou-se e curvou a cabeça.

– Queira desculpar. – Sentou-se e pôs as mãos ao lado uma da outra, viradas para baixo, no canto da escrivaninha. – Algo mais do que uma curiosidade ociosa levou-me a formular essa pergunta, senhor Spade. Estou tentando reaver um... hã... ornamento que foi, como vou dizer, extraviado. Eu pensei, e tinha essa esperança, que o senhor pudesse ser de alguma ajuda para mim.

Spade fez um gesto afirmativo com a cabeça e ergueu as sobrancelhas para indicar atenção.

– O ornamento é uma estatueta – prosseguiu Cairo, escolhendo e pronunciando as palavras com todo cuidado –, a imagem negra de um pássaro.

Spade fez um gesto afirmativo com a cabeça novamente, com um interesse cordial.

– Tenho condições de pagar, em nome do legítimo proprietário, a soma de cinco mil dólares pela devolução da estatueta. – Cairo ergueu uma das mãos do canto da escrivaninha e tocou um ponto no ar, com a ponta de um indicador feio, de unha muito larga. – Tenho condições de prometer que tudo será feito... como é mesmo a expressão?... sem perguntas. – Pôs a mão de novo sobre a escrivaninha, ao lado da outra, e sorriu mansamente por cima delas para o detetive particular.

– Cinco mil é um bocado de dinheiro – comentou Spade, olhando para Cairo com ar pensativo. – É...

Dedos tamborilaram de leve na porta.

Quando Spade disse "Entre", a porta abriu-se o bastante para dar passagem à cabeça e aos ombros de Effie Perine. A moça tinha posto um chapeuzinho escuro de feltro e um casaco escuro, de gola de pele cinzenta.

– O senhor quer mais alguma coisa? – perguntou ela.

– Não. Boa noite. Tranque a porta quando sair, está bem? Spade virou-se na cadeira para encarar de novo o senhor Cairo e disse:

– É uma quantia interessante.

O ruído da porta do corredor fechando-se atrás de Effie Perine chegou até eles.

Cairo sorriu e tirou uma pistola pequena, compacta, do bolso de dentro do paletó.

– Por gentileza – disse ele –, ponha as mãos cruzadas na nuca.

5. O LEVANTINO

Spade não olhou para a pistola. Ergueu os braços e, inclinando-se para trás na cadeira, entrecruzou as mãos atrás da cabeça. Os olhos, sem nenhuma expressão determinada, permaneceram focalizados no rosto moreno de Cairo.

Cairo tossiu de leve como que se desculpando e sorriu nervoso com lábios que haviam perdido uma parte do rubor. Os olhos escuros estavam úmidos, acanhados e muito compenetrados.

– Meu intuito é revistar o seu escritório, senhor Spade. Advirto-o de que, se o senhor tentar me impedir, não tenha a menor dúvida de que vou atirar contra o senhor.

– Vá em frente. – A voz de Spade estava tão inexpressiva quanto o seu rosto.

– Tenha a bondade de se pôr de pé – ordenou o homem com a pistola para aquele contra cujo peito a arma estava apontada. – Terei de me certificar de que o senhor não está armado.

Spade levantou-se, empurrando a cadeira para trás com as panturrilhas, enquanto aprumava as pernas.

Cairo deu a volta por trás dele. Passou a pistola da mão direita para a esquerda. Levantou a aba do paletó de Spade e espiou por baixo. Segurando a pistola bem perto das costas de Spade, passou a mão direita pelo lado do tronco e apalpou o seu peito. O rosto do levantino ficou, então, a menos de quinze centímetros abaixo e atrás do cotovelo direito de Spade.

O cotovelo de Spade baixou, ao mesmo tempo que ele girou o corpo para a direita. O rosto de Cairo recuou com um tranco, mas não foi longe: o calcanhar direito de Spade, calcando bem firme os dedos calçados com o sapato de verniz, fixou o homem de menor estatura no raio de alcance do cotovelo. O cotovelo golpeou-o abaixo do osso malar e o tonteou de tal modo que Cairo teria caído se não fosse seguro pelo pé de Spade, que pressionava o seu. O cotovelo de Spade passou além do espantado rosto moreno e desdobrou-se quando a mão de Spade se abateu sobre a pistola. Cairo largou a pistola no instante em que os dedos de Spade tocaram nela. A arma ficou pequena na mão de Spade.

O detetive tirou o pé de cima do pé de Cairo para poder concluir sua meia-volta. Com a mão esquerda, Spade agarrou juntas as duas lapelas do paletó do homem menor do que ele – a gravata verde, paramentada com o rubi, sobressaía entre os nós dos seus dedos – ao mesmo tempo que a mão direita guardava a pistola capturada dentro de um dos bolsos do paletó. Os olhos amarelo-cinzentos tinham um ar sinistro. Seu rosto estava impassível, com um vestígio de mau humor em torno da boca.

O rosto de Cairo estava torcido de dor e de humilhação. Havia lágrimas nos seus olhos escuros. Sua pele tinha uma cor de chumbo polido, menos no ponto onde o cotovelo havia avermelhado a bochecha.

Como tinha bem seguras nas mãos as lapelas do levantino, Spade virou-o lentamente e empurrou-o para trás, até parar diante da cadeira que havia ocupado pouco antes. Uma expressão atônita substituiu a expressão de dor no rosto cor de chumbo. Em seguida, Spade sorriu. Seu sorriso era cordial e até sereno. Seu ombro direito ergueu-se alguns centímetros. O braço direito dobrado ergueu-se com o movimento do ombro. Punho, pulso, antebraço, cotovelo dobrado e braço pareciam todos formar um único bloco, ao qual apenas o ombro flexível dava movimento. O punho golpeou o rosto de Cairo, cobriu por um momento o lado do queixo, um canto da boca e a maior parte da face, entre o osso malar e a mandíbula.

Cairo fechou os olhos e ficou inconsciente.

Spade baixou o corpo mole na cadeira, onde ele ficou de braços e pernas esparramados, a cabeça tombada para trás no encosto da cadeira e a boca aberta.

Spade esvaziou os bolsos do homem inconsciente um por um, agindo metodicamente, movendo o corpo inerte quando necessário, fazendo sobre a escrivaninha uma pilha com o conteúdo dos bolsos. Depois de virar pelo avesso o último, Spade voltou para a sua cadeira, enrolou e acendeu um cigarro e começou a examinar o seu espólio. Examinou tudo com minúcia vagarosa e compenetrada.

Havia uma carteira grande de couro escuro e macio. A carteira continha trezentos e sessenta e cinco dólares, em cédulas dos Estados Unidos, de vários tamanhos; três cédulas de cinco libras; um passaporte grego com muitos vistos, com o nome e a foto de Cairo; cinco folhas dobradas de papel fino rosado, cobertas com algo que parecia escrita arábica; um recorte rasgado de jornal a respeito da descoberta dos cadáveres de Archer e de Thursby; um cartão-postal com a foto de uma mulher de pele morena, olhos cruéis e atrevidos e boca arqueada e meiga; um grande lenço de seda amarelado pelo tempo e um pouco partido ao longo das dobras; um fino maço dos cartões impressos do sr. Joel Cairo; e um ingresso para uma poltrona no Teatro Geary, naquela noite.

Além da carteira e do seu conteúdo, havia três lenços de seda de cores alegres, com a fragrância de *chypre;* um relógio Longines, de platina, em uma corrente de ouro avermelhado e de platina, presa na outra extremidade a um pequeno pingente em forma de pera, feito de algum tipo de metal; um punhado de moedas americanas, inglesas, francesas e chinesas; uma argola com meia dúzia de chaves; uma caneta-tinteiro de prata e ônix; um pente de metal em um estojo de couro artificial; uma lima de unha em um estojo de couro artificial; um pequeno guia de ruas de São Francisco; um canhoto de bagagem da firma de navegação Southern Pacific; um pacote de pastilhas violeta, cheio até a metade; o cartão de um corretor de seguros de Xangai; e quatro folhas de papel do Hotel Belvedere, em uma das quais estava escrito, em letrinhas muito cuidadosas, o nome de Samuel Spade e o endereço do seu escritório e do seu apartamento.

Depois de examinar cuidadosamente esses objetos – tendo chegado ao ponto de abrir a portinha de trás do relógio para ver se havia algo escondido ali –, Spade inclinou-se para a frente e segurou o pulso do homem inconsciente entre o indicador e o polegar, para tomar sua pulsação. Em seguida, largou o pulso, recostou-se para trás na cadeira e enrolou e acendeu outro cigarro. Enquanto fumava, seu rosto, exceto por algum ligeiro movimento casual e fortuito do lábio inferior, estava tão imóvel e pensativo que parecia idiota; mas, quando Cairo, pouco depois, gemeu e agitou as pálpebras, o rosto de Spade tornou-se afável e ele pôs o início de um sorriso amistoso nos olhos e na boca.

Joel Cairo despertou aos poucos. Seus olhos abriram primeiro, mas passou-se um minuto inteiro antes que fixassem o foco em algum ponto determinado do teto. Depois fechou a boca e engoliu, em seguida exalou o ar com força pelo nariz. Recuou um pé e virou uma das mãos sobre a coxa. Levantou a cabeça do encosto da cadeira onde estava tombada, olhou o escritório à sua volta, desorientado, viu Spade e aprumou o corpo. Abriu a boca para falar, começou, levou ao rosto a mão espalmada, no local onde o punho de Spade o golpeara e onde havia agora uma contusão arroxeada.

Cairo disse, entre os dentes, com voz dolorida:

– Eu podia ter atirado no senhor, senhor Spade.

– Podia ter tentado – admitiu Spade.

– Não tentei.

– Eu sei.

– Então, por que me esmurrou depois que eu já estava desarmado?

– Sinto muito – disse Spade, e sorriu de um jeito feroz, deixando à mostra os dentes de trás. – Mas imagine a minha decepção quando descobri que aquela oferta de cinco mil dólares era só papo furado.

– O senhor está enganado, senhor Spade. Era, e é, uma oferta genuína.

– Como assim? – A surpresa de Spade era genuína.

– Estou disposto a pagar cinco mil dólares pela devolução da estatueta. – Cairo afastou a mão do rosto machucado e aprumou-se de novo na cadeira, bem-posto e objetivo. – Ela está com o senhor?

– Não.

– Se ela não está aqui – Cairo, de um modo muito educado, mostrou-se cético –, por que o senhor correu o risco de se ferir seriamente para impedir que eu a procurasse?

– Por acaso eu devo ficar aqui sentado e deixar que qualquer um entre no meu escritório e me roube, com uma arma na mão? – Spade agitou um dedo na direção dos pertences de Cairo, sobre a mesa. – Você conseguiu o endereço do meu apartamento. Já esteve por lá?

– Sim, senhor Spade. Estou apto a pagar cinco mil dólares pela devolução da estatueta, mas sem dúvida é perfeitamente natural que eu tente primeiro, se possível, poupar dessa despesa o proprietário.

– Quem é ele?

Cairo balançou a cabeça e sorriu.

– O senhor terá de me perdoar por não responder a essa pergunta.

– Terei? – Spade inclinou-se para a frente, sorrindo com lábios tensos. – Eu tenho você na palma da minha mão, Cairo. Você entrou aqui e acabou se encrencando, mais do que o bastante para deixar a polícia feliz da vida, em vista dos assassinatos da noite de ontem. E agora, ou você dança a minha música, ou então...

O sorriso de Cairo foi discreto e nem um pouco assustado.

– Fiz uma investigação bastante abrangente a respeito do senhor antes de tomar qualquer atitude – disse ele –, e obtive todas as garantias de que o senhor é demasiado sensato para permitir que considerações de outra natureza interfiram em um lucrativo contato de negócios.

Spade deu de ombros.

– Onde estão esses negócios? – perguntou.

– Eu lhe ofereci cinco mil dólares pela...

Spade golpeou com as costas dos dedos a carteira de Cairo e disse:

– Aqui não tem nada parecido com cinco mil dólares. Você está querendo me enrolar. Podia muito bem entrar aqui e dizer que me pagaria um milhão por um elefante cor-de-rosa, mas que diabo isso ia significar?

– Entendo, entendo – respondeu Cairo, pensativo, estreitando os olhos. – O senhor deseja alguma garantia da minha sinceridade. – Esfregou o lábio inferior vermelho com a ponta de um dedo. – Um adiantamento, isso serviria?

– Talvez.

Cairo estendeu a mão na direção da sua carteira, hesitou, recuou a mão e disse:

– O senhor aceitaria, digamos, cem dólares?

Spade pegou a carteira e tirou cem dólares. Em seguida, franziu as sobrancelhas e disse:

– É melhor inteirar duzentos – e assim fez.

Cairo não falou nada.

– Seu primeiro palpite era que o pássaro estava comigo – disse Spade, com voz firme, depois de embolsar os duzentos dólares e jogar a carteira de novo sobre a mesa. – Isso não deu em nada. Qual é o segundo palpite?

– Que o senhor sabe onde está, ou, se não for bem assim, que o senhor sabe como chegar até ele.

Spade nem negou nem confirmou: parecia nem ter ouvido. Perguntou:

– Que tipo de prova você pode me dar de que o seu cliente é o proprietário legítimo?

– Infelizmente, muito pouca coisa. Porém, há o seguinte: ninguém pode oferecer-lhe o menor indício fidedigno de ser o proprietário. E caso o senhor tenha tanto conhecimento sobre o assunto quanto suponho que tem, senão eu nem estaria aqui, sabe que a maneira como a estatueta foi tirada do seu dono demonstra que o direito dele à posse desse objeto era mais legítimo do que o de qualquer outra pessoa, e certamente mais legítimo do que o de Thursby.

– E quanto à filha dele? – perguntou Spade.

O choque fez abrirem-se os olhos e a boca de Cairo, deixou seu rosto vermelho, tornou sua voz estridente:

– *Ele* não é o proprietário!

– Ah – disse Spade, de forma delicada e ambígua.

– Ele está aqui em São Francisco, agora? – indagou Cairo, com a voz menos estridente, mas ainda nervosa.

Spade piscou os olhos com ar de sono e sugeriu:

– Seria melhor se nós puséssemos de uma vez nossas cartas na mesa.

Cairo recuperou sua compostura com um ligeiro sacolejar do corpo.

– Não creio que isso fosse o melhor a fazer. – Sua voz agora estava suave. – Se o senhor souber mais do que eu, vou lucrar com os seus conhecimentos, assim como o senhor vai lucrar em função dos cinco mil dólares. Se o senhor não souber mais do que eu, terei cometido um erro ao procurá-lo, e fazer conforme o senhor sugere significaria apenas tornar esse erro mais grave.

Spade fez um gesto afirmativo com a cabeça, com ar de indiferença, e abanou a mão na direção dos objetos sobre a escrivaninha, dizendo:

– Aí estão suas coisas. – E depois, quando Cairo repunha os objetos nos bolsos: – Fica entendido que você terá de pagar minhas despesas enquanto eu estiver tentando recuperar esse pássaro negro para você, e mais cinco mil dólares quando eu o conseguir, certo?

– Sim, senhor Spade; isto é, cinco mil dólares menos qualquer soma que houver sido paga ao senhor a título de adiantamento. Cinco mil dólares ao todo.

– Está certo. É uma proposta justa. – O rosto de Spade tinha um aspecto solene, a não ser pelos vincos nos cantos dos olhos. – Você não está me contratando para cometer nenhum assassinato ou nenhum roubo, mas apenas para recuperar a estatueta, se possível, de uma forma honesta e dentro da lei.

– Se possível – concordou Cairo. Seu rosto também ficou solene, a não ser pelos olhos. – E, em qualquer caso, com discrição. – Levantou-se e apanhou o chapéu. – Estarei no Hotel Belvedere quando o senhor quiser comunicar-se comigo. Quarto 635. Espero confiante o maior benefício recíproco dessa nossa associação, senhor Spade. – Ele hesitou.

– Posso ficar com a minha pistola?

– Claro. Eu tinha esquecido.

Spade tirou a pistola do bolso do paletó e entregou--a para Cairo.

Cairo apontou a pistola para o peito de Spade.

– Por gentileza, fique com as mãos sobre a mesa – disse Cairo, muito sério. – Meu intuito é dar uma busca no seu escritório.

Spade exclamou:

– Com mil diabos. – Em seguida, soltou uma risada gutural e disse: – Tudo bem, vá em frente. Não vou detê-lo.

6. O espião baixinho

Durante meia hora, depois que Joel Cairo se foi, Spade ficou sozinho, quieto, de sobrancelhas franzidas, sentado à escrivaninha. Então disse em voz alta, no tom de quem põe de lado um problema:

– Bem, estão pagando por isso – e, de dentro de uma gaveta, tirou uma garrafa de Manhattan e um copo de papel. Encheu dois terços do copo, bebeu, repôs a garrafa na gaveta, jogou o copo no cesto de lixo, pôs o chapéu e o sobretudo, apagou as lâmpadas e desceu para a rua, sob as luzes da noite.

Um jovem baixinho de vinte ou vinte e um anos, com um gorro e um sobretudo cinzentos e bem cuidados, estava parado à toa na esquina, junto ao prédio de Spade.

Spade subiu pela rua Sutter em direção à rua Kearny, onde entrou em uma charutaria para comprar dois pacotes de tabaco Buli Durham. Quando saiu, o rapaz era uma das quatro pessoas que esperavam por um bonde na esquina, em frente.

Spade jantou no Herbert's Grill, na rua Powell. Quando saiu do restaurante, às quinze para as oito, o rapaz olhava a vitrine de uma camisaria ali perto.

Spade foi para o Hotel Belvedere e perguntou na recepção pelo senhor Cairo. Responderam que Cairo não estava. O rapaz sentou-se em uma cadeira no fundo do saguão.

Spade foi ao Teatro Geary, não conseguiu avistar Cairo no saguão e se postou na calçada diante do teatro. O rapaz perambulava ao lado de outros desocupados diante do restaurante Marquard, mais abaixo.

As oito e dez, Joel Cairo surgiu, subindo pela rua Geary com os seus passinhos afetados e saltitantes. Ao que parecia, não tinha visto Spade, até que o detetive particular tocou o ombro dele. Cairo pareceu ligeiramente surpreso por um instante, e depois disse:

– Ah, sim, é claro, o senhor viu o ingresso.

– Ãrrã. Tenho uma coisa que eu queria mostrar para você. – Spade puxou Cairo para trás, na direção do meio-fio, um pouco afastado dos demais espectadores que aguardavam na entrada. – O garoto de gorro ali adiante no Marquard.

Cairo murmurou:

– Vou espiar – e olhou para o seu relógio. Ergueu os olhos na direção da rua Geary. Observou um cartaz de teatro à sua frente, no qual George Arliss aparecia vestido de Shylock, e depois os olhos escuros de Cairo esgueiraram-se de lado, nas suas órbitas, até toparem com o garoto de gorro, o rosto frio e pálido, as pestanas recurvadas que ocultavam olhos voltados para baixo.

– Quem é ele? – perguntou Spade.

Cairo sorriu para Spade.

– Não o conheço.

– Ele está me seguindo para todo lado.

Cairo molhou o lábio inferior com a língua e perguntou:

– O senhor, no entanto, acha sensato deixar que ele nos veja juntos?

– Como vou saber? – respondeu Spade. – De todo modo, agora já está feito.

Cairo tirou o chapéu e alisou o cabelo com a mão enluvada. Repôs o chapéu na cabeça cuidadosamente e falou, com todos os sinais de sinceridade:

– Dou minha palavra ao senhor que não o conheço, senhor Spade. Dou minha palavra que nada tenho a ver com ele. Não pedi a ajuda de ninguém, a não ser a sua, dou minha palavra de honra.

– Então ele é um dos outros?

– É possível.

– Eu só queria saber, porque, se por acaso ele se tornar inconveniente, posso ser obrigado a machucá-lo.

– Faça como julgar melhor. Ele não é amigo meu.

– Ótimo. A cortina vai subir. Boa noite – disse Spade, e atravessou a rua para embarcar em um bonde que seguia para o oeste.

O rapaz de gorro embarcou no mesmo bonde.

Spade desceu do bonde da rua Hyde e subiu para o seu apartamento. Seus aposentos não estavam muito revirados, mas mostravam sinais inequívocos de terem passado por uma revista. Depois que Spade se lavou e vestiu uma camisa de colarinho limpa, foi de novo para a rua, subiu pela rua Sutter e tomou um bonde que ia para o oeste. O rapaz tomou o mesmo bonde.

A seis quadras do Coronet, Spade saltou do bonde e entrou no vestíbulo de um prédio de apartamentos alto e marrom. Apertou três botões de campainha ao mesmo tempo. A tranca do portão da rua zumbiu. Ele entrou, passou pelo elevador e pela escada, seguiu por um corredor comprido, de paredes amarelas, até os fundos do prédio, encontrou uma porta preta, trancada por uma fechadura Yale, e se desviou para um pátio estreito. O pátio dava em uma rua pequena e estreita, pela qual

Spade caminhou durante duas quadras. Em seguida, atravessou para a rua Califórnia e seguiu para o Coronet. Ainda não eram nove e meia.

A aflição ansiosa com que Brigid O'Shaughnessy recebeu Spade sugeria que ela não estivera absolutamente segura de que ele viesse. Ela trajava um vestido de cetim, do tom de azul que naquela temporada chamavam de Artoise, com alças nos ombros ornadas com calcedônia, e meias e sandálias também da cor Artoise.

A sala de estar vermelha e creme fora arrumada e enfeitada com flores em vasos baixos, de cerâmica, de cor preta e prateada. Três toras pequenas, de casca áspera, ardiam na lareira. Spade observou as pequenas toras em chamas enquanto se livrava do chapéu e do casaco.

– Você me traz alguma notícia boa? – perguntou ela, quando voltou para a sala. A aflição transparecia em seu sorriso e ela continha a respiração.

– Não vamos ter de tornar público nada que já não seja de conhecimento público.

– A polícia não terá de ser informada a meu respeito?

– Não.

Ela soltou um suspiro satisfeito e sentou-se no canapé de nogueira. Seu rosto relaxou e seu corpo relaxou. Ergueu um sorriso para Spade, com olhos cheios de admiração.

– Como foi que conseguiu? – perguntou ela, mais por espanto do que por curiosidade.

– A maior parte das coisas em São Francisco pode ser comprada, ou então tomada à força.

– E não terá problemas por isso? Sente-se. – Ela abriu espaço no canapé para Spade.

– Não me importo de ter uma dose razoável de problemas – respondeu ele, mas não com demasiada benevolência.

Spade permaneceu de pé junto à lareira e olhou para ela, com olhos que examinavam, avaliavam, julgavam a moça sem fingir que não estavam examinando, avaliando, julgando. Brigid corou de leve sob a franqueza do escrutínio de Spade, mas ela pareceu mais segura de si do que antes, embora uma timidez conveniente não tivesse abandonado seus olhos. Spade ficou onde estava até deixar bem claro que seu intuito era ignorar o convite de Brigid para sentar-se ao lado dela, e depois cruzou a sala na direção do canapé.

– Você não é – perguntou ele, enquanto sentava – exatamente o tipo de pessoa que finge ser, não é mesmo?

– Não sei se entendo bem o que quer dizer com isso – respondeu ela, com sua voz sussurrante, fitando Spade com olhos intrigados.

– Esse jeito de mocinha estudante – explicou Spade –, que gagueja e fica ruborizada e tudo isso.

Brigid ficou ruborizada e retrucou, ligeiro, sem olhar para ele:

– Eu lhe disse, hoje à tarde, que tinha sido má... pior do que poderia imaginar.

– É isso o que quero dizer – respondeu ele. – Você me disse isso, nesta tarde, com as mesmas palavras, o mesmo tom de voz. É uma fala que você ensaiou.

Após um instante durante o qual ela pareceu confusa, quase à beira das lágrimas, Brigid riu e disse:

– Muito bem, então, senhor Spade, não sou nem um pouco o tipo de pessoa que finjo ser. Tenho oitenta anos de idade, sou incrivelmente perversa, e uma falsária profissional. Mas, se tudo isso é uma pose, o fato é que cresci e me formei envolta por ela, e você não vai querer que agora eu me desfaça completamente disso tudo, não é mesmo?

– Ah, por mim tudo bem – tranquilizou-a Spade. – Só que não seria nada bom se você fosse de fato essa moça inocente. Nunca chegaríamos a lugar nenhum, desse jeito.

– Não serei inocente – prometeu ela, com a mão no coração.

– Estive com Joel Cairo esta noite – disse Spade, no tom de quem trava uma conversa trivial.

A alegria desapareceu do rosto de Brigid. Seus olhos, focalizados no perfil de Spade, tornaram-se assustados, e em seguida cautelosos. Ele esticara as pernas para a frente e olhava para os pés cruzados. O rosto de Spade não indicava que estivesse pensando em nada.

Houve uma longa pausa antes que ela perguntasse, inquieta:

– Você... você o conhece?

– Estive com ele esta noite. – Spade não ergueu os olhos e manteve o tom de conversa trivial. – Ele estava indo assistir ao George Arliss.

– Quer dizer que você falou com ele?

– Só por um ou dois minutos, até soar a sineta que avisa que a cortina ia subir.

Ela se levantou do canapé e foi até a lareira para avivar o fogo. Mudou ligeiramente a posição de um enfeite sobre o consolo da lareira, atravessou a sala para apanhar uma caixa de cigarros em uma mesa, num canto, arrumou uma cortina e voltou para o assento. O rosto de Brigid agora estava liso e despreocupado.

Spade sorriu para ela, meio de lado, e disse:

– Você é boa. Você é ótima.

O rosto dela não se alterou. Perguntou, tranquilamente:

– O que foi que ele disse?

– Sobre o quê?

Ela hesitou:

– Sobre mim.

– Nada. – Spade virou-se para segurar o isqueiro debaixo do cigarro da moça. Os olhos do detetive brilhavam no rosto impenetrável de um satã.

– Bem, o que foi que ele disse? – perguntou ela, com uma petulância meio jocosa.

– Ele me ofereceu cinco mil dólares pela devolução do pássaro negro.

A moça sobressaltou-se, os dentes rasgaram a ponta do cigarro, e os olhos, após um rápido e assustado olhar de relance para Spade, desviaram-se dele.

– Você não vai sair por aí cutucando o fogo e arrumando a sala outra vez, vai? – perguntou Spade, com ar displicente.

Ela riu com um riso cristalino e alegre, largou o cigarro mutilado dentro de um cinzeiro e voltou para ele olhos cristalinos e alegres.

– Não vou – prometeu. – E o que você disse a ele?

– Cinco mil dólares é um bocado de dinheiro.

Ela sorriu, mas quando, em vez de sorrir, Spade fitou-a com ar sério, o sorriso da moça esmoreceu, confundiu-se e logo depois desapareceu. Em seu lugar, veio uma expressão ofendida, desnorteada.

– Certamente, você não está pensando em aceitar – disse ela.

– E por que não? Cinco mil dólares é um bocado de dinheiro.

– Mas você prometeu me ajudar. – As mãos da moça estavam agora sobre o braço dele. – Confiei em você. Não pode, agora... – Ela interrompeu a frase, afastou as mãos da manga do paletó de Spade e apertou-as uma na outra.

Spade sorriu com brandura para os olhos atormentados da mulher.

– Não é boa ideia avaliar agora quanto você confiou em mim – disse ele. – Prometi ajudá-la, é verdade, mas você não me contou absolutamente nada sobre nenhum pássaro negro.

– Mas você já devia saber, ou... ou não o teria mencionado para mim. Agora, você sabe. Você não vai... não pode... me tratar assim. – Os olhos da jovem eram súplicas azul-cobalto.

– Cinco mil dólares é um bocado de dinheiro – disse Spade, pela terceira vez.

A moça ergueu os ombros e as mãos e deixou-os cair em um gesto de quem aceitava a derrota.

– É, sim – concordou ela, com uma voz miúda e sem brilho. – É muito mais do que eu poderia oferecer-lhe, se eu tivesse de pagar em troca da sua lealdade.

Spade riu. Seu riso foi curto e um tanto amargo.

– Essa é boa – disse ele –, vinda de você. O que você me deu além do dinheiro? Deu um pouco da sua confiança? Um pouco da verdade? Alguma ajuda para eu poder ajudá-la? Você não tentou justamente comprar minha lealdade com dinheiro e mais nada? Pois bem, se estou pondo à venda a minha lealdade, por que não aceitar a oferta mais alta?

– Eu lhe dei todo o dinheiro que tinha. – Lágrimas reluziram nos olhos rodeados de branco. Sua voz soou rouca, vibrante: – Eu me entreguei de mãos atadas à sua compaixão, contei-lhe que, sem a sua ajuda, estou completamente perdida. O que mais é preciso? – De repente, ela se aproximou de Spade no canapé e gritou, furiosa: – Posso comprar você com o meu corpo?

Os dois rostos estavam a poucos centímetros de distância. Spade tomou o rosto da moça entre as mãos e beijou sua boca com rudeza e insolência. Depois, retomou sua posição no canapé e disse:

– Vou pensar no caso. – O rosto de Spade estava duro e irritado.

A moça ficou parada, manteve seu rosto entorpecido no mesmo lugar onde as mãos de Spade o haviam soltado.

O detetive levantou-se e disse:

– Diabos! Isso tudo é um absurdo. – Deu dois passos na direção da lareira e parou, brilhando à luz das toras inflamadas, rilhando os dentes.

A moça não se mexeu.

Ele voltou-se para encará-la. As duas linhas verticais acima do nariz de Spade eram fendas profundas entre vincos vermelhos.

– Não dou a mínima para a sua honestidade – disse Spade, tentando obrigar-se a falar com calma. – Não me interessa em que tipo de trapaça você anda metida, quais são os seus segredos, mas preciso ter alguma coisa capaz de me mostrar que você sabe o que está fazendo.

– Eu sei o que estou fazendo. Por favor, creia em mim quando digo que sei, e que é com a melhor das intenções, e...

– Mostre-me – ordenou Spade. – Estou disposto a ajudá-la. Fiz o que pude, até aqui. Se necessário, vou em frente, mesmo às cegas, mas não posso fazer isso sem ter mais confiança em você do que tenho agora. Você precisa me convencer de que sabe o que é tudo isso, de que não está simplesmente apostando em algum palpite cego, ou na ajuda de Deus, na esperança de que tudo, no final, de algum modo, dê certo para você.

– Você não pode confiar em mim um pouco mais de tempo?

– Um pouco, quanto? E o que é que você está esperando?

Ela mordeu o lábio e baixou os olhos.

– Tenho de falar com Joel Cairo – disse a moça, quase inaudível.

– Pode vê-lo esta noite – disse Spade, olhando para o relógio. – O espetáculo vai acabar daqui a pouco. Podemos telefonar para o hotel onde ele está.

A moça ergueu os olhos, assustada.

– Mas ele não pode vir aqui. Você não pode deixar que ele saiba onde estou. Tenho medo.

– Na minha casa – sugeriu Spade.

Ela hesitou, apertando os lábios um no outro, e depois perguntou:

– Você acha que ele irá até lá?

Spade fez um gesto afirmativo com a cabeça.

– Tudo bem – exclamou Brigid, levantando-se de um salto, com os olhos muito abertos e brilhantes. – Vamos indo?

Ela foi para o quarto anexo. Spade dirigiu-se à mesa no canto e, em silêncio, abriu a gaveta. Lá dentro havia duas caixas de baralho, um bloco de marcar pontos de bridge, um parafuso de latão, um pedaço de cordão vermelho e uma caneta dourada. Ele havia fechado a gaveta e acendia um cigarro quando ela voltou com um chapeuzinho escuro e um casaco cinzento de pele de cabrito, trazendo na mão o chapéu e o sobretudo de Spade.

O táxi deles estacionou atrás de um sedã escuro que estava bem em frente à porta do edifício de Spade. Iva Archer estava sozinha no sedã, sentada ao volante. Spade ergueu o chapéu para ela e entrou com Brigid

O'Shaughnessy. No vestíbulo, ele se deteve ao lado de um dos bancos e pediu:

– Você poderia esperar aqui, um momento? Não vou demorar.

– Não há nenhum problema – respondeu Brigid O'Shaughnessy, sentando-se. – Não precisa se apressar.

Spade saiu na direção do sedã. Quando abriu a porta do carro, Iva falou, afobada:

– Eu tinha de vir falar com você, Sam. Não posso entrar? – Seu rosto estava pálido e nervoso.

– Agora, não.

Iva estalou os dentes e perguntou, com rispidez:

– Quem é ela?

– Só tenho um minuto, Iva – disse Spade, com paciência. – O que você quer?

– Quem é ela? – repetiu, gesticulando a cabeça na direção da portaria.

Ele desviou seus olhos de Iva e apontou-os para a rua. Na frente de uma garagem na esquina seguinte, um rapaz baixinho, de vinte ou vinte e um anos de idade, de gorro e sobretudo cinzentos e bem cuidados, estava parado à toa, com as costas apoiadas numa parede. Spade franziu as sobrancelhas e voltou o olhar de novo para o rosto insistente de Iva.

– Qual é o problema? – perguntou ele. – Aconteceu alguma coisa? Você não devia estar aqui, nesta hora da noite.

– Estou começando a acreditar nisso – queixou-se Iva. – Você me disse que eu não devia ir até o escritório, e agora diz que eu não devia vir aqui. Você quer dizer que eu não devia andar atrás de você? Se é isso que você quer dizer, por que não diz logo de uma vez, francamente?

– Veja, Iva, você não tem nenhum direito de tomar uma atitude dessas.

– Sei que não tenho. Não tenho direito de nada, pelo visto, em tudo o que diz respeito a você. Pensei que eu tivesse. Pensei que o fato de você fingir que me ama me dava o...

Spade interrompeu, aborrecido:

– Não é uma hora apropriada para discutirmos esse assunto, minha pérola. Por que você queria falar comigo?

– Não dá para falar com você aqui, Sam. Não posso entrar?

– Agora, não.

– Por que não posso?

Spade não respondeu.

A boca de Iva tomou a forma de uma linha fina, ela torceu o corpo e virou-se, atrás do volante do carro, e olhou fixamente para o capô do motor do sedã, mirando com raiva para a frente.

Quando o sedã começou a andar, Spade disse:

– Boa noite, Iva – fechou a porta e ficou parado junto ao meio-fio com o chapéu na mão, até o carro sumir. Em seguida, entrou de novo no edifício.

Brigid O'Shaughnessy levantou-se do banco, sorrindo contente, e os dois subiram para o apartamento de Spade.

7. G. NO AR

No seu quarto, que era também uma sala de estar, a cama embutida na parede estava levantada. Spade pegou o chapéu e o casaco de Brigid O'Shaughnessy, deixou-a bem acomodada em uma cadeira de balanço estofada e foi telefonar para o Hotel Belvedere. Cairo ainda não voltara do teatro. Spade deixou o seu número de telefone, com o pedido de que Cairo ligasse para ele assim que chegasse.

Spade sentou-se na poltrona ao lado da mesa e, sem nenhum prólogo, sem qualquer comentário introdutório, começou a contar à moça algo que havia acontecido alguns anos antes, no noroeste. Spade falava com uma voz serena e trivial, destituída de ênfase ou de pausas, mas de vez em quando repetia uma frase ligeiramente corrigida, como se fosse importante relatar cada detalhe exatamente como acontecera.

No início, Brigid O'Shaughnessy ouviu com atenção apenas parcial, obviamente mais surpresa por Spade contar a história do que interessada pelos fatos em si, sua curiosidade mais voltada para o propósito de Spade ao relatar a história do que propriamente para a história que ele contava; mas logo depois, à medida que a história avançava, o relato prendeu cada vez mais sua atenção e a moça ficou quieta e atenta.

Um homem chamado Flitcraft saiu do escritório da sua firma imobiliária, em Tacoma, para ir almoçar, certo dia, e nunca mais voltou. Ele não compareceu a uma partida de golfe marcada para após as quatro horas daquela tarde, embora ele mesmo tivesse tomado a iniciativa de combinar a partida menos de meia hora antes de sair para almoçar. Sua esposa e seus filhos nunca mais o viram. Sua esposa e ele, ao que se sabia, davam-se muito bem. Ele tinha dois filhos, um de cinco anos e o outro de três. Possuía uma casa em um subúrbio de Tacoma, um automóvel Packard novo e o restante dos acessórios da vida de um americano bem-sucedido.

Flitcraft herdara setenta mil dólares do pai e, com o seu sucesso na imobiliária, havia conseguido juntar perto de duzentos mil dólares na ocasião em que desapareceu. Seus negócios estavam em ordem, embora houvesse pontas soltas o suficiente para indicar que ele não andara pondo tudo no lugar, numa preparação para desaparecer. Um negócio, por exemplo, que lhe teria trazido um lucro muito atraente deveria ser fechado no dia seguinte ao desaparecimento. Não havia nada que sugerisse que ele tivesse mais do que cinquenta ou sessenta dólares consigo na hora em que saiu para almoçar. Seus hábitos, durante meses seguidos, foram tão meticulosamente corretos que não havia como justificar nenhuma suspeita de vícios secretos, nem mesmo de outra mulher em sua vida, embora ambas as coisas dificilmente fossem imagináveis.

– Ele simplesmente sumiu – disse Spade –, como um punho cerrado some quando a gente abre os dedos.

Ao chegar a esse ponto da história, o telefone tocou.

– Alô – disse Spade no aparelho. – Senhor Cairo? Aqui é o Spade. Poderia vir à minha casa... rua Post... agora?... Sim, acho que é. – Olhou para a moça, franziu os lábios e cm seguida emendou, depressa: – A senhorita O'Shaughnessy está aqui e quer falar com o senhor.

Brigid O'Shaughnessy cerrou as sobrancelhas e estremeceu na cadeira, mas não falou nada.

Spade desligou o telefone e disse à moça:

– Ele vai estar aqui em poucos minutos. Bem, isso ocorreu em 1922. Em 1927, eu trabalhava em uma das grandes agências de detetives particulares de Seattle. A senhora Flitcraft procurou a nossa firma e nos contou que alguém tinha visto em Spokane um homem muito parecido com o seu marido. Fui até lá. Era Flitcraft, de fato. Estava morando em Spokane havia alguns anos, com o nome de Charles, e este era de fato o seu prenome, Pierce. Tinha uma loja de automóveis que lhe rendia vinte ou vinte e cinco mil dólares por ano, uma esposa, um filho ainda bebê, era dono da casa onde morava em um subúrbio de Spokane e costumava ir jogar golfe após as quatro horas da tarde, na boa estação.

Spade não recebera instruções muito claras sobre o que fazer quando encontrasse Flitcraft. Os dois conversaram no quarto de Spade, no Hotel Davenport. Flitcraft não tinha o menor sentimento de culpa. Deixara sua primeira família bem amparada e aquilo que fizera lhe parecia absolutamente razoável. A única coisa que o incomodava era a dúvida de que fosse capaz de tornar claro para Spade o caráter razoável do seu gesto. Jamais contara sua história a ninguém antes de Spade, e assim não havia feito nenhuma tentativa de mostrar por que tudo aquilo era razoável. Ele tentou, dessa vez.

– Eu o entendi muito bem – contou Spade para Brigid O'Shaughnessy. – Mas a senhora Flitcraft nunca aceitou aquilo. Achou tudo um disparate. Talvez fosse. De todo modo, as coisas se ajeitaram, no final. Ela não queria escândalo e, depois da peça que o marido havia pregado a ela, pois era assim que ela via as coisas, a senhora Flitcraft não o queria mais. Portanto os dois se divorciaram discretamente e tudo ficou numa boa.

"Eis o que aconteceu a ele. Quando foi almoçar, passou por um prédio de escritórios que estava em construção: só havia o esqueleto. Uma viga ou algo assim despencou de oito ou dez andares e veio se estatelar na calçada, bem do lado de Flitcraft. Passou raspando por ele, mas não o tocou, embora uma lasca da calçada tenha se soltado e voado de encontro à sua bochecha. Só tirou um pedacinho de pele mas ele ainda trazia a cicatriz, quando o vi. Ele a esfregou com o dedo, digamos assim, carinhosamente, enquanto me contava a história. Ficou paralisado de medo, na hora, disse ele, mas na verdade ficou mais chocado do que propriamente assustado. Sentia-se como se alguém tivesse levantado a tampa da vida e tivesse deixado que ele visse o seu mecanismo interno."

Flitcraft fora um bom cidadão, um bom marido e um bom pai, não por pressão externa, mas simplesmente porque era um homem que se sentia plenamente à vontade quando estava em harmonia com seu ambiente. Tinha sido criado assim. As pessoas que ele conhecia eram assim, também. A vida que ele conhecia era uma coisa limpa, sadia, ordeira e responsável. De repente, uma viga que havia despencado lhe mostrou que a vida não era, no fundo, nenhuma dessas coisas. Ele, o bom cidadão, marido e pai, podia ser varrido do mundo, no caminho entre o escritório e o restaurante, por conta de um acidente com uma viga que cai. Compreendeu então que os homens morriam aleatoriamente, sem mais nem menos, e só se mantinham vivos enquanto o acaso cego os poupava.

Não foi, em princípio, a injustiça dessa situação que o perturbou: ele aceitou o fato após o primeiro choque.

O que o perturbou foi a descoberta de que, ao organizar suas coisas de maneira sensata, perdera o compasso da vida, em vez de acertar o passo com ela. Flitcraft contou que, antes de se afastar vinte passos da viga tombada, já havia entendido que nunca mais teria paz, a menos que se adaptasse a essa nova maneira de ver a vida. Quando terminou de almoçar, já havia descoberto os meios para levar a efeito essa adaptação. A vida, para ele, podia chegar ao fim aleatoriamente, graças à queda de uma viga: já que era assim, mudaria de vida aleatoriamente, simplesmente indo embora dali. Flitcraft amava sua família, disse ele, tanto quanto julgava ser o normal, mas sabia que os estava deixando bem amparados e seu amor por eles não era do tipo que tomasse sua ausência algo doloroso.

– Ele partiu para Seattle naquela tarde – disse Spade – e dali, de barco, foi para São Francisco. Durante uns poucos anos, perambulou por vários lugares e acabou voltando para o noroeste, fixou residência em Spokane e se casou. Sua segunda esposa não se parecia com a primeira, mas tinham mais semelhanças do que diferenças. Você sabe, o tipo de mulher que joga golfe e bridge sem trapacear e que gosta de colecionar receitas de salada. Flitcraft não lamentava o que tinha feito. Parecia bastante razoável, para ele. Creio que nem sequer tinha ideia de que voltara naturalmente para a mesma rotina da qual havia escapulido, em Tacoma. Mas essa é a parte da história de que sempre gostei. Ele se adaptou a vigas que caem do nada, mas depois não caiu mais viga nenhuma, e ele se adaptou à circunstância de elas não caírem mais.

– Que história fascinante – disse Brigid O'Shaughnessy. Deixou sua cadeira e parou de pé diante do detetive, bem perto dele. Os olhos da moça estavam muito abertos e penetrantes. – Não preciso lembrar a posição extremamente desvantajosa em que estarei, aqui, se você resolver tomar o partido de Cairo.

Spade sorriu ligeiramente, sem separar os lábios.

– Não, você não precisa me lembrar – concordou ele.

– E você sabe que eu jamais me poria nessa posição se não tivesse confiado inteiramente em você. – Seu polegar e seu indicador torceram um botão preto do paletó azul de Spade.

– Lá vem ela, de novo! – disse o detetive, com resignação jocosa.

– Mas você sabe que é verdade – insistiu a moça.

– Não, eu não sei de nada. – Ele bateu de leve na mão que mexia no botão do seu paletó. – O que nos trouxe aqui foi a minha busca de motivos para eu confiar em você. Não vamos confundir as coisas. Você não precisa confiar em mim, no final das contas, contanto que consiga me persuadir a confiar em você.

Brigid observou atentamente o rosto de Spade. As narinas dela palpitaram.

Spade riu. Tocou de novo a mão de Brigid e disse:

– Não se preocupe com isso, agora. Ele vai chegar daqui a pouco. Acerte sua situação com ele de uma vez e depois vamos ver como nós dois ficamos.

– E você vai deixar que eu aja... com ele... à minha maneira?

– Claro.

Brigid virou a mão embaixo da mão dele, de modo que seus dedos apertassem os dedos de Spade. A moça falou, com voz meiga:

– Você é um enviado de Deus.

– Não exagere – retrucou Spade.

Ela olhou para ele com ar de censura, mas sorriu, e então voltou para a sua cadeira de balanço estofada.

***

Joel Cairo estava agitado. Seus olhos escuros pareciam ter apenas íris, e suas palavras, na voz franzina de timbre agudo, já se atropelavam antes que Spade houvesse aberto a porta até a metade.

– Aquele rapaz está lá fora, vigiando a casa, senhor Spade, aquele rapaz que o senhor me mostrou, ou para quem o senhor me mostrou, na frente do teatro. Como devo entender isso, senhor Spade? Vim aqui de boa-fé, sem nenhuma ideia de trapaça ou de armadilha.

– Você foi chamado de boa-fé. – Spade franziu as sobrancelhas, pensativo. – Mas eu devia ter imaginado que ele fosse aparecer. Ele viu você entrar?

– Naturalmente. Eu poderia ter seguido em frente, mas pareceu inútil, uma vez que o senhor já havia permitido que ele nos visse juntos.

Brigid O'Shaughnessy surgiu no corredor atrás de Spade e perguntou, nervosa:

– Que rapaz? Que história é essa?

Cairo tirou da cabeça o chapéu preto, curvou-se rapidamente e disse, com voz afetada:

– Se a senhora não sabe, pergunte ao senhor Spade. Nada sei a respeito disso, a não ser por intermédio dele.

– Um garoto que andou na minha cola, por toda a cidade, a noite inteira – disse Spade, com displicência, sobre o ombro, sem virar a cara para a moça. – Entre, Cairo. É absurdo ficarmos aqui falando para os vizinhos ouvirem.

Brigid O'Shaughnessy agarrou o braço de Spade acima do cotovelo e perguntou:

– Ele seguiu você até o meu apartamento?

– Não. Eu o despistei antes disso. Depois acho que ele voltou aqui para tentar me localizar de novo.

Cairo, segurando o chapéu preto junto à barriga com as duas mãos, havia entrado pelo corredor. Spade fechou a porta atrás dele e passaram todos para a sala de estar. Ali, Cairo curvou-se cerimoniosamente sobre o chapéu e disse:

– Estou encantado em vê-la de novo, senhorita O'Shaughnessy.

– Eu tinha certeza de que estaria, Joe – respondeu ela, estendendo a mão para ele.

Cairo fez uma mesura formal sobre a mão de Brigid e soltou-a prontamente.

Ela sentou-se na cadeira de balanço estofada que já ocupava antes. Cairo sentou-se na cadeira de braços junto à mesa. Spade, depois de pendurar o chapéu e o casaco de Cairo no armário, sentou-se na ponta do sofá diante das janelas e começou a enrolar um cigarro.

Brigid O'Shaughnessy disse para Cairo:

– Sam me contou a respeito da sua oferta pelo falcão. Quando você terá o dinheiro disponível?

As sobrancelhas de Cairo contraíram-se. Ele sorriu:

– Já está disponível. – Continuou a sorrir para a moça durante um breve intervalo depois de ter falado e, em seguida, olhou para Spade.

Spade estava acendendo seu cigarro. O rosto estava sereno.

– Em dinheiro vivo? – perguntou a moça.

– Ah, sim – respondeu Cairo.

Ela franziu as sobrancelhas, pôs a língua entre os lábios, retirou-a e perguntou:

– Você está pronto para nos dar cinco mil dólares agora mesmo, se lhe entregarmos o falcão?

Cairo ergueu a mão e fez um meneio com ela.

– Perdoe-me, eu me expressei mal. Não quis dizer que tenho o dinheiro no meu bolso, mas que estou apto a obtê-lo em poucos minutos, dentro do horário bancário.

– Ah! – Ela olhou para Spade.

Spade soprou fumaça de cigarro para baixo, diante do seu colete, e disse:

– Isso com certeza é verdade. Ele só tinha poucas centenas de dólares nos bolsos quando o revistei, esta tarde.

Quando os olhos da moça se arregalaram surpresos, ele sorriu.

O levantino curvou-se para a frente, na sua cadeira. Não conseguiu impedir que a ansiedade transparecesse nos olhos e na voz.

– Posso estar em condições de lhes dar o dinheiro, digamos, às dez e meia da manhã. Que tal?

Brigid O'Shaughnessy sorriu para ele e disse:

– Mas eu não tenho comigo o falcão.

O rosto de Cairo sombreou-se com um rubor de contrariedade. Apoiou as mãos feias sobre os braços da cadeira e, entre eles, susteve ereto e rijo seu corpo de ossos pequenos. Os olhos escuros estavam zangados. Não falou nada.

A moça voltou para ele o rosto com uma expressão jocosa e apaziguadora.

– Mas eu o terei dentro de uma semana, no máximo – emendou.

– Onde ele está? – Cairo recorria a maneiras educadas para exprimir o seu ceticismo.

– Onde Floyd o escondeu.

– Floyd? Thursby?

Ela fez um gesto afirmativo com a cabeça.

– E você sabe onde é? – perguntou Cairo.

– Acho que sei.

– Nesse caso, por que esperar uma semana?

– Talvez não chegue a uma semana inteira. Para quem você está comprando o falcão, Joe?

Cairo ergueu as sobrancelhas.

– Já expliquei ao senhor Spade. Para o seu dono legítimo.

A surpresa iluminou o rosto da moça.

– Então você voltou para ele?

– Voltei, é claro.

Ela riu de leve, um som gutural, e disse:

– Eu bem que gostaria de ter visto isso.

Cairo deu de ombros.

– Era o desdobramento lógico. – Esfregou as costas de uma das mãos com a palma da outra. Suas pálpebras baixaram para sombrear seus olhos. – E, se me permite, em troca, fazer uma pergunta, por que você está disposta a vender o falcão para mim?

– Estou com medo – disse ela, apenas –, depois do que aconteceu com Floyd. É por isso que não o tenho comigo agora. Tenho medo de tocá-lo, a menos que seja para entregá-lo imediatamente a outra pessoa.

Spade, escorado em um cotovelo no braço do sofá, observava e escutava com imparcialidade. No confortável relaxamento do seu corpo, na despreocupada imobilidade de suas feições, não havia nenhum sinal quer de curiosidade, quer de impaciência.

– Mas exatamente o que – perguntou Cairo, em voz baixa – aconteceu ao Floyd?

A ponta do indicador direito de Brigid O'Shaugh-nessy traçou no ar um rápido G.

Cairo disse:

– Entendo. – Mas havia uma ponta de dúvida no seu sorriso. – Ele está aqui?

– Não sei. – Brigid falou com impaciência. – Que diferença isso faz?

A dúvida no sorriso de Cairo se acentuou.

– Pode fazer uma diferença colossal – disse ele, e pôs as mãos sobre o colo em uma nova disposição, de modo que, de propósito ou não, um indicador rombudo apontasse para Spade.

A moça olhou de relance para o indicador que apontava e fez um gesto impaciente com a cabeça.

– Ou eu – disse ela –, ou você.

– Exatamente, e sem dúvida devemos acrescentar ainda o rapaz lá fora.

– Sim – ela concordou, e riu. – A menos que ele seja o mesmo que você tinha antes em Constantinopla.

Um afluxo de sangue cobriu de manchas o rosto de Cairo. Com voz enraivecida e esganiçada, ele gritou:

– Aquele que você não conseguiu levar para a cama?

Brigid O'Shaughnessy levantou-se de um salto da cadeira. Seu lábio inferior estava preso entre os dentes. Os olhos estavam escuros e arregalados, em um rosto branco e tenso. Deu dois passos rápidos na direção de Cairo. Ele começou a levantar-se. A mão direita de Brigid disparou no ar e estalou cortante de encontro à face de Cairo, deixando impressa ali a marca dos dedos.

Cairo grunhiu e esbofeteou o rosto de Brigid, o que a fez cambalear para o lado e arrancou da sua boca um grito breve e sufocado.

Spade, com o rosto impassível, se levantara do sofá e estava perto deles nessa altura. Segurou Cairo pelo pescoço e sacudiu-o. Cairo emitiu um som gargarejante e enfiou a mão por dentro do paletó. Spade agarrou o pulso do levantino, puxou-o para longe do paletó, forçou-o para o lado e o torceu até que os dedos flácidos e inábeis se abrissem para deixar cair a pistola negra sobre o tapete.

Brigid O'Shaughnessy rapidamente apanhou a pistola.

Cairo, falando com dificuldade por causa dos dedos na garganta, disse:

– Esta foi a segunda vez que você pôs as mãos em mim. – Seus olhos, embora a pressão sufocante na garganta os deixasse salientes, estavam frios e ameaçadores.

– Sim – rugiu Spade. – E quando você levar um tapa é melhor sofrer caladinho e se conformar. – Soltou o pulso de Cairo e, com a mão aberta e pesada, golpeou-o no lado do rosto três vezes, brutalmente.

Cairo tentou cuspir na cara de Spade, mas a secura da boca do levantino transformou isso em apenas um gesto de ira. Spade estapeou a boca de Cairo e abriu um corte no lábio inferior.

A campainha da porta tocou.

Os olhos de Cairo deram uma guinada para focalizar o corredor que levava até a porta. Haviam ficado cautelosos e sem nenhum traço de ira. Com um sobressalto, a moça se voltara para olhar o corredor. Tinha o rosto amedrontado. Spade, por um momento, observou com ar soturno o sangue que gotejava do lábio de Cairo e depois recuou, retirando a mão da garganta do levantino.

– Quem é? – cochichou a moça, aproximando-se de Spade; e os olhos de Cairo viraram-se para trás num movimento brusco, para fazer a mesma pergunta.

Spade respondeu, irritado:

– Sei lá.

A campainha tocou de novo, mais insistente.

– Pois bem, fiquem calados – disse Spade, e saiu da sala, fechando a porta atrás de si.

Spade acendeu a luz no corredor e abriu a porta do apartamento. O tenente Dundy e Tom Polhaus estavam ali.

– Oi, Sam – disse Tom. – Pensamos que talvez você ainda não tivesse ido dormir.

Dundy fez um gesto afirmativo com a cabeça, mas não falou nada.

Spade respondeu, com toda a naturalidade:

– Oi. Vocês escolhem umas horas muito gozadas para fazer suas visitas. O que é desta vez?

Dundy respondeu com calma:

– Queremos falar com você, Spade.

– Muito bem. – Spade se manteve de pé, na porta, bloqueando a passagem. – Vá em frente, pode falar.

Tom Polhaus avançou, dizendo:

– Não precisamos fazer isso aqui, de pé, não é?

Spade ficou parado na porta e respondeu:

– Vocês não podem entrar. – A voz tinha um levíssimo tom de quem pede desculpa.

O rosto de Tom, de traços duros, na mesma altura do rosto de Spade, tomou uma expressão de zombaria amistosa, embora houvesse um brilho aguçado nos seus olhinhos astutos.

– Qual é, Sam? – protestou ele e, com jeito de brincadeira, pôs a grande mão no peito de Spade.

Spade inclinou-se contra a mão que empurrava, sorriu com ar feroz e perguntou:

– Vai usar de violência contra mim, Tom?

Tom resmungou:

– Ah, pelo amor de Deus – e retirou a mão.

Dundy trincou o maxilar e disse, entre os dentes:

– Deixe-nos entrar.

O lábio de Spade torceu-se acima do dente canino. Disse:

– Vocês não vão entrar. O que pretendem fazer? Vão tentar entrar na marra? Querem conversar aqui mesmo? Preferem ir para o inferno?

Tom suspirou.

Dundy, ainda falando entre os dentes, retrucou:

– Você teria muita vantagem em cooperar um pouco com a gente, Spade. Você dá um jeitinho de escapar uma vez, dá um jeitinho de cair fora outra vez, mas não é possível ficar assim para sempre.

– Então vocês me detenham quando puderem fazer isso – retrucou Spade, com arrogância.

– É o que vamos fazer. – Dundy levou as mãos às costas e inclinou o rosto duro na direção da cara do detetive particular. – Corre o boato de que você e a esposa de Archer estavam chifrando o seu sócio.

Spade riu.

– Parece uma coisa que você mesmo inventou.

– Então, quer dizer que não há nada de verdade nisso?

– Nadinha.

– O boato – disse Dundy – é que ela tentou se divorciar, para poder ficar com você, mas Archer não quis aceitar o divórcio. Há alguma verdade nisso?

– Não.

– Falam também – prosseguiu Dundy, inabalável – que é por essa razão que Archer foi para a cova.

Spade pareceu achar uma certa graça naquilo.

– Não seja guloso – disse ele. – Não devia tentar me atribuir mais de um assassinato de cada vez. Sua primeira ideia era que eu tinha queimado o Thursby porque ele matou o Miles, e essa ideia vai por água abaixo se você me culpar também pelo assassinato do Miles.

– Você não me ouviu afirmar que você matou ninguém – replicou Dundy. – É você que sempre põe as coisas nesses termos. Mas suponha que eu tenha dito. Você poderia ter apagado os dois. Há um jeito de explicar isso.

– Ãrrã. Eu poderia ter apagado o Miles para ficar com a mulher dele e depois ter matado o Thursby, para pôr a morte de Miles nas costas dele. Esse é um esquema formidável, ou será, assim que eu puder dar cabo de mais alguém para pôr nas costas dele a culpa da morte de Thursby. Por quanto tempo eu vou conseguir levar isso adiante? Vocês vão pôr na minha conta todos os assassinatos ocorridos em São Francisco daqui para a frente?

Tom disse:

– Ah, deixe de palhaçada, Sam. Você sabe perfeitamente que isso nos aborrece tanto quanto a você, mas temos de fazer nosso trabalho.

– Espero que tenham algo para fazer, além de aparecer na minha casa de madrugada com um monte de perguntas idiotas.

– E ouvir respostas mentirosas – emendou Dundy, com voz contida.

– Vá com calma – advertiu-o Spade.

Dundy olhou-o de alto a baixo e depois o fitou bem nos olhos.

– Se disser que não havia nada entre você e a esposa de Archer – disse ele –, você é um mentiroso, e eu digo isso com todas as letras.

Uma expressão de espanto surgiu nos olhinhos de Tom.

Spade umedeceu os lábios com a ponta da língua e perguntou:

– Foi essa a pista quente que trouxe você aqui a uma hora destas da madrugada?

– Esse é um dos motivos.

– E os outros?

Dundy baixou os cantos da boca.

– Deixe-nos entrar. – Acenou com a cabeça, de modo bem claro, para a porta, onde Spade se mantinha parado.

Spade franziu as sobrancelhas e balançou a cabeça.

Os cantos da boca de Dundy ergueram-se na forma de um sorriso de satisfação sinistra.

– Deve haver alguma verdade nesse boato – disse para Tom.

Tom mudou o pé de apoio e, sem olhar para um nem para o outro, resmungou:

– Só Deus sabe.

– O que é isso? – perguntou Spade. – Um jogo de adivinhação?

– Tudo bem, Spade. Estamos indo. – Dundy abotoou o sobretudo. – Vamos dar um pulinho aqui de vez em quando para visitar você. Talvez você tenha razão em querer nos ver pelas costas. Pense bem no assunto.

– Ãrrã – disse Spade, sorrindo. – Venha me visitar quando quiser, tenente, e toda vez que eu não estiver ocupado deixo você entrar.

Uma voz na sala de Spade gritou:

– Socorro! Socorro! Polícia! Socorro! – A voz, alta e estridente, era a de Joel Cairo.

O tenente Dundy parou de costas para a porta; voltou-se novamente para Spade e disse, com firmeza:

– Acho que vamos ter de entrar.

Os sons de uma luta ligeira, de uma pancada e de um grito sufocado chegaram até eles.

O rosto de Spade torceu-se em um sorriso que tinha muito pouca alegria. Falou:

– Acho que sim – e abriu passagem na porta.

Quando os policiais entraram, ele fechou a porta do apartamento e seguiu-os de volta até a sala.

8. Conversa fiada

Brigid O'Shaughnessy estava encolhida na cadeira de braços junto à mesa. Seus antebraços recobriam as faces, os joelhos estavam levantados até esconderem a parte de baixo do rosto. Os olhos estavam arregalados e cheios de pavor.

Joel Cairo estava de pé diante dela, curvado sobre a moça, empunhando a pistola que Spade tomara da sua mão. A outra mão estava espalmada contra a testa. O sangue escorria espremido através dos dedos e descia sobre os olhos. O gotejar menor do seu lábio cortado riscava três linhas ondulantes sobre o queixo.

Cairo não deu atenção aos detetives. Olhava fixo para a moça encolhida diante dele. Seus lábios moviam-se de forma espasmódica, mas nenhum som coerente saía do espaço entre eles.

Dundy, o primeiro dos três a entrar na sala, deslocou-se rapidamente para o lado de Cairo, pôs a mão no quadril por baixo do paletó, com a outra mão segurou o pulso do levantino e rugiu:

– O que está acontecendo aqui?

Cairo afastou da cabeça a mão manchada de vermelho e abanou-a bem perto do rosto do tenente. Descoberta, a testa exibia um rasgão sinuoso de sete centímetros.

– Foi isso o que ela me fez – gritou ele. – Olhe só.

A moça baixou os pés para o chão e olhou desconfiada para Dundy, que segurava o pulso de Cairo, para Tom Polhaus, que estava um pouco atrás deles, e para Spade, recostado no batente da porta. O rosto de Spade estava sereno. Quando seu olhar encontrou o da moça, os olhos amarelo-cinzentos de Spade rebrilharam por um instante, com um humor malicioso, e depois se tornaram de novo inexpressivos.

– Você fez isso? – Dundy perguntou à moça, acenando com a cabeça para o corte na testa de Cairo.

Ela olhou de novo para Spade. Ele não emitiu nenhum sinal de resposta para o apelo que havia nos olhos da moça. Spade manteve-se recostado no batente da porta e observou as pessoas naquela sala com o ar isento e educado de um espectador desinteressado.

A moça ergueu os olhos na direção de Dundy. Os olhos de Brigid estavam muito abertos, escuros e soturnos.

– Fui obrigada – respondeu ela, com voz baixa e trêmula. – Eu estava completamente sozinha, aqui, com esse homem, quando ele me atacou. Eu não podia... Tentei mantê-lo afastado de mim. Eu... não tive coragem de atirar nele.

– Ah, sua mentirosa! – gritou Cairo, tentando, sem sucesso, puxar o braço que empunhava a pistola e que estava seguro pela mão de Dundy. – Ah, sua mentirosa suja, imunda! – Ele se torceu para ficar de frente para Dundy. – Ela está mentindo descaradamente. Vim aqui de boa-fé e fui atacado por esses dois e, quando vocês chegaram, ele saiu para falar com vocês e a deixou aqui com esta pistola e depois ela disse que eles iam me matar depois que vocês fossem embora, e aí eu pedi socorro, para que não me deixassem aqui para ser assassinado, e então ela me golpeou com a pistola.

– Vamos, me dê isso daí – disse Dundy, tomando a pistola da mão de Cairo. – Agora, vamos pôr tudo isso em pratos limpos. Por que você veio aqui?

– Ele me chamou. – Cairo girou a cabeça para olhar para Spade, com uma expressão desafiadora. – Ele me telefonou e pediu para eu vir.

Spade piscou com ar sonolento para o levantino e não falou nada.

Dundy perguntou:

– O que ele queria de você?

Cairo conteve sua resposta até ter esfregado a testa e o queixo sangrentos com um lenço de seda com listas cor de lavanda. Nessa altura, uma parte da indignação que havia em sua atitude fora substituída pela cautela.

– Ele disse que queria... que eles queriam... conversar comigo. Eu não sabia o assunto.

Tom Polhaus baixou a cabeça, farejou o aroma de *chypre* que o lenço exalara no ar e voltou o rosto na direção de Spade, com um esgar interrogativo. Spade piscou para ele e continuou a enrolar um cigarro.

Dundy perguntou:

– Muito bem, e o que aconteceu depois?

– Depois eles me atacaram. Ela me atacou primeiro e depois ele me estrangulou e tirou a pistola do meu bolso. Eu não sei o que fariam se vocês não tivessem chegado nesse momento. Atrevo-me a dizer que teriam me assassinado aqui mesmo. Quando ele saiu para atender a campainha da porta, deixou a mulher aqui com a pistola para me vigiar.

Brigid O'Shaughnessy pulou da cadeira, gritando:

– Por que não o obriga a contar a verdade? – E deu um tapa no rosto de Cairo.

Cairo gritou um som inarticulado.

Dundy empurrou a moça para trás, de volta para a cadeira, com a mão que não estava segurando o braço do levantino, e rugiu:

– Pare com isso!

Spade, acendendo o cigarro, sorriu de leve através da fumaça e disse para Tom:

– Ela é uma fera.

– É mesmo – concordou Tom.

Dundy olhou de cara fechada para a moça e perguntou:

– Em que você espera que nós acreditemos?

– Não no que ele contou – respondeu ela. – Em nada do que ele disse. – Voltou-se para Spade. – Não é verdade?

– Como vou saber? – respondeu Spade. – Eu estava lá na cozinha batendo uma omelete quando tudo aconteceu, não estava?

Ela franziu a testa e examinou Spade com olhos toldados pela perplexidade.

Tom resmungou, aborrecido.

Dundy, ainda olhando de cara feia para a moça, ignorou as palavras de Spade e perguntou a ela:

– Se ele não está contando a verdade, por que abriu o berreiro para pedir socorro, e não você?

– Ah, ele ficou morto de medo quando eu o golpeei – respondeu a moça, olhando com desprezo para o levantino.

O rosto de Cairo ruborizou-se nos pontos em que não estava borrado de sangue. Ele exclamou:

– Argh! Mais uma mentira!

Ela deu um pontapé na perna de Cairo, e o salto alto da sua sandália azul acertou-o logo abaixo do joelho. Dundy puxou-o para longe de Brigid, enquanto o volumoso Tom se punha perto dela, rosnando:

– Comporte-se, mocinha. Isso não é jeito de se comportar.

– Então obrigue-o a contar a verdade.

– Vamos cuidar disso, pode deixar – prometeu ele. – Mas não seja malcriada.

Dundy, mirando Spade com olhos verdes, duros, cintilantes e satisfeitos, dirigiu-se ao seu subordinado:

– Bem, Tom, acho que vamos ter de levar o bando todo para a delegacia.

Tom fez um aceno de cabeça, mantendo um ar soturno.

Spade afastou-se da porta e avançou para o centro da sala, largando o cigarro em um cinzeiro sobre a mesa ao passar. Seu sorriso e sua atitude eram contemporizadores e afáveis.

– Não se afobe – disse ele. – Tudo isso pode ser explicado.

– Aposto que sim – concordou Dundy, com ar de troça.

Spade curvou a cabeça na direção da moça.

– Senhorita O'Shaughnessy – disse ele –, permita que eu lhe apresente o tenente Dundy e o sargento detetive Polhaus. – Ele curvou a cabeça para Dundy. – A senhorita O'Shaughnessy é uma investigadora que eu contratei.

Joel Cairo interveio, indignado:

– Não é verdade. Ela...

Spade o interrompeu com uma voz muita alta, mas assim mesmo cordial:

– Eu a contratei faz muito pouco tempo, ontem. Este é o senhor Joel Cairo, um amigo, um conhecido, pelo menos, de Thursby. Ele me procurou esta tarde e tentou contratar os meus serviços para encontrar alguma coisa que possivelmente estava em poder de Thursby, quando ele foi baleado. Pareceu meio estranho, o jeito como ele me apresentou o assunto, portanto eu não quis saber do caso. Em seguida, ele sacou uma arma... bem, não dou a menor importância a isso, a menos que cheguemos ao ponto de ter de apresentar na justiça acusações formais um contra o outro. De todo jeito, depois de conversar sobre o assunto com a senhorita O'Shaughnessy, achei que talvez eu conseguisse por intermédio dele alguma informação a respeito dos assassinatos de Miles e de Thursby, portanto pedi ao Cairo que viesse aqui. Talvez a gente tenha apresentado as perguntas a ele de um modo meio bruto, mas ninguém se machucou tanto assim, pelo menos nada que justificasse um grito de socorro. Fui obrigado a tomar a arma da mão dele pela segunda vez.

Enquanto Spade falava, a aflição aumentava no rosto avermelhado de Cairo. Seus olhos se mexiam agitados, para cima e para baixo, mudando de foco, de modo inquieto, passando do chão para o rosto manso de Spade.

Dundy encarou Cairo e o interpelou, com rispidez:

– Pois bem, o que tem a dizer sobre isso?

Cairo não teve nada a dizer durante quase um minuto, enquanto olhava fixo para o peito do tenente. Quando ergueu o rosto, os olhos estavam retraídos e cautelosos.

– Não sei o que devo dizer – balbuciou ele. O constrangimento parecia sincero.

– Tente contar os fatos – sugeriu Dundy.

– Os fatos? – Os olhos de Cairo ficaram apreensivos, mas o seu foco não se desviou do foco do olhar do tenente. – Que segurança posso ter de que alguém vai acreditar nos fatos?

– Pare de se esquivar. Tudo o que você precisa fazer é assinar uma queixa de que eles sentaram a mão em você e o escrivão da polícia vai acreditar o suficiente para nos deixar meter esses dois em cana.

Spade interveio, no tom de quem acha graça:

– Vá em frente, Cairo. Deixe o tenente feliz. Diga a ele que vai fazer isso e depois nós prestaremos testemunho, sob juramento, contra você, e aí Dundy vai ter todos nós na mão dele.

Cairo pigarreou e olhou nervoso em torno da sala, sem fitar os olhos de ninguém.

Dundy exalou com força através do nariz, em um sopro que não chegava a ser um bufo, e disse:

– Peguem seus chapéus.

Os olhos de Cairo, contendo preocupação e uma pergunta, cruzaram com o olhar irônico de Spade. O detetive particular piscou para ele e sentou-se no braço da cadeira de balanço estofada.

– Bem, meninos e meninas – disse ele, sorrindo para o levantino e para a moça, sem outra coisa senão prazer na voz e no sorriso: – Conseguimos dar conta do recado direitinho.

O rosto duro e quadrado de Dundy cobriu-se com uma sombra sutilíssima. Ele repetiu, em tom peremptório:

– Peguem seus chapéus.

Spade dirigiu o seu sorriso para o tenente, torceu-se para assumir uma posição mais confortável na cadeira de braços e perguntou, displicente:

– Não percebe quando estão brincando com você?

O rosto de Tom Polhaus ficou vermelho e brilhoso.

O rosto de Dundy, ainda se sombreando, ficou imóvel, exceto pelos lábios que se movimentaram depressa para falar:

– Não, mas vamos deixar para esclarecer isso quando chegarmos à delegacia.

Spade levantou-se e pôs as mãos nos bolsos da calça. Parou muito empertigado, de modo que pôde olhar para o tenente bem de cima. Seu sorriso era um escárnio, e um traço de petulância se salientava em cada detalhe da sua atitude.

– Desafio você a nos levar presos, Dundy – disse ele. – Vamos rir de você em todos os jornais de São Francisco. Não está pensando que nós vamos assinar queixas uns contra os outros, está? Abra os olhos. Estamos brincando com você. Quando a campainha tocou, falei para a senhorita O'Shaughnessy e para o Cairo: "São aqueles canas enjoados, de novo. Eles já estão passando dos limites. Vamos pregar uma peça nesses caras. Quando ouvirem que eles estão para ir embora, um de vocês grite e depois vamos ver até onde a gente consegue enrolar esses caras, antes que percam a paciência". E...

Brigid O'Shaughnessy inclinou-se para a frente na cadeira e começou a rir histericamente.

Cairo sobressaltou-se e sorriu. Não havia a menor vitalidade no seu sorriso, mas ele o manteve fixo na cara.

Tom, enraivecido, grunhiu:

– Deixe disso, Sam.

Spade soltou uma risada e disse:

– Mas foi o que aconteceu. Nós...

– E o corte na boca e na testa dele? – perguntou Dundy, com sarcasmo. – De onde vieram?

– Pergunte a ele – sugeriu Spade. – Talvez tenha se cortado ao fazer a barba.

Cairo falou depressa, antes que lhe pudessem perguntar qualquer coisa, e os músculos da cara estremeciam com a tensão necessária para manter o sorriso em posição enquanto falava.

– Eu caí. Fingíamos brigar pela pistola quando vocês entraram, mas eu caí. Tropecei na ponta do tapete e caí, enquanto fingíamos brigar.

Dundy disse:

– Conversa fiada.

Spade retrucou:

– É a verdade, Dundy, acredite ou não. O que importa é que essa é a nossa história e vamos nos manter aferrados a ela. Os jornais vão publicá-la, acreditem nela ou não, e tudo vai ser muito engraçado, de qualquer jeito, e até mais do que engraçado. E o que você vai fazer? Não é crime brincar com um policial, é? Você não tinha nada contra ninguém aqui. Tudo o que dissemos era parte de uma brincadeira. O que você vai fazer?

Dundy voltou as costas para Spade e agarrou Cairo pelos ombros.

– Você não vai escapar assim, não – rosnou ele, sacudindo o levantino. – Você berrou por socorro e vai ter de receber socorro.

– Não, senhor – vociferou Cairo, entre perdigotos. – Era só uma piada. Ele disse que vocês eram amigos dele e iam compreender.

Spade riu.

Dundy, no entanto, puxou Cairo pela sala, agarrando-o pelo pulso e pela nuca.

– Vou levar você em cana, de todo jeito, por estar com uma pistola – disse ele. – E vou levar junto o resto de vocês para ver quem é que vai achar graça dessa piada.

Os olhos assustados de Cairo viraram para o lado, para focalizar o rosto de Spade.

Spade disse:

– Não seja bobo, Dundy. A arma era parte do plano. É uma das minhas. – Ele riu. – Pena que seja um .38, senão você podia achar que era a arma que matou Thursby e Miles.

Dundy soltou Cairo, girou nos calcanhares e seu punho direito estalou de encontro ao queixo de Spade.

Brigid O'Shaughnessy deixou escapar um grito curto.

O sorriso de Spade se apagou no instante do choque, mas voltou imediatamente, acrescido de um matiz sonhador. Spade equilibrou-se com um breve passo atrás e seus ombros robustos e roliços retorceram-se sob o paletó. Antes que seu punho pudesse subir, Tom Polhaus se interpôs às pressas entre os dois homens, de frente para Spade, obstruindo o movimento dos braços do detetive particular com a proximidade da sua barriga de barril e dos seus próprios braços.

– Não, não, pelo amor de Deus! – suplicou Tom.

Após um longo intervalo de imobilidade, os músculos de Spade relaxaram.

– Então tire-o daqui, depressa – disse ele. Seu sorriso havia desaparecido de novo, deixando o rosto irritado e um pouco pálido.

Tom, mantendo-se bem perto de Spade, com os braços nos braços de Spade, virou a cabeça para olhar sobre o ombro para o tenente Dundy. Os olhinhos de Tom exprimiam censura.

Os punhos de Dundy estavam cerrados diante do seu corpo e seus pés estavam firmemente plantados no chão, um pouco separados um do outro, mas a truculência no rosto estava atenuada pela presença de finas orlas brancas entre as íris verdes e as pálpebras superiores.

– Pegue o nome e o endereço dele – ordenou Dundy.

Tom olhou para Cairo, que disse rapidamente:

– Joel Cairo, Hotel Belvedere.

Spade falou antes que Tom pudesse interrogar a moça.

– Você pode entrar em contato com a senhorita O'Shaughnessy a qualquer momento por meu intermédio.

Tom olhou para Dundy, que resmungou.

– Pegue o endereço dela.

Spade interveio:

– O endereço dela está sob os cuidados do meu escritório.

Dundy deu um passo para a frente e deteve-se diante da moça:

– Onde você mora? – perguntou.

Spade dirigiu-se a Tom:

– Tire-o daqui. Já estou farto disso.

Tom fitou Spade nos olhos – de um jeito duro e chamejante – e resmungou:

– Vá com calma, Sam. – Abotoou o paletó e voltou-se para Dundy, perguntando, com uma voz que imitava naturalidade: – Bem, isso é tudo, não é? – e caminhou na direção da porta.

A carranca de Dundy não conseguiu esconder a hesitação.

Cairo deslocou-se de repente na direção da porta, dizendo:

– Eu também estou de saída, se o senhor Spade fizer a gentileza de me dar meu sobretudo e meu chapéu.

Spade perguntou:

– Por que essa pressa?

Dundy disse, irritado:

– Foi tudo de brincadeira, mas assim mesmo você está com medo de ficar aqui sozinho com eles.

– Nada disso – retrucou o levantino, apreensivo, sem olhar para nenhum deles. – Mas já é muito tarde e... e estou de saída. Vou sair com vocês, se não se importam.

Dundy apertou firme os lábios um no outro e não disse nada. Uma luz cintilava nos seus olhos verdes.

Spade foi até o armário no corredor e apanhou o chapéu e o sobretudo de Cairo. O rosto de Spade estava inexpressivo. Sua voz tinha esse mesmo caráter inexpressivo quando ele deu um passo atrás depois de ajudar o levantino a vestir o sobretudo, e ele disse para Tom:

– Diga a ele para deixar a arma.

Dundy tirou a pistola de Cairo do bolso do seu sobretudo e a pôs em cima da mesa. Dundy saiu na frente, tendo Cairo nos seus calcanhares. Tom se deteve diante de Spade e murmurou:

– Rezo a Deus para que você saiba o que está fazendo.

Não recebeu nenhuma resposta, suspirou e seguiu os demais para fora. Spade foi atrás deles até o fim da curva do corredor, onde se deteve e ficou parado, até Tom fechar a porta do apartamento.

9. Brigid

Spade voltou para a sala e sentou-se na ponta do sofá, com os cotovelos nos joelhos, as faces nas mãos, olhando para o chão e não para Brigid O'Shaughnessy, que, da cadeira de braços, sorria de leve para ele. Os olhos de Spade estavam abrasados. As rugas entre as sobrancelhas acima do nariz estavam fundas. As narinas moviam-se para dentro e para fora no ritmo da sua respiração.

Quando ficou claro que Spade não ia erguer os olhos para ela, Brigid O'Shaughnessy parou de sorrir e observou-o com crescente apreensão.

Uma fúria sanguínea subiu de repente às faces de Spade e ele começou a falar com voz rouca e gutural. Segurando nas mãos o rosto enlouquecido, de olhos fixos no assoalho, Spade xingou Dundy durante cinco minutos sem interrupção, xingou-o com obscenidades, blasfêmias, de modo repetitivo, com voz rouca e gutural.

Em seguida, afastou o rosto das mãos, olhou para a moça, sorriu constrangido e disse:

– Que coisa infantil, hein? Eu sei, mas, por Deus, odeio levar um murro sem poder dar o troco. – Tocou o queixo com dedos cautelosos. – Não que o soco tenha sido grande coisa. – Ele riu e se refestelou no sofá, cruzando as pernas. – Foi um preço muito barato pela vitória. – Suas sobrancelhas uniram-se em uma carranca fugaz. – Mas eu não vou esquecer.

A moça, sorrindo de novo, saiu da cadeira e sentou-se no sofá ao lado dele.

– Você é decididamente a pessoa mais atrevida que eu já conheci – disse ela. – Sempre reage desse jeito arrogante?

– Deixei que ele me desse um soco, não foi?

– Ah, sim, mas era um policial.

– O problema não foi esse – explicou Spade. – Acontece que, ao perder a cabeça e me esmurrar, ele foi longe demais. Se eu entrasse na dele, ele não teria como recuar. Seria obrigado a ir em frente até o fim, e depois teríamos de fazer papel de palhaços na delegacia, ao contar a história. – Spade fitou a moça, com ar pensativo, e perguntou: – O que você fez ao Cairo?

– Nada. – O rosto dela corou. – Tentei assustá-lo para que ficasse parado até que os policiais tivessem ido embora, e Cairo ficou apavorado demais ou obstinado demais, e aí gritou.

– E depois você o golpeou com a arma?

– Fui obrigada. Ele me atacou.

– Você não tem a menor ideia do que está fazendo. – O sorriso de Spade não escondia a sua contrariedade. – É exatamente como eu havia dito: você está rodando às cegas, sem rumo, na base do palpite e da sorte.

– Lamento muito, Sam – disse ela, rosto e voz amaciados pelo arrependimento.

– Claro que lamenta. – Ele tirou tabaco e papel do bolso e começou a fazer um cigarro. – Pronto, você já teve a sua conversa com o Cairo. Agora pode ter uma conversa comigo.

Ela pôs a ponta de um dedo na boca, olhou fixo para o outro lado da sala, para o nada, com olhos arregalados, e depois, com as pálpebras um pouco mais estreitadas, olhou de relance para Spade. Ele estava absorvido na confecção do seu cigarro.

– Ah, sim – começou ela. – É claro... – Brigid afastou o dedo da boca e alisou o vestido azul por cima dos joelhos. Franziu as sobrancelhas, olhando para os joelhos.

Spade lambeu o seu cigarro, colou as bordas do papel uma na outra e perguntou:

– E então? – enquanto apalpava os bolsos em busca do isqueiro.

– Mas eu – disse ela, abrindo uma pausa entre as palavras, como se as escolhesse com muito cuidado – não tive tempo de terminar minha conversa com o Cairo. – Brigid parou de fitar os joelhos com as sobrancelhas cerradas e voltou-se para Spade com olhos límpidos e sinceros. – Fomos interrompidos antes mesmo de termos começado.

Spade acendeu o cigarro e riu, deixando sair toda a fumaça da boca.

– Quer que eu telefone para o Cairo e peça que ele volte aqui?

Ela balançou a cabeça, sem sorrir. Seus olhos moviam-se para cá e para lá, entre as pálpebras, enquanto ela balançava a cabeça, mantendo o foco do olhar concentrado nos olhos de Spade. Os olhos de Brigid eram inquiridores.

Spade passou um braço pelas costas da moça, apoiando a mão em concha sobre o ombro nu, branco e liso, que se achava mais afastado dele. Brigid inclinou-se para trás, contra a curva do braço de Spade. Ele disse:

– Pois bem, sou todo ouvidos.

Brigid girou a cabeça para sorrir para ele, com uma petulância jocosa, e perguntou:

– Você precisa pôr o braço aí para me ouvir?

– Não. – Retirou a mão do ombro da moça e deixou o braço tombar por trás dela.

– Você é completamente imprevisível – sussurrou ela.

Spade fez um gesto afirmativo com a cabeça e disse, em tom afável:

– Sou todo ouvidos.

– Mas veja que horas são! – exclamou ela, acenando com o dedo para o despertador empoleirado em cima de um livro, que indicava duas e cinquenta, com seus ponteiros de formato tosco.

– Ãrrã. Foi uma noite muito movimentada.

– Tenho de ir embora. – Ela levantou-se do sofá. – Isso é terrível.

Spade não se levantou. Balançou a cabeça e disse:

– Não antes de me contar tudo.

– Mas veja que horas são – protestou a moça –, e eu vou levar horas para contar tudo a você.

– Então vamos ter de levar essas horas também.

– Estou prisioneira aqui? – perguntou Brigid, com ar de troça.

– Além do mais, tem aquele rapaz lá fora. Talvez ele ainda não tenha ido para casa dormir.

A alegria da moça desapareceu.

– Acha que ele ainda está lá?

– É bem provável.

Ela sobressaltou-se.

– Você não poderia conferir?

– Eu podia descer e dar uma olhada.

– Ah, puxa... podia mesmo?

Spade examinou o rosto aflito de Brigid durante um momento e depois se levantou do sofá, dizendo:

– Claro. – Pegou um chapéu e um sobretudo do armário. – Vou demorar uns dez minutos.

– Tenha cuidado – suplicou a moça, enquanto o seguia até a porta.

– Vou ter – ele disse e saiu.

A rua Post estava vazia quando Spade pôs os pés ali. Caminhou na direção leste por uma quadra, atravessou a rua, caminhou na direção oeste por duas quadras, do outro lado, atravessou de novo a rua e voltou para o seu prédio sem ter visto ninguém, salvo dois mecânicos que consertavam um carro em uma oficina.

Quando abriu a porta do apartamento, Brigid O'Shaughnessy estava parada na curva do corredor da entrada, segurando a pistola de Cairo na mão abaixada ao lado do corpo.

– Ele ainda está lá – disse Spade.

Ela mordeu a parte interna do lábio e virou-se devagar, voltando para a sala. Spade seguiu-a, pôs o chapéu e o sobretudo em cima de uma cadeira e disse:

– Portanto, vamos ter um tempo para conversar – e foi para a cozinha.

Spade tinha posto a cafeteira no fogão e estava cortando uma fatia fina de pão francês quando Brigid chegou à porta. Ela ficou na soleira e observou-o com olhos preocupados. Os dedos da mão esquerda acariciavam distraídos o cano e o corpo da pistola que a mão direita ainda segurava.

– A toalha de mesa fica ali – disse Spade, apontando com a faca de pão para um guarda-louça que servia de divisória entre a cozinha e uma pequena copa.

Brigid pôs a mesa, enquanto ele passava patê de fígado no pão ou punha fiambre entre as fatias pequenas e ovais que havia cortado. Em seguida, Spade serviu o café, adicionou conhaque de uma garrafa bojuda e os dois sentaram-se à mesa. Sentaram-se lado a lado em um dos bancos. Brigid pôs a pistola sobre a ponta do banco mais perto dela.

– Pode começar agora, entre uma mordida e outra – disse ele.

Brigid torceu a cara para Spade e reclamou:

– Você é a pessoa mais insistente que já vi – e mordeu um sanduíche.

– Sim, e atrevido e imprevisível. Que pássaro é esse, o tal falcão, que deixa todo mundo de cabeça virada?

Ela mastigou a carne e o pão, engoliu, observou com toda a atenção a pequena meia-lua que sua mordida criara na borda do sanduíche e perguntou:

– Vamos supor que eu não conte. Vamos supor que eu não vá contar para você nada a respeito do assunto. O que você faria, então?

– Você se refere ao pássaro?

– Eu me refiro a toda essa questão.

– Eu não ficaria nem um pouco surpreso – respondeu Spade, sorrindo de um modo que deixava à mostra a beirada de seus molares – com o que eu faria, então.

– E o que é que você faria? – Brigid transferiu sua atenção do sanduíche para o rosto de Spade. – E isso que eu queria saber: o que você faria?

Spade balançou a cabeça.

A zombaria se contraiu na forma de um sorriso no rosto de Brigid.

– Algo atrevido e imprevisível?

– Talvez. Mas não vejo o que você teria a ganhar, agora, escondendo coisas de mim. De todo modo, a história já está se revelando pouco a pouco. Ignoro uma boa parte dela, mas há um bocado que já sei, e outro tanto que posso adivinhar e, se eu tiver mais um dia como hoje, logo vou estar sabendo coisas de que você, agora, nem desconfia.

– Acho que você até já sabe de coisas assim – disse ela, olhando de novo para o sanduíche, com o rosto sério. – Mas... ah!... Estou tão farta de tudo isso, e detesto tanto ter de falar sobre o assunto. Não seria... Não seria melhor esperar e deixar que você descubra tudo sozinho, como diz que vai fazer?

Spade riu.

– Não sei. Isso você vai ter de resolver sozinha. O meu jeito de descobrir as coisas é meter uma chave inglesa imprevisível e atrevida no meio das engrenagens da máquina. Por mim, tudo bem, se eu tiver mesmo certeza de que nenhum dos estilhaços que voarem vai me ferir.

Brigid moveu os ombros nus com certa inquietação, mas não falou nada. Durante vários minutos, os dois comeram em silêncio: ele, de forma fleumática; ela, pensativa. Em seguida, Brigid falou, com voz abafada:

– Eu tenho medo de você, essa é a verdade.

Ele retrucou:

– Essa não é a verdade.

– É, sim – insistiu Brigid, com a mesma voz baixa. – Conheço dois homens de quem tenho medo e estive com ambos esta noite.

– Posso entender que tenha medo do Cairo – disse Spade. – Ele está fora do seu alcance.

– E você, não?

– Não desse modo – respondeu ele, e sorriu.

Brigid corou. Pegou uma fatia de pão coberta por um cinzento patê de fígado. Pôs a fatia de pão no seu prato. Franziu a testa branca e disse:

– É uma estatueta negra, como você sabe, lisa e brilhante, de um pássaro, um gavião ou falcão, mais ou menos desta, altura. – Ela afastou as mãos trinta centímetros uma da outra.

– Por que ela é importante?

Brigid sorveu um gole do café com conhaque antes de balançar a cabeça.

– Não sei – respondeu ela. – Nunca me contaram. Me prometeram quinhentas libras se eu os ajudasse a encontrá-la. Floyd disse, mais tarde, quer dizer, depois que deixamos Joe, que me daria setecentos e cinquenta.

– Portanto, deve valer mais do que setecentos e cinquenta libras!

– Ah, muito mais do que isso – disse ela. – Eles não fingem que vão dividir comigo o seu valor em partes iguais. Estão apenas me contratando para ajudá-los.

– Para ajudá-los, como?

Brigid ergueu de novo a xícara até os lábios. Spade, sem desviar do rosto da moça o foco imperioso de seus olhos amarelo-cinzentos, começou a fazer um cigarro. Atrás deles, a cafeteira borbulhava no fogão.

– Ajudá-los a tomar a estatueta do homem que estava de posse dela – explicou a moça lentamente, depois de baixar a xícara. – Um russo, chamado Kemidov.

– De que modo?

– Ah, isso não tem importância – protestou Brigid – e não ajudaria você em nada – ela sorriu, com insolência – e sem dúvida também não é da sua conta.

– Isso foi em Constantinopla?

Ela hesitou, fez um gesto afirmativo com a cabeça e disse:

– Mármara.

Spade abanou o cigarro na direção dela e disse:

– Vá em frente, o que aconteceu depois?

– Mas isso é tudo. Já contei a você. Eles me prometeram quinhentas libras para ajudá-los e eu os ajudei, depois descobrimos que Joe Cairo planejava nos abandonar, levando o falcão consigo, sem nos deixar nada. E então saímos na frente e fizemos exatamente isso a ele. Só que eu não fiquei nem um pouco mais rica do que era antes, porque Floyd não tinha a menor intenção de me pagar as setecentos e cinquenta libras que me prometera. Percebi isso assim que chegamos lá. Ele disse que ia para Nova York, onde venderia o falcão e me daria a minha parte, mas vi logo que não dizia a verdade. – A indignação escureceu o vermelho dos olhos de Brigid até ficarem violeta. – E foi por isso que procurei você, para me ajudar a descobrir onde está o falcão.

– Vamos supor que você o tivesse encontrado. O que ia acontecer?

– Então eu estaria em uma boa posição para acertar as contas com o senhor Floyd Thursby.

Spade observou-a com o canto dos olhos e comentou:

– Mas você sabia aonde levar o falcão para obter mais dinheiro do que ele lhe daria, a quantia mais elevada que, conforme você estava ciente, ele contava ganhar com a venda da estatueta?

– Eu não sabia – respondeu Brigid.

Spade olhou de cara fechada para as cinzas que havia batido no prato.

– O que faz o falcão valer tanto dinheiro? – perguntou ele. – Você deve ter alguma ideia disso, pelo menos pode um palpite.

– Não tenho a mínima ideia.

Spade voltou para Brigid uma cara severa.

– Do que é feita a estatueta?

– Porcelana ou pedra preta. Não sei. Nunca toquei nela. Só a vi uma vez, durante poucos minutos. Floyd mostrou-me o falcão na primeira vez em que nos apossamos dele.

Spade amassou a guimba do cigarro no prato e tomou um gole do café com conhaque em sua xícara. Sua expressão severa tinha sumido. Enxugou os lábios com o guardanapo, largou-o amarrotado sobre a mesa e falou de modo bem natural:

– Você é uma mentirosa.

Ela se levantou e ficou parada na cabeceira da mesa, olhando do alto para Spade com olhos escuros envergonhados em um rosto que ganhava uma cor rosada.

– Sou mentirosa – ela disse. – Sempre fui mentirosa.

– Não se vanglorie. É infantil. – A voz de Spade era bem-humorada. Ele se afastou do espaço que separava o banco da mesa. – Havia alguma verdade em todo esse palavrório?

Brigid inclinou a cabeça. A umidade cintilou em suas pestanas escuras.

– Um pouco – murmurou ela.

– Quanto?

– Não... não muito.

Spade pôs a mão embaixo do queixo de Brigid e levantou a cabeça da moça. Ele riu dos olhos molhados dela e disse:

– Temos a noite inteira pela frente. Vou servir um pouco mais de conhaque com mais um pouco de café e vamos tentar de novo.

As pálpebras da moça baixaram.

– Ah, estou tão cansada – disse ela, trêmula –, tão cansada de tudo isso, de mim mesma, de mentir e de inventar mentiras, e de não saber o que é mentira e o que é verdade. Quem dera se eu...

Brigid ergueu os braços e pôs as mãos nas faces de Spade, encostou com força a boca aberta na boca do detetive, o corpo da moça colou-se todo ao corpo dele.

Os braços de Spade se fecharam ao redor dela, apertaram-na contra o seu corpo, os músculos fizeram inchar as mangas azuis do paletó, uma das mãos aninhou a cabeça de Brigid, os dedos perderam-se em parte entre os cabelos vermelhos, a outra mão correu os dedos tateantes ao longo das costas esguias da moça. Os olhos de Spade arderam num brilho amarelo.

10. O DIVÃ DO HOTEL BELVEDERE

O dia que começava havia reduzido a noite a uma névoa fina quando Spade se levantou. A seu lado, a respiração suave de Brigid O'Shaughnessy tinha a regularidade do sono profundo. Spade não fez barulho ao sair da cama e do quarto, nem ao fechar a porta. Vestiu-se no banheiro. Em seguida, examinou as roupas da moça que dormia, tirou do bolso do casaco de Brigid uma chave lisa de metal e saiu.

Foi até o Coronet, entrando no prédio e no apartamento dela, graças à chave. Aos olhos dos outros, nada havia de suspeito na sua entrada: caminhou de maneira firme e direta. Aos ouvidos dos outros, sua entrada foi quase imperceptível: fez o menor barulho possível.

No apartamento da moça, Spade acendeu todas as luzes. Vasculhou tudo, de um canto a outro. Seus olhos e seus dedos grossos moveram-se sem pressa aparente, e sem nunca hesitar nem se atrapalhar ou voltar atrás, enquanto percorreram cada centímetro da área da sua busca, investigando, vasculhando, analisando com a segurança de um perito. Cada gaveta, armário, escaninho, caixa, bolsa e mala – trancada ou não – foram abertos, e seu conteúdo submetido ao exame dos olhos e dos dedos. Cada peça de roupa foi analisada por mãos que apalparam em busca de protuberâncias reveladoras e por ouvidos atentos a algum possível rumor de papel sob a pressão dos dedos. Retirou a roupa de cama do colchão. Espiou embaixo dos tapetes e atrás de cada peça da mobília. Baixou as persianas para verificar se algo tinha sido enrolado e escondido ali. Debruçou-se nas janelas para ver se havia alguma coisa pendurada do lado de fora. Cutucou com um garfo o frasco de pó de arroz e de creme de beleza na penteadeira. Ergueu vaporizadores e garrafas contra a luz. Examinou pratos, panelas, alimentos e recipientes de alimentos. Esvaziou a lata de lixo sobre folhas abertas de jornal. Abriu a tampa da caixa da descarga no banheiro, esvaziou a água da caixa e espiou lá no fundo. Examinou e testou as grades de metal sobre os ralos da banheira, da pia, do bidê e do tanque.

Não achou o pássaro negro. Não achou nada que parecesse ter qualquer ligação com um pássaro negro. A única coisa escrita que encontrou foi um recibo do aluguel mensal do apartamento que Brigid O'Shaughnessy pagara uma semana antes. A única coisa que achou capaz de despertar o seu interesse o bastante para retardar sua busca durante o exame de sua descoberta foi um bom punhado de joias requintadíssimas, numa caixa multicolorida, dentro de uma gaveta da penteadeira, fechada a chave.

Depois que terminou, fez e bebeu uma xícara de café. A seguir, destrancou a janela da cozinha, marcou a borda do ferrolho com o seu canivete, abriu a janela – que ficava acima de uma escada de incêndio –, pegou o chapéu e o sobretudo no canapé da sala e saiu do apartamento da mesma forma que entrara.

A caminho de casa, ele parou em uma loja que estava sendo aberta por um merceeiro balofo, de olhos inchados e que tiritava de frio, e comprou laranjas, ovos, pãezinhos em forma de rolo, manteiga e creme de leite.

Spade entrou no apartamento sem fazer barulho, mas, antes de fechar a porta atrás de si, Brigid O'Shaughnessy gritou:

– Quem é?

– O jovem Spade, que traz o café da manhã.

– Ah, você me assustou!

A porta do quarto, que ele havia fechado, estava aberta. A moça estava sentada na beirada da cama, e tremia, com a mão direita fora de vista, enfiada embaixo de um travesseiro.

Spade pôs os embrulhos sobre a mesa da cozinha e foi para o quarto. Sentou-se na cama ao lado da moça, beijou o seu ombro macio e disse:

– Eu quis ver se aquele garoto ainda estava de serviço lá fora e quis também trazer alguma coisa para o desjejum.

– E ele está lá?

– Não.

Brigid deu um suspiro e recostou-se em Spade.

– Acordei e você não estava aqui e depois ouvi alguém entrando. Fiquei apavorada.

Spade penteou com os dedos o cabelo vermelho que caía sobre o rosto da moça e disse:

– Desculpe, meu anjo. Pensei que você ia dormir direto. Ficou com aquela arma embaixo do travesseiro a noite toda?

– Não. Você sabe que não. Dei um pulo e apanhei a arma quando fiquei apavorada.

Spade preparou o desjejum – e enfiou sorrateiramente a chave de metal no bolso do casaco de Brigid – enquanto ela tomava banho e se vestia.

Brigid saiu do banheiro assobiando *En Cuba*.

– Quer que eu faça a cama? – perguntou ela.

– Seria bom. Os ovos ainda vão demorar alguns minutos.

O desjejum estava servido quando ela voltou para a cozinha. Sentaram-se no mesmo lugar da noite anterior e comeram com vontade.

– E agora, o que me diz sobre o pássaro? – comentou Spade, enquanto comiam.

Brigid baixou o garfo e olhou para ele. Cerrou as sobrancelhas e comprimiu a boca até que ficasse pequena e tensa.

– Você não pode me pedir para falar sobre isso justamente em uma manhã como esta – protestou ela. – Não quero e não vou falar.

– Que menina mais teimosa e malcriada – disse ele, com ar triste, e enfiou um pãozinho dentro da boca.

O jovem que seguira Spade não estava à vista quando Spade e Brigid O'Shaughnessy atravessaram a calçada até o táxi que os aguardava. O táxi não foi seguido. Nem o jovem nem nenhum outro ocioso foi percebido nos arredores do Coronet quando o táxi chegou lá.

Brigid O'Shaughnessy não quis deixar que Spade entrasse com ela.

– Já é bastante ruim voltar para casa com um vestido de noite a esta hora da manhã, para ainda por cima eu vir acompanhada. Espero não encontrar ninguém.

– Vamos jantar esta noite?

– Certo.

Beijaram-se. Ela entrou no Coronet. Ele disse para o motorista:

– Hotel Belvedere.

Quando chegou ao Belvedere, viu o jovem que o havia seguido sentado no saguão, em um divã, de onde se podiam ver os elevadores. O jovem parecia estar lendo um jornal.

Na recepção, Spade foi informado de que Cairo não estava no quarto. Franziu as sobrancelhas e beliscou o lábio inferior. Pontos de luz amarela começaram a dançar nos seus olhos.

– Obrigado – ele disse com voz suave para o funcionário do hotel, e a seguir deu meia-volta.

Caminhando a esmo, atravessou o saguão até o divã do qual se podiam ver os elevadores e sentou-se ao lado – a não mais do que trinta centímetros – do jovem que parecia ler um jornal.

O jovem não levantou os olhos do jornal. Visto a essa curta distância, parecia sem dúvida ter menos de vinte anos. Suas feições eram miúdas, em harmonia com a sua estatura, e comuns. Sua pele era ótima. A brancura das faces estava um pouco borrada por um discreto crescimento da barba e também pelo rubor do sangue que afluía ao rosto. Sua roupa não era nova nem se destacava pela qualidade, mas, na maneira como o jovem a vestia, notava-se um rigoroso bom gosto masculino.

– Onde ele está? – indagou Spade com naturalidade, enquanto vertia o tabaco em um papel marrom, disposto em curva para conter o fumo.

O jovem baixou o jornal e olhou em volta, movendo-se com uma lentidão acintosa, como se refreasse uma rapidez mais espontânea. Mirou o peito de Spade com os olhinhos castanhos, abaixo das pestanas recurvadas e um tanto compridas. Falou com uma voz tão sem colorido, tão apagada e tão fria quanto o seu rosto jovem:

– O quê?

– Onde ele está? – Spade estava ocupado em fazer seu cigarro.

– Quem?

– O duende.

A mira dos olhos castanhos subiu do peito de Spade para o nó da sua gravata marrom e demorou-se ali.

– O que pensa que está fazendo, meu irmão? – perguntou o rapaz. – Está brincando comigo?

– Quando estiver brincando, eu aviso. – Spade lambeu o cigarro ao comprido e sorriu afável para o rapaz. – Você é de Nova York, não é?

O jovem olhou fixo para a gravata de Spade e não falou nada. Spade fez um gesto afirmativo com a cabeça, como se ele tivesse dito que sim, e perguntou:

– Puseram você para correr?

O rapaz fitou a gravata de Spade por um intervalo mais longo e depois ergueu o jornal e voltou a atenção para as notícias.

– Cai fora – disse o jovem, com o canto da boca.

Spade acendeu o cigarro, recostou-se confortavelmente no divã e falou, com uma displicência bonachona:

– Você terá de conversar comigo mais cedo ou mais tarde, filho, alguém de vocês vai ter de conversar comigo, e pode dar esse recado para o G. Foi isso mesmo que eu disse.

O rapaz baixou depressa o jornal e voltou-se para Spade, fitando a sua gravata com gélidos olhos castanhos. As mãozinhas do jovem estavam espalmadas sobre a barriga.

– Continue a pedir encrenca desse jeito que vai acabar arranjando confusão – disse ele. – E da grossa. – Sua voz era baixa, monótona e ameaçadora. – Eu já disse para você sumir. Cai fora.

Spade esperou até que um homem atarracado de óculos e uma jovem loura de pernas finas tivessem passado e ficado fora do alcance da sua voz. Em seguida, riu e disse:

– Isso até podia dar certo lá na Sétima Avenida. Mas agora você não está em Romeville. Está no meu território. – Spade inalou a fumaça do cigarro e soprou-a em uma nuvem comprida e esbranquiçada. – Pois bem, onde ele está?

O jovem falou duas palavras, a primeira, um curto verbo gutural, de duas sílabas, a segunda, um "se".

– Tem gente que já perdeu muitos dentes por falar assim comigo. – A voz de Spade ainda era afável, mas seu rosto ficara tenso. – Se você quiser circular por aqui, vai ter de me tratar direito.

O rapaz repetiu as duas palavras.

Spade jogou o cigarro em um vaso alto de pedra ao lado do divã e, com a mão erguida, acenou para um homem que, fazia vários minutos, estava parado na ponta do balcão de charutos. O homem respondeu com um aceno de cabeça e aproximou-se deles. Era um sujeito de meia-idade, estatura mediana, rosto redondo e amarelado, físico robusto, vestido com esmero, de roupas escuras.

– Oi, Sam – disse ele, quando chegou.

– Oi, Luke.

Apertaram as mãos e Luke disse:

– Puxa, que pena o que aconteceu com o Miles.

– Ãrrã, um lance de azar. – Spade sacudiu a cabeça para indicar o rapaz no divã ao seu lado. – Para que você deixa esses pistoleiros baratos circularem no seu saguão, com as suas ferramentas fazendo volume dentro da roupa?

– Ah, é? – Luke observou o jovem com sagazes olhos castanhos, com uma expressão repentinamente severa. – O que você quer aqui? – perguntou.

O rapaz levantou-se. Spade levantou-se. O jovem olhou para os dois homens, para as suas gravatas, correu os olhos de um para o outro. A gravata de Luke era preta. O rapaz parecia um estudante ali de pé, diante deles.

Luke disse:

– Bem, se não quer nada, desapareça e não volte.

O rapaz falou:

– Não vou esquecer vocês – e saiu.

Observaram-no sair. Spade tirou seu chapéu e enxugou a testa suada com um lenço.

O detetive do hotel perguntou:

– O que é?

– Sei lá – retrucou Spade. – Notei o garoto por acaso. Você sabe alguma coisa a respeito de Joel Cairo, do 635?

– Ah, aquele sujeitinho! – o detetive do hotel fez uma expressão maliciosa.

– Há quanto tempo está aqui?

– Quatro dias. Hoje é o quinto.

– O que sabe sobre ele?

– Não sei de nada, Sam. Não tenho nada contra ele, a não ser pela aparência.

– Pode descobrir se ele voltou para o hotel ontem à noite?

– Vou tentar – prometeu o detetive do hotel e se afastou. Spade sentou-se no divã até ele voltar. – Não – informou Luke. – Ele não dormiu no quarto. O que há?

– Nada.

– Desembucha logo. Você sabe que vou ficar de bico fechado, mas, se houver alguma coisa errada, nós temos de saber, para podermos mandar a conta para o lugar certo.

– Não é nada desse tipo – assegurou Spade. – Na verdade, estou fazendo um servicinho para ele. Eu contaria a você se ele estivesse fazendo alguma coisa errada.

– É bom que sim. Quer que eu fique de olho nele?

– Obrigado, Luke. Até que seria bom. Hoje em dia, nunca é demais tomar o máximo de informações sobre a pessoa para quem a gente trabalha.

***

Passavam vinte e um minutos das onze horas, segundo o relógio acima dos elevadores, quando Joel Cairo entrou, vindo da rua. Sua testa estava coberta por uma atadura. Suas roupas tinham o aspecto batido e amarfanhado que indicava muitas horas de uso consecutivo. O rosto parecia pegajoso, tinha a boca e os olhos curvados para baixo.

Spade foi ao seu encontro diante da mesa da recepção.

– Bom dia – disse Spade com tranquilidade.

Cairo empertigou o corpo ao máximo, e as linhas do seu rosto, curvadas para baixo, se enrijeceram.

– Bom dia – respondeu, sem entusiasmo.

Houve uma pausa.

Spade falou:

– Vamos para algum lugar onde possamos conversar.

Cairo ergueu o queixo.

– Por favor, queira me perdoar – disse ele. – Nossas conversas particulares não têm corrido de um modo que me deixe ansioso para lhes dar continuidade. Desculpe-me por falar de forma ríspida, mas a verdade é essa.

– Você se refere à noite de ontem? – Spade fez um gesto impaciente com a cabeça e com as mãos. – Mas o que mais eu poderia fazer? Pensei que você ia entender isso. Se foi você quem começou a briga ou se foi ela quem provocou, para mim tanto fazia, porque eu só podia me meter na briga para defendê-la. Não sei onde está esse maldito pássaro. Você também não sabe. Ela sabe. Como é que vamos conseguir pôr as mãos nele se eu não tomar o partido de Brigid?

Cairo hesitou e disse, em tom de dúvida:

– Tenho de reconhecer que o senhor tem sempre à mão uma explicação razoável para tudo.

Spade fechou a cara.

– O que você quer que eu faça? Aprenda a gaguejar? Veja bem, podemos conversar ali adiante. – Ele tomou a direção do divã. Quando estavam os dois sentados, Spade perguntou: – Dundy levou você até a delegacia?

– Sim.

– Por quanto tempo eles o interrogaram?

– Até agora há pouco, e muito contra a minha vontade. – Dor e indignação misturaram-se no rosto e na voz de Cairo. – Sem dúvida, vou levar o assunto ao conhecimento do Consulado Geral da Grécia e procurar um advogado.

– Vá em frente e você vai ver só o que vai arranjar com tudo isso. O que a polícia conseguiu arrancar de você?

Havia um contentamento presunçoso no sorriso de Cairo.

– Absolutamente nada. Me agarrei na explicação que você havia forjado antes, ainda nos seus aposentos. – O sorriso desapareceu. – Embora eu certamente preferisse que você tivesse inventado uma história mais razoável. Me senti absolutamente ridículo ao repeti-la.

Spade sorriu com sarcasmo.

– Claro – disse ele –, mas é justamente a tolice que a torna boa. Tem certeza de que não deu a eles nenhuma pista?

– Pode confiar nisso, senhor Spade. Não lhes contei nada.

Spade tamborilou com os dedos no assento de couro entre os dois.

– Você vai receber notícias de Dundy, em breve. Fique totalmente mudo diante dele, pois assim você vai se dar bem. Não se preocupe com a tolice da história. Uma explicação sensata levaria todos nós para a cadeia. – Spade se pôs de pé. – Agora, você vai querer dormir, se aguentou um bombardeio da polícia a noite inteira. Vejo você mais tarde.

***

– Não, ainda não – Effie Perine dizia no telefone quando Spade entrou em seu escritório. Ela voltou os olhos para ele e os lábios da moça, sem emitir som algum, articularam uma palavra: Iva. Spade balançou a cabeça. – Sim, vou pedir que ele ligue para você assim que chegar – disse Effie Perine em voz alta e repôs o fone no gancho. – É a terceira vez que ela liga nesta manhã – disse para Spade.

Ele emitiu um resmungo de impaciência.

A moça moveu os olhos castanhos para indicar o gabinete de Spade.

– A sua senhorita O'Shaughnessy está lá dentro. Está à sua espera desde nove e pouco.

Spade fez um gesto afirmativo com a cabeça, como se já esperasse isso, e perguntou:

– E o que mais?

– O sargento Polhaus telefonou. Não deixou recado.

– Ligue para ele.

– E G. telefonou.

Os olhos de Spade brilharam. Perguntou:

– Quem?

– G. Foi o que ele disse. – O ar de indiferença da moça quanto ao assunto era impecável. – Quando expliquei que você não estava, ele disse: "Quando ele chegar, poderia lhe dizer que G., que recebeu o recado dele, telefonou e vai telefonar de novo?".

Spade movimentou os lábios unidos como se saboreasse algo do seu agrado.

– Obrigado, minha querida – disse ele. – Veja se consegue ligar para Tom Polhaus. – Spade abriu a porta do seu gabinete e entrou, puxando a porta atrás de si.

Brigid O'Shaughnessy, com a mesma roupa que usara em sua primeira visita ao escritório, levantou-se de uma cadeira ao lado da escrivaninha e veio depressa na direção de Spade.

– Alguém esteve no meu apartamento – explicou ela. – Está tudo revirado, em todos os cantos.

Ele mostrou-se moderadamente surpreso.

– Levaram alguma coisa?

– Acho que não. Não sei. Tive medo de ficar lá. Troquei de roupa o mais depressa que pude e vim para cá. Ah, você deve ter deixado aquele rapaz segui-lo até lá!

Spade balançou a cabeça.

– Não, meu anjo. – Pegou no bolso um exemplar de um jornal vespertino, abriu-o e mostrou para Brigid um quarto de coluna com o título: GRITO PÕE LADRÃO PARA CORRER.

Uma jovem chamada Carolin Beale, que mora sozinha em um apartamento na rua Sutter, foi despertada às quatro horas da madrugada pelo ruído de alguém no seu quarto. Ela gritou. O invasor fugiu. Duas outras mulheres que moram sozinhas no mesmo prédio descobriram, mais tarde, naquela manhã, sinais de que o ladrão tinha visitado seus apartamentos. Nada foi levado de nenhum dos três apartamentos.

– Foi nesse lugar que eu o despistei – explicou Spade. – Entrei nesse prédio e escapuli pela porta dos fundos. Por isso foram três mulheres que moram sozinhas. Ele experimentou os apartamentos que tinham nomes de mulher no quadro da portaria, achando que você se escondia atrás de um nome falso.

– Mas ele estava vigiando o seu apartamento quando estávamos lá – contestou Brigid.

Spade deu de ombros.

– Não há motivo para pensar que ele esteja trabalhando sozinho. Talvez tenha ido até a rua Sutter depois que começou a achar que você ia passar a noite no meu apartamento. Há um monte de possibilidades, mas eu não deixei que me seguisse até o Coronet.

Brigid não estava satisfeita.

– Mas ele descobriu, ele ou alguém.

– Claro. – Spade franziu as sobrancelhas, de olhos fixos nos pés de Brigid. – Fico pensando se não terá sido Cairo. Ele não apareceu no hotel a noite inteira, só chegou lá há poucos minutos. Cairo me disse que sofreu uma prensa da polícia durante a noite toda. Tenho minhas dúvidas. – Virou-se, abriu a porta e perguntou para Effie Perine: – Já ligou para o Tom?

– Ele não está. Vou tentar de novo daqui a alguns minutos.

– Obrigado. – Spade fechou a porta e encarou Brigid O'Shaughnessy.

Ela o fitou com olhos anuviados.

– Você foi procurar Joe esta manhã?

– Fui.

Brigid hesitou.

– Por quê?

– Por quê? – Spade sorriu para ela. – Porque, flor do meu coração, tenho de manter algum tipo de contato com todas as pontas soltas dessa história maluca, se é que pretendo mesmo algum dia conseguir encaixar todas as peças no lugar certo. – Passou um braço em redor dos ombros de Brigid e levou-a até a sua cadeira giratória. Sentou-se na escrivaninha diante dela e disse:

– Agora, temos de encontrar um novo lar para você, não temos?

Ela respondeu com um enfático aceno de cabeça.

– Não vou voltar para lá.

Spade deu alguns tapinhas de leve na escrivaninha, ao lado da sua coxa, e deu ao rosto um ar pensativo.

– Acho que já sei – disse ele, pouco depois. – Espere um instante. – Ele foi até a recepção e fechou a porta do seu gabinete.

Effie Perine estendeu a mão para o telefone e disse:

– Vou tentar de novo.

– Mais tarde. Será que a sua intuição feminina ainda lhe diz que ela é uma santa ou alguma coisa assim?

A moça fitou-o com firmeza.

– Não importa em que tipo de problema ela tenha se metido, ainda acho que ela é direita. É isso o que você quer saber?

– É isso mesmo – respondeu Spade. – Você está do lado dela a ponto de lhe dar uma ajuda?

– De que tipo?

– Podia dar abrigo a ela durante alguns dias?

– Quer dizer, na minha casa?

– É. Arrombaram o apartamento dela. É a segunda invasão em uma semana. Seria melhor para ela se não ficasse sozinha. Ajudaria muito se você pudesse ficar com ela na sua casa.

Effie Perine inclinou-se para a frente e perguntou, muito séria:

– Ela está mesmo em perigo, Sam?

– Acho que sim.

A moça raspou o lábio com a unha.

– Isso deixaria minha mãe apavorada até explodir de tão nervosa. Vou ter de dizer a ela que é uma testemunha-surpresa ou algo assim, uma testemunha que você está mantendo escondida para usar no último minuto.

– Você é um amor – disse Spade. – É melhor levá-la agora mesmo para lá. Vou pedir a chave para Brigid e apanhar o que for necessário no apartamento dela. Vejamos. Vocês não devem ser vistas saindo juntas daqui. Você vai agora para casa. Pegue um táxi, mas verifique se não está sendo seguida. Provavelmente não será, mas verifique. Eu vou despachá-la em um outro táxi, um pouco depois, e vou verificar também se não está sendo seguida.

11. O GORDO

A campainha do telefone estava tocando quando Spade voltou ao escritório depois de despachar Brigid O'Shaughnessy para a casa de Effie Perine. Ele correu para o aparelho.

– Alô... Sim, é Spade... Sim, recebi. Estava esperando seu telefonema... Quem?... Senhor Gutman? Ah, sim, claro!... Agora mesmo, quanto antes melhor... 12-C... Certo. Que tal daqui a quinze minutos?... Certo.

Spade sentou-se no canto da escrivaninha, ao lado do telefone, e enrolou um cigarro. Sua boca era um V inflexível e satisfeito. Seus olhos, que contemplavam os dedos enquanto faziam o cigarro, chamejavam acima das pálpebras inferiores, levantadas e retas.

A porta abriu e Iva Archer entrou.

– Oi, doçura – disse Spade, com uma voz tão alegremente simpática quanto seu rosto se tornara de repente.

– Ah, Sam, me desculpe! Me desculpe! – gritou ela, com voz sufocada. Parou, logo depois de atravessar a porta, amassando entre as mãozinhas enluvadas um lenço de bordas pretas e perscrutando o rosto de Spade com olhos vermelhos, inchados e assustados.

Ele se levantou do canto da escrivaninha onde estava sentado. Respondeu:

– Claro. Está tudo bem. Esqueça.

– Mas, Sam – gemeu ela –, eu mandei aqueles policiais irem lá. Fiquei doida, enlouquecida de ciúme, telefonei para eles e disse que, se fossem lá, iriam descobrir uma coisa sobre o assassinato de Miles.

– O que levou você a pensar isso?

– Ah, eu não tinha a menor ideia de nada! Mas estava louca, Sam, e queria fazer mal a você.

– Pois é, foi a maior encrenca. – Spade passou o braço em redor dela e a trouxe mais para perto de si. – Mas está tudo bem agora, é só você não deixar mais nenhuma ideiazinha maluca entrar na sua cabeça.

– Não vou deixar – prometeu ela –, nunca mais. Mas você também não me tratou bem na noite passada. Foi frio e distante, e quis se livrar de mim, quando fui até lá e fiquei esperando um tempo enorme para prevenir você, e você...

– Me prevenir a respeito de quê?

– A respeito do Phil. Ele descobriu que... que você está apaixonado por mim, e Miles tinha contado a ele que eu queria me divorciar, embora, é claro, *ele* nem de longe desconfiasse do motivo, e agora Phil acha que nós... que você matou o irmão dele porque Miles não queria me conceder o divórcio e que por isso eu e você não podíamos nos casar. Phil me disse que acreditava nisso e ontem ele contou tudo para a polícia.

– Que beleza – disse Spade, com voz calma. – E você foi me prevenir e, como eu estava ocupado, teve um chilique e ajudou o desgraçado do Phil Archer a fazer a maior confusão.

– Desculpe – choramingou ela. – Sei que você não vai me perdoar. Eu... sinto muito, sinto muito, sinto muito.

– Deve sentir mesmo – concordou Spade –, tanto por mim quanto por você. Dundy veio falar com você depois que o Phil abriu o bico para eles? Ou algum outro policial?

– Não. – O medo arregalou os olhos e a boca de Iva.

– Mas ainda vêm – disse Spade –, e seria muito bom que não vissem você aqui. Você por acaso disse quem era, na hora em que telefonou para eles?

– Ah, não! Eu apenas lhes disse que, se fossem ao seu apartamento naquele instante, iam descobrir uma coisa sobre o assassinato, e desliguei.

– De onde você telefonou?

– Da drogaria que fica logo depois da sua casa. Ah, Sam, meu querido, eu...

Spade deu palmadinhas no ombro dela e falou, em tom gentil:

– Foi um truque besta, é verdade, mas agora já está feito. É melhor ir direto para casa e pensar em alguma coisa para contar à polícia. Você logo vai ter notícias deles. Talvez o melhor seja dizer "não" logo de cara. – Spade franziu as sobrancelhas, ao recordar algo distante. – Ou talvez fosse melhor você falar primeiro com Sid Wise. – Spade retirou o braço que estava em torno de Iva, pegou um cartão no bolso, rabiscou três linhas nas costas do cartão e entregou-o a Iva. – Pode contar tudo para o Sid. – Ele franziu as sobrancelhas. – Ou quase tudo. Onde você estava na noite em que Miles foi baleado?

– Em casa – respondeu Iva, sem hesitar.

Spade balançou a cabeça, sorrindo para ela.

– Estava, sim – insistiu Iva.

– Não estava – disse ele. – Mas, se essa é a sua história, por mim tudo bem. Vá falar com o Sid. Fica logo ali, na próxima esquina, o prédio meio rosado, sala 827.

Os olhos azuis da moça tentaram sondar os olhos amarelo-cinzentos de Spade.

– O que faz você achar que eu não estava em casa? – perguntou Iva, lentamente.

– Nada, só que eu sei que você não estava lá.

– Mas eu estava, estava, sim. – Os lábios dela se retorceram e a raiva sombreou seus olhos. – Effie Perine contou isso a você – disse ela, indignada. – Vi como ela observou as minhas roupas e bisbilhotou tudo. Você sabe muito bem que ela não gosta de mim, Sam. Por que acredita nas coisas que ela lhe conta quando sabe muito bem que ela faria qualquer coisa para me prejudicar?

– Santo Deus, vocês, mulheres, hein? – disse Spade, com brandura. Olhou para o relógio de pulso. – Você vai ter de cair fora bem depressa, minha joia. Estou atrasado para um encontro. Faça como preferir, mas se eu fosse você, contaria ao Sid a verdade, ou quase. Quero dizer, deixe de fora as partes que não quiser contar para ele, mas não invente nada para substituir o que omitiu.

– Não estou mentindo para você, Sam – protestou Iva.

– Não está uma ova – disse ele, e levantou-se.

Iva ergueu-se na ponta dos pés para pôr seu rosto mais perto do rosto de Spade.

– Não acredita em mim? – sussurrou ela.

– Não acredito em você.

– E não vai me perdoar por... por eu ter feito o que fiz?

– Claro que vou. – Spade inclinou a cabeça e beijou-a na boca. – Está tudo bem. Agora, apresse-se.

Iva pôs os braços em redor de Spade.

– Não quer vir comigo para conversar com o senhor Wise?

– Não posso, e além do mais eu só ia atrapalhar. – Ele deu palmadinhas nos braços de Iva, afastou-os do seu corpo e beijou o pulso esquerdo da viúva, entre a luva e a manga. Pôs as mãos nos ombros dela, virou-a na direção da porta e soltou-a com um leve empurrão para a frente.

– Bata ao sair – ordenou.

A porta de mogno da suíte 12-C do Hotel Alexandria foi liberta pelo rapaz com quem Spade havia conversado no saguão do Hotel Belvedere. Spade falou, cordial:

– Oi. – E o rapaz não respondeu nada. Pôs-se de lado, segurando a porta aberta.

Spade entrou. Um homem gordo veio recebê-lo.

O gordo era flácido, com bochechas rosadas e polpudas, assim como os lábios, o queixo e o pescoço; tinha um barrigão ovalado e molenga que formava todo o seu torso, e cones pendentes que faziam as vezes de braços e pernas. Enquanto avançava na direção de Spade, todas as suas protuberâncias balofas sacudiam-se, subiam e baixavam alternadamente a cada passo, à maneira de cachos de bolhas de sabão que ainda não se haviam soltado do cachimbo através do qual eram sopradas. Seus olhos, encolhidos por causa dos papos gordurosos que os rodeavam, eram escuros e lustrosos. Cachinhos escuros e ralos recobriam seu crânio amplo. Vestia fraque preto, colete preto, gravata Ascot preta de cetim com uma pérola rosada, calças cinzentas listradas de lã penteada e sapatos de verniz.

Sua voz era um ronronar gutural.

– Ah, senhor Spade – disse ele com entusiasmo, estendendo a mão semelhante a uma estrela gorda e cor-de-rosa.

Spade apertou a mão, sorriu e disse:

– Como vai, senhor Gutman?

Segurando a mão de Spade, o gordo virou-se, postou-se ao lado do detetive, pôs a mão sobre o ombro dele e guiou-o sobre um tapete verde, rumo a uma cadeira de pelúcia verde, junto a uma mesa que tinha um sifão, alguns copos e uma garrafa de uísque Johnnie Walker em uma bandeja, uma caixa de charutos – Coronas dei Ritz –, dois jornais e uma caixinha feita de pedra-sabão, lisa e amarela.

Spade sentou-se na cadeira verde. O gordo começou a encher dois copos com a garrafa e o sifão. O rapaz havia sumido. As portas, situadas em três das paredes da sala, estavam fechadas. A quarta parede, atrás de Spade, era vazada por duas janelas que davam para a rua Geary.

– Começamos bem, senhor – ronronou o gordo, virando-se com um copo na mão, que ofereceu para Spade. – Não confio em um homem que não bebe à vontade. Se ele precisa tomar cuidado para não beber demais, é porque não se pode confiar nele quando bebe.

Spade segurou o copo e, sorrindo, fez o início de um cumprimento com a cabeça, por cima da sua bebida.

O gordo levantou seu copo e segurou-o contra a luz de uma das janelas. Fez um sinal de aprovação com a cabeça para as bolhinhas que subiam atrás do vidro. Falou:

– Bem, senhor, brindemos à franqueza e ao bom entendimento.

Beberam e baixaram os copos.

O gordo olhou para Spade com perspicácia e perguntou:

– O senhor é um homem de poucas palavras?

Spade balançou a cabeça.

– Gosto de falar.

– Ótimo! exclamou o gordo. – Desconfio de homens calados. Em geral, escolhem a hora errada para falar e dizem o que não devem. Falar é uma coisa que não se pode fazer de forma criteriosa sem que a pessoa pratique. – Deu um sorriso radiante para o seu copo. –

Vamos nos dar bem, senhor, vamos, sim. – Pôs o copo em cima da mesa e estendeu a caixa de charutos Corona dei Ritz na direção de Spade. – Um charuto, senhor?

Spade pegou um charuto, cortou a ponta e acendeu. Enquanto isso, o gordo puxou outra cadeira de pelúcia verde de modo a ficar de frente para Spade, a uma distância conveniente, e pôs ao alcance das duas cadeiras um cinzeiro de pé. Em seguida, pegou o seu copo na mesa, tirou um charuto da caixa e baixou o corpo na cadeira. Suas protuberâncias pararam de sacolejar e fixaram-se em um repouso flácido. Soltou um suspiro de conforto e disse:

– Veja bem, senhor, vamos conversar, se isso lhe agradar. E digo-lhe de saída que sou um homem que gosta de conversar com um homem que também gosta de conversar.

– Ótimo. Vamos conversar sobre o pássaro preto?

O gordo riu e suas protuberâncias correram para cima e para baixo durante a sua gargalhada.

– Vamos mesmo? – retrucou ele. O rosto rosado brilhava de satisfação. – O senhor é o homem certo para mim, um homem talhado pelo meu próprio molde. Nada de conversa fiada, vai logo ao que interessa. "Vamos conversar sobre o pássaro preto?" Vamos, sim. Gosto disso, senhor. Gosto desse jeito de tratar de negócios. Vamos conversar sobre o pássaro preto, não tenha dúvida nenhuma disso. Mas antes, senhor, responda a uma pergunta, por gentileza, embora talvez seja uma pergunta desnecessária, mas assim vamos ficar entendidos logo de início. O senhor está aqui como representante da senhorita O'Shaughnessy?

Spade soprou fumaça por cima da cabeça do gordo, em forma de um penacho comprido e oblíquo. Franziu as sobrancelhas com ar pensativo, fitando as cinzas na ponta do seu charuto. Respondeu cautelosamente:

– Não posso dizer que sim nem que não. De todo modo, ainda não há nada certo. – Ergueu os olhos para o gordo e parou de franzir as sobrancelhas. – Depende.

– E depende de...?

Spade balançou a cabeça.

– Se eu soubesse do que depende, poderia responder que sim ou que não.

O gordo sorveu um bom gole do seu copo, engoliu a bebida e sugeriu:

– Talvez dependa de Joel Cairo?

O imediato "talvez" de Spade foi evasivo. Ele tomou outro gole.

O gordo inclinou-se para a frente, até a barriga detê-lo. Seu sorriso era insinuante, assim como sua voz ronronante.

– O senhor poderia dizer, portanto, que a questão consiste em saber a qual dos dois o senhor vai representar?

– Você pode pôr nesses termos.

– Ou será um, ou será o outro, não é?

– Eu não disse isso.

Os olhos do gordo rebrilharam. Sua voz imergiu em um sussurro gutural ao perguntar:

– Quem mais existe aí?

Spade apontou o charuto para o próprio peito.

– Existo eu – disse ele.

O gordo afundou de novo na sua cadeira e deixou o corpo ficar flácido. Expirou em uma baforada longa e satisfeita.

– Isto é magnífico, senhor – ronronou ele. – É magnífico. Aprecio muito um homem que diz com toda a franqueza que está cuidando dos seus interesses. Não é o que todos fazemos? Não confio em um homem que nega que faça isso. E um homem que fala a verdade quando diz que não está falando a verdade, é nesse que eu menos confio, porque é um imbecil, e um imbecil que está agindo contra as leis da natureza.

Spade exalou fumaça. Seu rosto mantinha-se educadamente atento. Falou:

– Ãrrã. Agora, vamos conversar sobre o pássaro preto.

O gordo sorriu com benevolência.

– Vamos – disse ele. Estreitou tanto as pálpebras que bolsas gordurosas se aglomeraram em redor dos olhos até não deixar à mostra senão um cintilar escuro, no fundo. – Senhor Spade, o senhor tem alguma noção de quanto dinheiro esse pássaro preto pode render?

– Não.

O gordo inclinou-se de novo para a frente e pôs a mão rosada e balofa no braço da cadeira de Spade.

– Pois bem, senhor, se eu lhe dissesse... por Deus, se eu lhe dissesse a metade!... o senhor me chamaria de mentiroso.

Spade sorriu.

– Não – disse ele. – Nem mesmo se eu pensasse assim. Mas, se não quiser correr o risco, conte-me apenas o que é essa estátua, e eu calculo sozinho os lucros possíveis.

O gordo riu.

– O senhor não conseguiria. Ninguém conseguiria, a menos que tivesse uma experiência enorme com coisas desse tipo, e... – Interrompeu-se, de modo dramático. – Não existe nenhuma outra coisa desse tipo. – Suas protuberâncias se abalroaram mutuamente enquanto ele soltava outra gargalhada. Parou de rir de forma abrupta. Os lábios carnudos imobilizaram-se abertos, tal como a gargalhada os deixara. Olhou para Spade com uma concentração que poderia sugerir miopia. Perguntou:

– O senhor quer dizer que não sabe o que é? – A surpresa removeu o tom gutural da sua voz.

Spade fez um gesto displicente com o charuto.

– Ah, diabos – disse ele, como se não fosse nada. – Sei qual deve ser a aparência da coisa. Sei do valor vital que vocês dão a ela. Mas não sei o que é.

– Ela não lhe contou?

– A senhorita O'Shaughnessy?

– Sim. Moça encantadora, senhor.

– Não. Não contou.

Os olhos do gordo eram raios escuros de tocaia atrás de dobras de carne rosada. Ele falou, em tom vago:

– Ela devia saber. – E depois: – Cairo também não contou?

– Cairo é astuto. Está disposto a comprar a estátua, mas não se arrisca a me dizer nada que eu já não saiba.

O gordo umedeceu os lábios com a língua.

– Quanto ele está disposto a pagar? – perguntou.

– Dez mil dólares.

O gordo riu com desdém.

– Dez mil, e dólares ainda por cima, veja bem, nem mesmo libras. Isso é querer fazer o senhor de bobo. Ora! E o que o senhor respondeu?

– Respondi que, se eu a entregasse a ele, queria receber os dez mil.

– Ah, sim, *se!* Bem pensado, senhor. – A testa do gordo se contraiu em um olhar severo, toldado pelas carnes. – Eles devem saber – disse o gordo, com voz apenas parcialmente audível, e depois: – Será que sabem? Será que sabem o que de fato é o pássaro, senhor? Qual a sua impressão?

– Não posso ajudá-lo nesse ponto – confessou Spade. – Não há muito em que se apoiar. Cairo não disse que sabia nem que não sabia. A moça disse que não sabia, mas presumi que estava mentindo.

– Isso não foi nem um pouco insensato da sua parte – disse o gordo, mas seu pensamento obviamente não estava no que dizia. Coçou a cabeça. Franziu as sobrancelhas até a testa ficar marcada por rugas vermelhas e aflitivas. Remexeu-se na cadeira, tanto quanto permitiam o tamanho dele e as dimensões da cadeira. Fechou os olhos, abriu-os de repente, arregalados, e disse para Spade: – Talvez eles não saibam. – Seu rosto rosado e polpudo lentamente perdeu sua expressão preocupada e depois, mais depressa, assumiu um aspecto de felicidade inefável. – Se eles não sabem... – gritou o gordo, e de novo: – Se eles não sabem, sou o único que sabe, em todo este doce e vasto mundo!

Spade puxou os lábios para trás em um sorriso tenso.

– Fico feliz de ter vindo ao lugar certo – disse ele.

O gordo também sorriu, mas de um modo um tanto vago. A felicidade tinha desaparecido do seu rosto, embora ele continuasse a sorrir, e a cautela surgiu em seus olhos. Seu rosto era uma máscara sorridente e vigilante, interposta entre seus pensamentos e Spade. Os olhos do gordo, evitando os de Spade, deslocaram-se para o copo, junto ao cotovelo de Spade. Seu rosto reluziu:

– Por Deus, senhor – exclamou ele. – Seu copo está vazio.

Levantou-se, foi até a mesa e fez retinir os copos, o sifão e a garrafa enquanto preparava dois drinques.

Spade ficou imóvel na cadeira até o gordo lhe entregar o copo cheio outra vez, com um floreio da mão, uma reverência da cabeça e as palavras jocosas:

– Ah, este remédio nunca vai fazer mal ao senhor!

Em seguida Spade levantou-se e foi para perto do gordo, olhou-o de cima, e os olhos do detetive eram severos e brilhantes. Ergueu o copo. Sua voz era decidida, desafiadora:

– Brindemos à franqueza e ao bom entendimento.

O gordo deu uma risada e os dois beberam. O gordo sentou-se. Com as duas mãos, segurou o copo apoiado na barriga e ergueu um sorriso para Spade. Falou:

– Bem, senhor, é surpreendente, mas pode muito bem acontecer de os dois não saberem exatamente o que é o pássaro, e que ninguém, em todo este doce e vasto mundo, saiba o que ele é, afora e exceto este seu humilde criado, sua excelência Casper Gutman.

– Ótimo. – Spade ficou de pé, com as pernas separadas, uma das mãos enfiada no bolso da calça, a outra segurando o copo. – Quando o senhor me contar, seremos apenas dois a saber.

– Matematicamente correto, senhor – os olhos do gordo piscaram. – Mas – seu sorriso se alargou – não tenho certeza de que eu vá contar ao senhor.

– Não banque o tolo – disse Spade, com paciência. – Você sabe o que é o pássaro. Eu sei onde está. Por isso vim aqui.

– Bem, senhor, e onde está?

Spade ignorou a pergunta.

O gordo juntou os lábios, ergueu as sobrancelhas e levantou a cabeça um pouco para a esquerda.

– Veja bem – respondeu ele, com brandura –, posso contar o que sei, mas o senhor não me contará o que sabe. Isso não é nem um pouco justo, senhor. Não, não. Não creio que possamos fazer negócio nesses termos.

O rosto de Spade ficou duro e sem cor. Falou depressa, com voz lenta e enraivecida:

– Pense melhor, e pense bem depressa. Eu disse àquele seu fedelho que você teria de conversar comigo antes de agir. E vou lhe dizer agora que é melhor falar de uma vez, senão você está acabado. Para que está desperdiçando o meu tempo? Você e o seu segredinho idiota! Meu Deus! Sei muito bem o que são esses bagulhos que ficam guardados nas galerias da agência do Tesouro, mas que benefício posso tirar disso? Posso me virar sozinho, sem a sua ajuda. Dane-se, você! Talvez você pudesse se dar bem sem mim, se tivesse ficado longe de mim. Agora não pode mais. Não aqui, em São Francisco. Ou você entra, ou você sai. E vai ter de ser hoje.

Virou-se e, com um descuido irritado, jogou o copo na mesa. O copo chocou-se contra a madeira, fez-se em pedaços, espirrou seu conteúdo e cacos cintilantes sobre a mesa e pelo chão. Spade, surdo e cego àquela explosão, girou o corpo para encarar de novo o gordo.

O gordo não deu ao destino do copo mais atenção do que Spade: os lábios se franziram, as sobrancelhas se ergueram, a cabeça pendeu um pouco para a esquerda, ele mantivera impassível o rosto rosado durante a fala enraivecida de Spade, e agora continuava assim.

Spade, ainda furioso, disse:

– E outra coisa, eu não quero...

A porta à esquerda de Spade se abriu. O rapaz que recebera Spade entrou. Fechou a porta, ficou parado diante dela, com as mãos nos flancos do corpo, e olhou para Spade. Os olhos do rapaz estavam muito abertos, com as pupilas escuras dilatadas. Seu olhar percorreu o corpo de Spade, dos ombros até os joelhos, e depois subiu para se fixar no lenço cuja borda marrom despontava do bolso do peito do paletó marrom do detetive.

– E outra coisa – repetiu Spade, fitando o rapaz: – Mantenha esse seu capanga longe de mim enquanto você estiver refletindo sobre o que eu disse. Senão vou matar esse pirralho. Não gosto dele. Me deixa nervoso. Vou matá-lo na primeira vez em que ele cruzar o meu caminho. Não vou dar a ele nem um minuto. Não vou dar a ele a mínima chance. Vou matá-lo e pronto.

Os lábios do rapaz se repuxaram num sorriso sombrio. Ele não levantou os olhos nem falou nada.

O gordo respondeu, com voz tolerante:

– Bem, devo admitir que o senhor tem um temperamento violento.

– Temperamento? – Spade soltou uma gargalhada louca. Cruzou a sala até a cadeira onde deixara seu chapéu e o pôs na cabeça. Estendeu um braço comprido que terminava em um indicador grosso, apontado para a barriga do gordo. Sua voz raivosa encheu a sala inteira.

– Pense no assunto, e pense direitinho. Tem até as cinco e meia para acertar as coisas. Então, ou você estará dentro, ou vai ter de ficar fora, e é para valer. – Deixou o braço baixar, olhou de cara fechada durante um momento para o gordo impassível, fitou o rapaz com uma carranca e se dirigiu para a mesma porta por onde tinha entrado. Quando abriu a porta, voltou-se e disse, com rispidez:

– Cinco e meia... Depois, ponto final.

O rapaz, olhando fixo para o peito de Spade, repetiu as duas palavras que havia pronunciado no saguão do Hotel Belvedere. Sua voz não era alta. Era rancorosa.

Spade saiu e bateu a porta.

12. Carrossel

Spade desceu do apartamento de Gutman em um elevador. Seus lábios estavam secos e ásperos em um rosto de resto úmido e sem cor. Quanto tirou o lenço para enxugar o rosto, viu que suas mãos tremiam. Sorriu ao perceber e soltou um "Ufa!" tão audível que o ascensorista virou a cabeça sobre o ombro e perguntou:

– O que foi, senhor?

Spade desceu pela rua Geary até o Hotel Palace, onde almoçou. O rosto perdera a palidez, os lábios, a secura, e as mãos não tremiam mais na hora em que ele se sentou. Comeu com voracidade e sem pressa, e depois seguiu para o escritório de Sid Wise.

Quando Spade entrou, Wise estava roendo unha e olhando pela janela. Afastou a mão da boca, girou a cadeira para ficar de frente para Spade e disse:

– Oi. Puxe uma cadeira.

Spade moveu uma cadeira para perto da grande escrivaninha abarrotada de papéis e sentou-se.

– A senhora Archer passou por aqui? – perguntou.

– Sim. – Uma luz sutilíssima piscou nos olhos de Wise. – Vai casar com essa senhora, Sammy?

Spade soltou um suspiro irritado pelo nariz.

– Diabos, você ainda me vem com essa! – grunhiu.

Um sorriso breve e fatigado ergueu os cantos da boca do advogado.

– Se não vai casar – disse ele –, vai ter um abacaxi nas mãos.

Spade levantou os olhos do cigarro que estava fazendo e falou, irritado:

– Você quer dizer que *você* vai ter um abacaxi nas mãos, não é? Bem, é para isso que lhe pago. O que foi que ela contou?

– Sobre você?

– Sobre qualquer coisa que eu deva saber.

Wise passou os dedos pelo cabelo, borrifando caspa sobre os ombros.

– Ela me contou que tentou obter o divórcio de Miles, para poder...

– Já sei disso tudo – interrompeu Spade. – Pode pular essa parte. Vá logo ao que eu não sei.

– Como quer que eu saiba quanto ela...?

– Deixe de conversa mole, Sid. – Spade levou a chama do isqueiro até a ponta do cigarro. – Das coisas que Iva lhe contou, o que ela queria que eu não soubesse?

Wise olhou para Spade com ar de censura.

– Puxa, Sammy – começou ele –, isso não é...

Spade voltou os olhos para o teto como quem apela aos céus e gemeu:

– Santo Deus, ele é o meu advogado, enriqueceu à minha custa e tenho de ficar de joelhos e suplicar para que me conte as coisas! – Baixou os olhos para Sid. – Para que diabo você pensa que mandei Iva vir aqui?

Wise fez uma careta de cansaço.

– Mais um cliente como você – lamentou-se ele – e eu acabo num hospício, ou então no presídio de San Quentin.

– Estaria na companhia da maior parte dos seus clientes. Ela contou onde estava na noite em que Miles foi morto?

– Contou.

– Onde?

– Seguindo o marido.

Spade se empertigou na cadeira e piscou os olhos. Exclamou, incrédulo:

– Meu Deus, essas mulheres! – Depois, riu, relaxou e perguntou: – Bem, e o que ela viu?

Wise balançou a cabeça.

– Nada de mais. Quando ele veio para casa jantar, naquela noite, disse a ela que tinha um encontro com uma moça no Hotel St. Mark, o que a deixou com raiva, e que era uma chance para ela obter o divórcio que desejava. Iva pensou, no início, que ele estava só querendo provocá-la. Miles sabia...

– Conheço a história familiar deles – disse Spade. – Pule essa parte. Conte-me o que ela fez.

– Vou contar, se você me der uma oportunidade. Depois que Miles saiu, Iva começou a pensar que talvez ele fosse mesmo ter o tal encontro. Você conhece o Miles. Seria bem do estilo dele...

– Pode pular o caráter de Miles também.

– Eu não deveria contar coisa alguma a você – disse o advogado. – Pois bem, Iva tirou o carro deles da garagem, foi até o Hotel St. Mark e ficou sentada dentro do carro do outro lado da rua. Viu o marido sair do hotel e viu que ele seguia um homem e uma moça, aliás Iva afirma ter visto a mesma moça com você na noite passada, e os dois haviam saído do hotel pouco antes do Miles. Iva compreendeu que Miles estava trabalhando e que tinha só brincado com ela. Acho que ela ficou decepcionada, e louca, foi assim que ela me pareceu, quando contou o caso. Iva seguiu Miles o suficiente para certificar-se de que ele estava mesmo seguindo o casal, depois partiu para o seu apartamento. Você não estava em casa.

– Que horas eram? – perguntou Spade.

– Quando ela foi à sua casa? Entre nove e meia e dez, na primeira vez.

– Primeira vez?

– É. Iva rodou de carro durante meia hora mais ou menos e depois tentou de novo. Seriam, digamos, dez e meia. Você ainda estava fora de casa, e assim Iva voltou para o centro e foi a um cinema para matar o tempo, até depois de meia-noite, horário que ela achou mais provável para encontrar você.

Spade franziu as sobrancelhas.

– Ela foi a um cinema às dez e meia?

– É o que ela diz, o cinema que fica na rua Powell e que permanece aberto até uma hora da madrugada. Iva não queria ir para casa, disse ela, porque não queria estar lá quando Miles chegasse. Isso sempre o deixava louco, ao que parece, sobretudo quando já passava de meia-noite. Iva ficou no cinema até fechar. – As palavras de Wise, nesse ponto, fluíam mais devagar, e havia um brilho sarcástico em seus olhos. – Iva diz que, a essa altura, resolvera não voltar de novo à sua casa. Ela diz que não sabia se você gostaria de recebê-la tão tarde da noite. Portanto, Iva foi para o restaurante Tait's, na rua Ellis, comer alguma coisa e depois foi sozinha para casa. – Wise recostou-se de novo na cadeira e esperou o comentário de Spade.

O rosto de Spade estava impassível. Perguntou:

– Você acredita nela?

– Você não? – retrucou Wise.

– Como vou saber? Como vou saber se não é uma história que você combinou com ela de me contar?

Wise sorriu.

– Você não aceita muitos cheques de estranhos, não é, Sammy?

– Não daria para encher um caminhão. Muito bem, e depois? Miles não estava em casa. Já eram, então, pelo menos duas horas da madrugada, devia ser isso, e ele já estava morto.

– Miles não estava em casa – disse Wise. – Parece que isso deixou Iva novamente louca de raiva, ou seja, o fato de ele não estar em casa para ficar louco de raiva por ela não estar em casa quando ele chegasse. Então Iva tirou o carro da garagem mais uma vez e voltou para a sua casa.

– E eu não estava em casa. Tinha ido ver o cadáver de Miles. Meu Deus, que incrível carrossel de idas e vindas. E depois?

– Iva voltou para casa e o marido ainda não estava lá e, enquanto ela se despia, chegou a sua mensageira com a notícia da morte de Miles.

Spade não falou nada antes de ter enrolado e acendido, muito cuidadosamente, outro cigarro. A seguir, disse:

– Acho que é uma fachada razoável. Parece se encaixar com a maioria dos fatos conhecidos. Eu poderia muito bem engolir essa história.

Os dedos de Wise, correndo de novo pelo cabelo, pentearam mais caspa para os ombros. Ele examinou o rosto de Spade com olhos curiosos e perguntou:

– Mas você não acredita?

Spade arrancou o cigarro dos lábios.

– Não acredito nem deixo de acreditar, Sid. Não sei absolutamente nada dessa história.

Um sorriso oblíquo torceu a boca do advogado. Ele mexeu os ombros contrariado e disse:

– Tudo bem, estou passando a perna em você. Por que não procura um advogado honesto, um em quem você possa confiar?

– Esse sujeito morreu. – Spade se levantou. Fitou Wise com ironia. – Está ficando emotivo, é? Como se eu já não tivesse problemas bastantes nos quais pensar, agora ainda tenho de me lembrar de ser gentil com você. O que foi que fiz? Esqueci de me ajoelhar quando entrei?

Sid Wise sorriu, constrangido.

– Você não é mole, Sammy.

Effie Perine estava parada no centro da sala de espera do escritório de Spade quando ele chegou. A moça olhou para Spade com olhos castanhos preocupados e perguntou:

– O que aconteceu?

O rosto de Spade ficou tenso.

– O que aconteceu onde? – indagou ele.

– Por que ela não veio?

Spade deu dois longos passos e segurou Effie Perine pelos ombros.

– Ela não chegou até lá? – berrou ele, bem na cara assustada da moça.

Effie Perine balançou a cabeça com violência, de um lado para o outro.

– Esperei, esperei e ela não apareceu, e eu não tinha como telefonar para você, por isso voltei para cá.

Spade, com um tranco, afastou as mãos dos ombros dela, enfiou-as bem fundo nos bolsos da calça e disse, com voz alta e nervosa:

– Mais um carrossel. – E entrou no seu gabinete a passos largos. Saiu de lá logo depois. – Telefone para a sua mãe – determinou Spade. – Veja se Brigid não chegou lá.

Spade ficou andando para um lado e para o outro no escritório enquanto a moça usava o telefone.

– Não – disse ela, quando terminou. – Você... você a pôs dentro de um táxi?

O grunhido de Spade provavelmente significava "sim".

– Tem certeza de que ela... Alguém deve tê-la seguido!

Spade parou de caminhar para lá e para cá. Pôs as mãos nos quadris e fitou a moça. Falou para ela com voz alta e enfurecida:

– Ninguém seguiu a moça. Acha que sou algum principiante? Eu me certifiquei disso, antes de deixar Brigid sozinha. Percorri uma dúzia de quarteirões com ela para ter mais certeza ainda, e além disso a acompanhei por mais meia dúzia de quarteirões, depois que saí do táxi em que ela estava.

– Ora, mas então...

– Mas ela não chegou lá. Você me disse isso. Acredito. Você acha que eu penso que ela chegou lá?

Effie Perine fungou.

– Só sei que você está se comportando que nem um principiante – disse ela.

Spade emitiu um som rouco na garganta e foi para a porta.

– Vou sair e encontrá-la, mesmo que para isso eu tenha de escavar os canos de esgoto na rua – disse ele. – Fique aqui até eu voltar ou dar alguma notícia. Pelo amor de Deus, veja se faz alguma coisa direito.

Ele saiu, caminhou metade da distância até o elevador e depois voltou atrás. Effie Perine estava sentada à sua escrivaninha quando ele abriu a porta. Spade disse:

– Você já me conhece o bastante para saber que não deve dar atenção a mim quando falo desse jeito.

– Você deve estar maluco, se acha que lhe dou alguma atenção – retrucou ela. – Só que – ela cruzou os braços, apalpou os ombros e sua boca contraiu-se, hesitante – não vou poder usar nenhum vestido de noite por duas semanas, seu brutamontes.

Spade sorriu com humildade e disse:

– Eu não presto mesmo, meu anjo. – Fez uma mesura exagerada com a cabeça e saiu de novo.

Dois táxis amarelos estavam parados no ponto da esquina, para onde Spade se dirigiu. Os motoristas estavam juntos, de pé, conversando. Spade perguntou:

– Onde está o motorista louro, de cara vermelha, que estava aqui ao meio-dia?

– Pegou uma corrida – respondeu um dos motoristas.

– E vai voltar?

– Acho que vai.

O outro motorista acenou com a cabeça para o leste.

– Lá vem ele.

Spade caminhou até a esquina e parou junto ao meio-fio até que o motorista louro de cara vermelha estacionasse e saísse do carro. Então Spade se dirigiu até ele e disse:

– Tomei o seu táxi com uma senhora ao meio-dia. Fomos até a rua Stockton e subimos a Sacramento até a Jones, onde eu desci.

– Claro – disse o homem de cara vermelha. – Eu me lembro.

– Pedi a você para levar a moça até um determinado número na Nona Avenida. Você não a levou lá. Onde a deixou?

O motorista esfregou a bochecha com a mão imunda e fitou Spade com ar de dúvida.

– Não sei de nada dessa história.

– Não há problema nenhum – tranquilizou-o Spade, e lhe deu um de seus cartões. – Mas, se quiser ficar mais seguro, a gente pode ir até o seu escritório e falar com os seus chefes.

– Acho que não precisa. Eu a levei até a estação das barcas.

– Foi ela que quis?

– Sim. Claro.

– Não a levou a algum lugar, antes disso?

– Não. Foi assim: depois que você saltou, continuei a seguir pela Sacramento e, quando chegamos à Polk, ela deu uma batidinha no vidro e disse que queria um jornal, então parei na esquina, assobiei para um garoto e ela comprou o jornal.

– Que jornal?

– O *Call*. Depois segui adiante pela Sacramento mais um pouco e, logo depois de cruzarmos a Van Ness, ela bateu no vidro de novo e disse para eu levá-la à estação das barcas.

– Ela estava nervosa?

– Não que eu tenha notado.

– E depois que você chegou à estação das barcas?

– Ela me pagou e pronto.

– Tinha alguém à espera dela?

– Se tinha, não vi.

– Que direção ela tomou?

– Na estação das barcas? Não sei. Talvez tenha ido para o andar de cima, ou pode ter tomado a direção da escada.

– Ela levou o jornal?

– Levou. Estava embrulhado embaixo do seu braço quando me pagou.

– Com a folha cor-de-rosa para fora ou era uma das páginas brancas?

– Ah, patrão, disso eu não me lembro.

Spade agradeceu ao motorista e disse:

– Para você comprar um cigarro – e lhe deu um dólar de prata.

Spade comprou um exemplar do *Call* e levou-o para a portaria de um prédio de escritórios a fim de examinar o jornal ao abrigo do vento.

Seus olhos percorreram depressa as manchetes da capa e as da segunda e da terceira páginas. Detiveram-se um momento em SUSPEITO PRESO POR FALSIFICAÇÃO, na quarta página, e de novo na página cinco, em RAPAZ ACUADO MORRE COM UM TIRO. As páginas seis e sete nada tinham que lhe interessasse. Na oito, TRÊS RAPAZES PRESOS POR ROUBO DEPOIS DE TIROTEIO chamou sua atenção por um momento e, depois disso, mais nada, até chegar à página 35, que trazia a previsão do tempo, notícias sobre navios, índices de produção, finanças, divórcio, nascimentos, casamentos e falecimentos. Leu a lista dos mortos, passou para as páginas 36 e 37 – notícias financeiras –, não encontrou nada que detivesse seus olhos na página 38, que era a última página, soltou um suspiro, fechou o jornal, dobrou, enfiou-o no bolso do paletó e enrolou um cigarro.

Durante cinco minutos, ficou parado ali, na portaria do prédio de escritórios, fumando e olhando para o nada, mal-humorado. A seguir, foi para a rua Stockton, pegou um táxi e pediu para ir até o Coronet.

Entrou no edifício e no apartamento de Brigid O'Shaughnessy com a chave que ela lhe dera. O vestido azul que usara na noite anterior pendia ao comprido na ponta da cama. As meias e sandálias azuis estavam no chão do quarto. A caixinha multicolorida que continha joias na gaveta da penteadeira agora estava vazia, em cima da penteadeira. Spade franziu as sobrancelhas diante disso, correu a língua pelos lábios, percorreu lentamente todos os aposentos, observando com atenção, mas sem tocar em nada, depois saiu do Coronet e voltou para o centro.

Na portaria do edifício onde ficava o escritório de Spade ele se viu frente a frente com o rapaz que deixara na casa de Gutman. O rapaz se pôs no caminho de Spade, bloqueando sua entrada, e disse:

– Vamos. Ele quer falar com você.

As mãos do rapaz estavam nos bolsos do sobretudo. Os bolsos estavam mais protuberantes do que o simples volume das mãos os deixaria.

Spade sorriu e respondeu, com desdém:

– Eu só contava encontrar você lá para as cinco e vinte e cinco. Espero não ter feito você esperar muito.

O rapaz ergueu os olhos para a boca de Spade e falou, com a voz tensa de alguém submetido à dor física:

– Vá brincando comigo desse jeito e você ainda vai ter de catar chumbo no fundo do seu umbigo.

Spade soltou uma risadinha.

– Quanto mais pé de chinelo é o pilantra, mais grosso ele fala – retrucou, com sarcasmo. – Bom, vamos nessa.

Caminharam pela rua Sutter lado a lado. O rapaz mantinha as mãos nos bolsos do sobretudo. Caminharam um pouco mais de um quarteirão em silêncio. Então Spade perguntou, bem-humorado:

– Há quanto tempo deixou o colo da mamãe, garoto?

O rapaz não deu sinal de ter ouvido a pergunta.

– Você alguma vez já...? – Spade começou, e parou. Uma luz suave começou a brilhar nos seus olhos amarelados. Não dirigiu mais a palavra ao rapaz.

Entraram no Hotel Alexandria, subiram ao décimo segundo andar e avançaram pelo corredor rumo à suíte de Gutman. Não havia mais ninguém no corredor.

Spade deixou-se ficar um pouco para trás, de modo que, quando estavam a quatro metros e meio da porta de Gutman, ele estava talvez meio metro atrás do rapaz. De repente, Spade inclinou-se para o lado e agarrou o jovem por trás, pelos dois braços, logo abaixo dos cotovelos. Forçou os braços do rapaz para a frente, de modo que as mãos do jovem, enfiadas nos bolsos do sobretudo, ergueram o sobretudo à sua frente. O rapaz resistiu e se debateu, mas estava indefeso sob as garras do detetive corpulento. O rapaz deu um pontapé para trás, mas seu pé passou no intervalo entre as pernas abertas de Spade.

Spade levantou o rapaz do chão e o fez baixar com força, sobre os pés. O impacto produziu pouco barulho no tapete grosso. No instante do impacto, as mãos de Spade desceram e seguraram bem firmes os pulsos do jovem. Com os dentes cerrados com força, o rapaz não parou de se debater entre as mãos enormes do homem, mas não conseguiu se desvencilhar, não conseguiu impedir que as mãos de Spade corressem por cima das suas. Os dentes do rapaz rilharam bem alto, emitindo um som que se misturou com o ruído da respiração de Spade, enquanto o detetive triturava as mãos do jovem.

Ficaram tensos e imóveis durante um longo intervalo. Então os braços do rapaz amoleceram. Spade soltou-o e recuou um passo. Em cada uma das mãos de

Spade, quando elas saíram dos bolsos do sobretudo do rapaz, havia uma pesada pistola automática.

O rapaz virou-se e encarou Spade. O rosto do jovem estava horrivelmente branco e inexpressivo. Mantinha as mãos dentro dos bolsos do sobretudo. Olhou para o peito de Spade e não falou nada.

Spade pôs as pistolas nos bolsos e sorriu, irônico.

– Vamos lá – disse ele. – Isso vai deixar você numa boa com o seu patrão.

Foram até a entrada do apartamento de Gutman e Spade bateu na porta.

13. O PRESENTE DO IMPERADOR

Gutman abriu a porta. Um sorriso alegre iluminou seu rosto gordo. Estendeu a mão e disse:

– Ah, entre, senhor! Obrigado por ter vindo. Entre.

Spade apertou-lhe a mão e entrou. O rapaz entrou logo atrás dele. O gordo fechou a porta. Spade tirou dos bolsos as pistolas do rapaz e entregou-as para Gutman.

– Tome. Não devia deixar o garoto andar por aí com essas coisas. Ele vai acabar se machucando.

O gordo riu descontraidamente e segurou as pistolas.

– Ora, ora – disse ele. – Mas o que é isso? – E olhava para Spade e para o rapaz. Spade disse:

– Um molequinho aleijado tomou as pistolas das mãos dele, mas eu o obriguei a devolver.

O rapaz de cara branca tomou as pistolas das mãos de Gutman e as enfiou nos bolsos. O rapaz não falou nada.

Gutman riu de novo.

– Por Deus, senhor! – exclamou para Spade. – O senhor é mesmo um sujeito fora do comum, um personagem espantoso. Entre. Sente-se. Dê para mim o seu chapéu.

O rapaz saiu da sala pela porta à direita da entrada.

O gordo instalou Spade em uma cadeira de pelúcia verde junto à mesa, empurrou um charuto na sua direção, segurou o isqueiro aceso perto do charuto, misturou uísque com soda, pôs um copo na mão de Spade e, segurando o outro copo, sentou-se de frente para o detetive.

– Muito bem, senhor – disse ele. – Espero que me perdoe por...

– Não tem importância – respondeu Spade. – Vamos conversar sobre o pássaro preto.

O gordo inclinou a cabeça para o lado esquerdo e observou Spade com olhos cordiais.

– Tudo bem, senhor – concordou ele. – Vamos conversar. – Tomou um gole do seu copo. – Vai ser a coisa mais assombrosa que o senhor jamais ouviu, e eu o digo sabendo muito bem que um homem do seu calibre e da sua profissão deve ter visto e ouvido muita coisa espantosa.

Spade, educadamente, fez um gesto afirmativo com a cabeça.

O gordo revirou os olhos para cima e perguntou:

– O que o senhor sabe a respeito da Ordem do Hospital de São João de Jerusalém, posteriormente denominada Cavaleiros de Rodes, e coisas assim?

Spade abanou o charuto.

– Não muito... Só o que lembro das aulas de história, na escola. As Cruzadas ou algo do tipo.

– Muito bem. Lembra-se de que um certo Solimão, o Magnífico, os expulsou de Rodes em 1523?

– Não.

– Pois bem, senhor, isso aconteceu, e eles foram se instalar em Creta. Ficaram lá durante sete anos, até 1530, quando convenceram o imperador Carlos V a lhes dar – Gutman ergueu três dedos balofos e contou um por um – Malta, Gozo e Trípoli.

– E daí?

– E daí, senhor, que havia a seguinte condição: eles teriam de pagar em tributo ao imperador, a cada ano, um – ergueu um dedo – falcão, como um sinal de que Malta permanecia ainda sob o domínio espanhol e que, se um dia eles deixassem a ilha, ela voltaria a pertencer à Espanha. Compreende? O imperador deu a ilha para eles, mas apenas enquanto eles a usassem, não podiam dar nem vender a ilha para ninguém.

– Certo.

O gordo olhou sobre o ombro para as três portas fechadas, empurrou sua cadeira alguns centímetros mais para perto de Spade e baixou a voz até um sussurro rouco:

– O senhor tem alguma noção da enorme, da incomensurável riqueza da Ordem nessa época?

– Se bem me lembro – respondeu Spade –, eles não tinham do que reclamar.

Gutman sorriu, complacente.

– Isso, senhor, seria uma forma moderada de se expressar. – Seu sussurro tornou-se mais baixo e mais ronronante. – Eles estavam nadando em riquezas. O senhor não tem ideia. Nenhum de nós pode ter ideia. Durante anos, eles pilharam os sarracenos, saquearam joias, pedras preciosas, metais preciosos, seda, marfim, em quantidades que ninguém pode calcular... a fina flor do Oriente. Isso é história, senhor. Todos sabemos que as guerras santas, para eles, assim como para os Templários, eram sobretudo uma questão de pilhagem.

"Pois bem, o imperador Carlos lhes deu a ilha de Malta e o único pagamento que exigiu foi um insignificante pássaro todo ano, apenas como uma formalidade. O que poderia ser mais natural para aqueles cavaleiros incomensuravelmente ricos do que procurar um meio de expressar sua gratidão? Muito bem, senhor, foi exatamente isso que eles fizeram, e tiveram a feliz ideia de mandar para o imperador Carlos, a título de tributo pelo seu primeiro ano na ilha, não um insignificante pássaro vivo, mas um magnífico falcão de ouro, incrustado, dos pés à cabeça, com as pedras mais preciosas que havia em seus cofres. E, lembre-se, senhor, eles possuíam pedras magníficas, as melhores da Ásia."

Gutman parou de sussurrar. Seus olhos escuros e reluzentes fitaram o rosto de Spade, que estava sereno. O gordo perguntou:

– E então, senhor, o que acha disso tudo?

– Não sei.

O gordo sorriu, cheio de si.

– Estes são os fatos, fatos históricos, não estão nos livros escolares, não estão na história escrita pelo senhor H.G. Wells, mesmo assim são história. – Inclinou-se para a frente. – Os arquivos da Ordem, a partir do século XII, ainda estão em Malta. Não se acham intactos, mas no que restou há nada menos do que três – ergueu três dedos – referências que não podem ser outra coisa que não esse falcão transformado em uma joia. No livro *Les Archives de l'Ordre de Saint-Jean,* de J. Delaville Le Roulx, há uma referência ao falcão, um tanto indireta, é verdade, mas ainda assim uma referência. E o suplemento inédito, pois não estava terminado por ocasião da sua morte, de Paoli à sua obra *Dell' origine ed Instituto del sacro militare ordine* traz um relato claro e inequívoco acerca dos fatos que expus ao senhor.

– Muito bem – disse Spade.

– Muito bem, senhor. O grão-mestre Villiers de L'Isle-Adam mandou escravos turcos fazerem esse pássaro precioso, de trinta centímetros de altura, no castelo de Santo Ângelo, e o enviou para Carlos, que estava na Espanha. Enviou-o em uma galera comandada por um cavaleiro francês chamado Cormier ou Corvere, membro da Ordem. – Sua voz baixou de novo ao tom de um sussurro. – Nunca chegou à Espanha. – Sorriu com lábios cerrados e perguntou: – Ouviu falar de Barbarossa, o Barba Ruiva, Khair ad-Din? Não? Um famoso almirante de bucaneiros que na época tinha sua base em Argel. Pois bem, senhor, ele atacou a galera dos Cavaleiros e trouxe consigo o pássaro. O pássaro foi para Argel. Isso é um fato. E um fato que o historiador francês Pierre Dan registrou em uma das cartas que enviou de Argel. Ele escreveu que o pássaro ficou lá durante mais de cem anos, até ser levado por Sir Francis Verney, o aventureiro inglês que permaneceu certo tempo em companhia dos bucaneiros argelinos. Talvez isso não tenha acontecido, mas Pierre Dan acreditava que sim, e para mim isso é o bastante.

"Não há nenhuma menção ao pássaro no livro *Memórias da família Verney durante o século XVII,* de Lady Francis Verney, para dizer a verdade. Eu verifiquei. E não há dúvida de que Sir Francis não estava de posse do pássaro quando morreu, em um hospital em Messina, em 1615. O homem estava na miséria. Mas não há como negar que o pássaro foi efetivamente para a Sicília. Estava lá, e lá caiu em poder de Vitor Amadeu **II**, pouco depois de ele se tornar rei, em 1713 e, mais tarde, foi um dos seus presentes para a esposa, quando ele casou em Chambéry, depois de abdicar do trono. Isso é um fato, senhor. Carutti, autor da *Storia del Regno di Vittorio Amadeo II,* dá seu testemunho pessoal disso.

"Talvez eles, Amadeu e sua esposa, o tenham levado consigo para Turim quando tentaram revogar a abdicação. Mas, seja como for, o pássaro então passou para as mãos de um espanhol que fizera parte do exército que ocupou Nápoles em 1734, o pai de don José Monino y

Redondo, conde de Floridablanca, o primeiro-ministro de Carlos III. Não há nada que indique que o pássaro não estava em posse dessa família até pelo menos o fim da Guerra Carlista, na década de 40. Em seguida, ele apareceu em Paris, justamente na ocasião em que Paris estava apinhada de carlistas que tiveram de fugir da Espanha. Um deles deve ter trazido o pássaro consigo, mas, quem quer que fosse, é provável que nada soubesse do seu valor verdadeiro. Sem dúvida, como precaução durante a agitação carlista na Espanha, o pássaro foi pintado ou esmaltado para parecer apenas uma curiosa estatueta preta. E, sob esse disfarce, senhor, ela foi, pode-se dizer, chutada para lá e para cá, por toda a Paris, durante setenta anos, por proprietários e comerciantes estúpidos demais para enxergar o que havia sob a sua casca."

O gordo parou de falar para sorrir e balançar a cabeça lastimosamente. Em seguida, prosseguiu:

– Durante setenta anos, senhor, esse objeto deslumbrante foi, pode-se dizer, uma bola chutada pelas sarjetas de Paris, até 1911, quando um comerciante grego chamado Charilaos Konstantinides o encontrou em uma loja obscura. Charilaos não demorou muito para perceber o que era aquilo e logo o comprou. Mesmo o esmalte mais espesso não poderia ocultar, dos seus olhos e do seu nariz, o valor de algo precioso. Pois bem, senhor, Charilaos foi quem reconstituiu a maior parte da história do pássaro e identificou-o como aquilo que era de fato. Ouvi falar do caso e, enfim, arranquei dele a maior parte da história, embora mais tarde eu mesmo tenha acrescentado a ela alguns detalhes.

"Charilaos não tinha nenhuma pressa para converter sua descoberta em dinheiro. Ele sabia que, por maior que fosse o seu enorme valor intrínseco, um preço ainda mais alto e fabuloso poderia ser obtido, uma vez comprovada sua autenticidade além de toda e qualquer contestação. Talvez ele planejasse fazer negócio com um dos descendentes modernos da antiga ordem, a Ordem Inglesa de São João de Jerusalém, os prussianos Johanniterorden, ou os *langues* italianos ou alemães da Ordem Soberana de Malta, todas elas ordens muito ricas."

O gordo ergueu o copo, sorriu ao vê-lo vazio e se levantou para encher tanto o seu copo como o de Spade.

– O senhor começa a acreditar um pouco em mim? – perguntou ele, enquanto manuseava o sifão.

– Eu não disse que não acreditava.

– Não disse – riu Gutman. – Mas parecia muito bem não acreditar. – Sentou-se, bebeu com fartura e esfregou na boca um lenço branco. – Bem, senhor, para se manter em segurança enquanto procedia a suas pesquisas históricas, Charilaos recobriu o pássaro com outra camada de esmalte, ao que parece deixando-o como está hoje. Exatamente um ano depois do dia em que ele o comprou, provavelmente três meses depois que eu o convenci a me confessar tudo, abri um exemplar do *Times* em Londres e li que a sua loja tinha sido arrombada e saqueada, e que ele fora assassinado. Parti para Paris no dia seguinte. – O gordo balançou a cabeça, com tristeza. – O pássaro havia desaparecido. Por Deus, senhor, fiquei louco. Eu não acreditava que mais alguém soubesse o que ele era. Não acreditava que Charilaos houvesse contado a mais alguém, além de mim. Uma grande quantidade de objetos tinha sido roubada. Isso me levou a pensar que o ladrão simplesmente levara o pássaro junto com o resto do seu saque, sem noção do que era. Pois garanto ao senhor que um ladrão que soubesse do valor do pássaro não se daria ao trabalho de levar mais nada... Não, senhor, pelo menos nada que não fosse uma coroa de pedras preciosas.

Ele fechou os olhos e sorriu satisfeito diante de alguma visão interior. Abriu os olhos e prosseguiu:

– Isso aconteceu dezessete anos atrás. Pois bem, senhor, levei dezessete anos para localizar esse pássaro, mas consegui. Eu o queria, e não sou um homem que desanima facilmente quando quer alguma coisa. – Seu sorriso se alargou. – Eu o queria e o encontrei. Eu o quero e vou tê-lo. – Esvaziou o copo, enxugou os lábios de novo e repôs o lenço no bolso. – Reconstituí o percurso do pássaro até a residência de um general russo, um certo Kemidov, em um subúrbio de Constantinopla. Ele não linha a menor ideia do assunto. Para ele, não passava de uma estatueta esmaltada de preto. Mas sua hostilidade natural, a hostilidade natural de um general russo, o impediu de vender a estátua para mim quando lhe apresentei uma proposta. Talvez, na minha sofreguidão, eu tenha sido um pouco inábil, mas não muito. Não sei dizer. Mas sei que eu queria o pássaro e temia que aquele soldado imbecil começasse a investigar a origem daquele seu objeto, ou raspasse um pouco da cobertura de esmalte. Portanto mandei alguns, eh, agentes apanharem o pássaro para mim. Pois bem, senhor, eles o apanharam e não me entregaram. – O gordo se levantou e levou o copo vazio até a mesa. – Mas o falcão será meu. O seu copo, por favor.

– Então o pássaro não pertence a nenhum de vocês – perguntou Spade –, mas sim a um general russo?

– Pertencer? – exclamou o gordo, em tom de gracejo. – Bem, o senhor poderia dizer que o falcão pertenceu ao rei da Espanha, mas não vejo como se pode honestamente garantir a mais ninguém a sua propriedade legítima, a não ser pelo simples direito da posse efetiva. – Soltou uma risadinha. – Um objeto de tamanho valor, que passou de mão em mão, e por tais caminhos, será incontestavelmente propriedade daquele que conseguir pôr as mãos nele.

– Então, neste momento, ele pertence à senhorita O'Shaughnessy?

– Não, senhor, exceto como minha agente.

– Ah! – exclamou Spade, com ironia.

Gutman, olhando pensativo para a rolha da garrafa de uísque na sua mão, perguntou:

– Não existe a menor dúvida de que ela está de posse do falcão, agora?

– Não muita.

– Onde?

– Não sei exatamente.

O gordo baixou a garrafa sobre a mesa com um forte impacto.

– Mas o senhor disse que sabia – ele protestou.

Spade fez um gesto displicente com a mão.

– Eu quis dizer que sabia onde conseguir o pássaro, quando chegasse a hora certa.

As protuberâncias rosadas da cara de Gutman se reordenaram em uma feição mais alegre.

– E o senhor sabe? – perguntou ele.

– Sei.

– Onde?

Spade sorriu e disse:

– Deixe isso por minha conta. É a minha parte.

– Quando?

– Quando eu estiver pronto.

O gordo contraiu os lábios e, sorrindo apenas com um ligeiro traço de preocupação, perguntou:

– Senhor Spade, onde está a senhorita O'Shaugh-nessy agora?

– Nas minhas mãos, escondida e a salvo.

Gutman sorriu com aprovação.

– Deixo isso, então, a seu encargo – disse ele. – Bem, agora, antes de tratarmos do preço, responda-me o seguinte: em quanto tempo poderá, ou em quanto tempo o senhor tenciona me apresentar o falcão?

– Dentro de alguns dias.

O gordo fez um gesto afirmativo com a cabeça.

– É satisfatório. Nós... Mas esqueci o nosso alimento. – Voltou-se para a mesa, verteu o uísque, borrifou soda, pôs um copo perto do cotovelo de Spade e segurou alto o seu copo. – Bem, senhor, um brinde a um acordo justo e a lucros grandes o suficiente para nós dois.

Beberam. O gordo sentou-se. Spade perguntou:

– Qual é a sua ideia de um acordo justo?

Gutman ergueu o copo contra a luz, olhou para ele com carinho, tomou outro gole demorado e disse:

– Tenho duas propostas a fazer, senhor, e ambas são justas. Faça a sua escolha. Dou ao senhor vinte e cinco mil dólares quando me entregar o falcão e mais vinte e cinco mil dólares assim que eu chegar a Nova York; ou então lhe dou um quarto, ou seja, vinte e cinco por cento do que eu obtiver em troca do falcão. Aí está, senhor: cinquenta mil dólares quase de imediato, ou uma soma imensamente mais vasta dentro de, digamos, alguns poucos meses.

Spade bebeu e perguntou:

– Mais vasta quanto?

– Imensamente – repetiu o gordo. – Quem pode saber quanto? Devo dizer cem mil, ou um quarto de milhão? O senhor acreditaria em mim se eu enunciasse a soma que parece ser o mínimo provável?

– Por que não?

O gordo estalou os lábios e baixou a voz até um sussurro ronronante.

– O que o senhor diria de meio milhão?

Spade estreitou as pálpebras.

– Quer dizer que você acha que o troço vale dois milhões?

Gutman sorriu tranquilamente.

– Nas suas próprias palavras, por que não? – perguntou ele.

Spade esvaziou o copo e depositou-o sobre a mesa. Pôs o charuto na boca, tirou-o, olhou para o charuto e o pôs de novo na boca. Seus olhos amarelo-cinzentos estavam ligeiramente turvos. Falou:

– É uma grana dos diabos.

O gordo concordou:

– É uma grana dos diabos. – Inclinou-se para a frente e deu uma palmadinha no joelho de Spade. – E isso é absolutamente o mínimo do mínimo que se pode imaginar, ou então Charilaos Konstantinides teria feito papel de idiota. Mas ele não fez.

Spade tirou de novo o charuto da boca, olhou para ele com as sobrancelhas franzidas, em sinal de desagrado, e pousou-o no cinzeiro. Fechou os olhos com força, abriu-os de novo. Sua turvação havia aumentado. Ele disse:

– O mínimo, hein? E o máximo? – Um inequívoco *ch* seguiu o *x* de máximo na hora em que o pronunciou.

– O máximo? – Gutman espalmou a mão vazia, virada para cima. – Eu me recuso a arriscar um palpite. O senhor me tomaria por um louco. Não sei. Não há parâmetro das alturas a que poderia chegar, senhor, e esta é a pura e simples verdade a respeito do falcão.

Spade pressionou com força o frouxo lábio inferior contra o superior. Balançou a cabeça com impaciência. Um brilho sagaz e assustado despertou em seus olhos – e foi logo abafado pela turvação crescente. Spade levantou-se, apoiando-se com as mãos nos braços da cadeira.

Balançou a cabeça de novo e deu um passo vacilante para a frente. Riu de forma grosseira e disse, num resmungo:

– Seu desgraçado.

Gutman ergueu-se de um salto e empurrou sua cadeira para trás. Seus papos gordurosos sacudiram-se. Seus olhos eram buracos escuros em um rosto rosado e oleoso.

Spade girou a cabeça de um lado para o outro até que os olhos opacos ficaram apontados – se bem que não focalizados – para a porta. Deu mais um passo vacilante.

O gordo exclamou, com voz cortante:

– Wilmer!

Uma porta abriu e o rapaz entrou.

Spade deu um terceiro passo. Seu rosto agora estava cinzento, os músculos da mandíbula estavam salientes como tumores abaixo das orelhas. Suas pernas não se firmaram de novo após o quarto passo e os olhos turvos estavam quase cobertos pelas pálpebras. Deu o quinto passo.

O rapaz avançou e parou perto de Spade, quase diante dele, mas não exatamente entre Spade e a porta. A mão direita do rapaz estava dentro do paletó, na altura do coração. Os cantos da sua boca se repuxaram.

Spade ensaiou o sexto passo.

A perna do rapaz atravessou o caminho de Spade, na frente da sua perna. Spade tropeçou na perna de Wilmer e despencou de cara no chão. O rapaz, mantendo a mão direita dentro do paletó, olhou de cima para Spade. O detetive tentou levantar. Wilmer levou o pé bem para trás e chutou a têmpora de Spade. O pontapé fez Spade rolar de lado. Mais uma vez, ele tentou levantar, não conseguiu, e caiu no sono.

14. La Paloma

Spade, dobrando o corredor depois de sair do elevador, alguns minutos após as seis da manhã, viu uma luz amarela brilhando através do vidro fosco da porta do seu escritório. Deteve-se bruscamente, uniu os lábios, olhou para um lado e outro do corredor e avançou na direção da porta com passos rápidos e silenciosos.

Pôs a mão na maçaneta e virou-a com cuidado, evitando que estalasse ou chacoalhasse. Virou a maçaneta até ela não girar mais: a porta estava trancada. Ainda segurando a maçaneta, mudou de mão, segurando-a agora com a esquerda. Com a mão direita, Spade tirou as suas chaves do bolso cuidadosamente, de modo que não tilintassem umas contra as outras. Separou das demais a chave do escritório e, retendo todas as outras juntas na palma da mão, introduziu a chave do escritório na fechadura. A introdução foi silenciosa. Spade se equilibrou na planta dos pés, encheu os pulmões, abriu a fechadura e entrou.

Effie Perine dormia sentada com a cabeça apoiada nos antebraços, estendidos sobre a escrivaninha. Vestia o seu casaco e tinha um dos sobretudos de Spade enrolado em torno dela, como se fosse uma capa.

Spade soltou o fôlego em um riso abafado, fechou a porta às suas costas e avançou rumo ao seu gabinete.

O gabinete estava vazio. Aproximou-se da moça e pôs a mão sobre o ombro dela.

Effie Perine teve um sobressalto, ergueu a cabeça entontecida e suas pálpebras tremeram. De repente ela se aprumou na cadeira e arregalou os olhos. Viu Spade, sorriu, recostou-se na cadeira e esfregou os olhos com os dedos.

– Então você voltou, afinal? – disse ela. – Que horas são?

– Seis horas. O que você está fazendo aqui?

Ela estremeceu, puxou o sobretudo de Spade em torno de si para se agasalhar melhor e bocejou.

– Você disse para eu ficar até você voltar ou telefonar.

– Ah, então você é que nem a irmã do garotinho, que ficou no navio em chamas até ele voltar?

– Escute aqui, eu não ia... – Ela se interrompeu e se levantou, deixando o sobretudo deslizar sobre a cadeira, às suas costas. Observou, com olhos escuros e alarmados, a têmpora de Spade, abaixo da borda do chapéu, e exclamou: – Ah, a sua cabeça! O que aconteceu?

A têmpora direita de Spade estava escura e inchada.

– Não sei se caí ou se me deram uma cacetada. Acho que não foi nada de mais, mas dói pra burro. – Mal tocou ali com o dedo, recuou, sua careta converteu-se num sorriso horroroso, e ele explicou: – Fui fazer uma visita, me deram para beber umas gotinhas para dormir e acordei doze horas depois, estatelado no chão da casa do tal sujeito.

Ela estendeu o braço e tirou o chapéu da cabeça de Spade.

– Está horrível – disse ela. – Você vai ter de procurar um médico. Não pode andar por aí com a cabeça desse jeito.

– Não é tão ruim quanto parece, exceto a dor de cabeça, e isso deve vir mais das tais gotinhas. – Foi até o lavatório no canto do escritório e molhou um lenço com água fria. – Aconteceu alguma coisa depois que eu saí?

– Você encontrou a senhorita O'Shaughnessy, Sam?

– Ainda não. Aconteceu alguma coisa depois que eu saí?

– Telefonaram do gabinete do promotor público. Ele quer falar com você.

– O próprio?

– É, foi o que entendi. E um rapaz veio aqui com um recado. Aquele tal de Gutman adoraria conversar com você antes das cinco e meia.

Spade fechou a torneira, espremeu o lenço e afastou-se do lavatório com o lenço seguro de encontro à têmpora.

– Esse recado eu já recebi – disse ele. – Encontrei o rapaz lá embaixo, e o fato de conversar com o senhor Gutman acabou dando nisto aqui.

– É ele o G. que telefonou antes, Sam?

– É.

– E então...?

Spade olhou para a moça como se ela fosse transparente e falou, como se usasse as palavras para ordenar os pensamentos:

– Ele quer uma coisa que acha que eu posso conseguir. Eu o convenci de que tinha o poder de impedi-lo de pôr as mãos no tal objeto se não fizesse um acordo comigo antes das cinco e meia. Depois... ãrrã... claro... foi depois de eu dizer a Gutman que teria de esperar alguns dias que ele me deu a tal porcaria para beber. Não creio que quisesse me matar. Ele sabia que eu ia acordar dentro de dez ou doze horas. Portanto talvez a explicação seja que Gutman imaginou que conseguiria se apoderar do objeto sem a minha ajuda nesse intervalo de tempo se eu estivesse fora de ação e não pudesse me intrometer nos seus negócios. – Spade fechou a cara. – Tomara que ele esteja enganado. – Seu olhar tornou-se menos distante. – Você não teve nenhuma notícia da senhorita O'Shaughnessy?

A moça balançou a cabeça e perguntou:

– Isso aí na sua cabeça tem alguma coisa a ver com ela?

– Alguma coisa.

– Esse objeto que ele quer pertence a ela?

– Ou ao rei da Espanha. Meu anjo, você tem algum tio que dê aulas de história, ou alguma coisa desse tipo, na universidade?

– Um primo. Por quê?

– Se alegrássemos a vida dele com um suposto segredo histórico de quatro séculos de idade, poderíamos confiar no seu primo para conservar tudo em sigilo durante um breve tempo?

– Ah, sim. Ele é gente boa.

– Ótimo. Pegue o lápis e o caderno.

Ela pegou e sentou-se na sua cadeira. Spade verteu mais água fria sobre o lenço e, segurando-o junto à têmpora, ficou parado diante dela e ditou a história do falcão tal como Gutman lhe contara, desde a concessão de Carlos V aos Hospitalários até, mas não além daí, à chegada do falcão esmaltado a Paris, na época do afluxo dos carlistas. Tropeçou nos nomes dos autores e dos livros que Gutman citara, mas conseguiu algum tipo de aproximação fonética. O restante da história, ele repetiu com a exatidão de um entrevistador experiente.

Quando terminou, a moça fechou o caderno e ergueu para ele um rosto sorridente e ruborizado.

– Puxa, não é emocionante? – disse ela. – É...

– Sim, ou ridículo. Agora trate de levar isso e ler tudo para o seu primo, e depois pergunte o que ele pensa a respeito. Será que já topou com alguma coisa que tenha qualquer ligação com essa história? A história é verossímil? É possível? Existe ao menos a mínima possibilidade de ser verdadeira? Ou é tudo besteira? Se quiser mais tempo para verificar, tudo bem, mas traga alguma opinião dele agora. E, pelo amor de Deus, faça-o guardar segredo.

– Vou falar com ele imediatamente – disse a moça. – E você vá consultar um médico para esse machucado na cabeça.

– Primeiro vamos tomar o desjejum.

– Não, vou comer lá em Berkeley. Mal posso esperar para ouvir o que o Ted pensa disso tudo.

– Muito bem – respondeu Spade. – Mas não vá chorar feito um bebê se ele rir na sua cara.

Após um desjejum sossegado no Hotel Palace, durante o qual leu os dois jornais matutinos, Spade foi para casa, fez a barba, tomou banho, esfregou gelo na têmpora ferida e vestiu roupas limpas.

Foi até o apartamento de Brigid O'Shaughnessy no Coronet. Não havia ninguém no apartamento. Nada mudara desde a sua última visita.

Spade seguiu para o Hotel Alexandria. Gutman não estava. Nenhum dos demais ocupantes da suíte de Gutman estava no hotel. Spade soube que esses hóspedes eram o secretário do gordo, Wilmer Cook, e sua filha Rhea, uma moça de olhos castanhos e cabelos louros, de dezessete anos, que o funcionário do hotel disse ser linda. Spade soube que o grupo de Gutman chegara ao hotel dez dias antes, vindo de Nova York, e não preenchera o registro de saída.

Spade foi ao Belvedere e encontrou o detetive do hotel comendo na cantina.

– Bom dia, Sam. Sente aí e coma um ovo. – O detetive do hotel olhou para a têmpora de Spade. – Meu Deus, alguém acertou uma bordoada feia em você!

– Obrigado, já comi – respondeu Spade enquanto sentava, e depois, referindo-se à sua têmpora: – Parece pior do que é, na verdade. Como tem se comportado o meu Cairo?

– Ele saiu menos de meia hora depois de você, ontem, e depois disso não o vi mais. Não dormiu aqui na noite passada.

– Está adquirindo maus hábitos.

– Bem, um sujeito desse tipo, sozinho em uma cidade grande... Quem deu essa cacetada em você, Sam?

– Não foi o Cairo. – Spade olhou atentamente para a pequena cúpula prateada que recobria a torrada de Luke. – Que chance eu tenho de dar uma batida no quarto de Cairo, enquanto ele está fora do hotel?

– Sem problema. Comigo, não tem hora nem lugar para ajudar você. Você sabe disso. – Luke empurrou o seu café para trás, pôs os cotovelos sobre a mesa e cravou os olhos em Spade. – Mas eu tenho um palpite de que a recíproca não é verdadeira. O que há por trás desse cara, Sam? Você não precisa ficar de pé atrás comigo, Sam. Sabe que sou de confiança.

Spade ergueu os olhos da cúpula prateada. Estavam desarmados e sinceros.

– Claro que é – disse ele. – Não estou escondendo o jogo. Contei a verdade. Estou trabalhando para esse tal de Cairo, mas ele tem uns amigos que não me cheiram bem e eu ando um pouco desconfiado dele.

– O moleque que ontem nós pusemos para correr era um desses amigos.

– Era, Luke, era sim.

– E foi um deles que passou fogo no Miles.

Spade balançou a cabeça.

– Thursby matou Miles.

– E quem matou Thursby?

Spade sorriu.

– Isso era para ser segredo, mas, confidencialmente, eu o matei – disse ele. – Segundo a polícia.

Luke soltou um resmungo e levantou-se depressa, dizendo:

– É muito difícil entender você, Sam. Vamos lá. Vamos fazer nossa inspeçãozinha.

Detiveram-se na recepção o tempo necessário para Luke "deixar combinado que devem telefonar para o quarto, no caso de ele chegar ao hotel", e subiram até o quarto de Cairo. A cama estava lisa e arrumada, mas o papel na cesta de lixo, as persianas mal fechadas e algumas toalhas amarrotadas no banheiro indicavam que a camareira ainda não viera nesta manhã.

A bagagem de Cairo consistia em um baú quadrado, uma maleta e uma mala de dois compartimentos. O armário do banheiro estava abarrotado de cosméticos – caixinhas, latinhas, frascos, vidros, pós, cremes, unguentos, perfumes, loções e tônicos capilares. Dois ternos e um sobretudo pendiam no interior do guarda-roupa acima de três pares de sapatos cuidadosamente guardados com uma forma por dentro.

A maleta e a mala foram destrancadas. Luke conseguiu abrir o baú quando Spade já terminara de revistar um outro canto do quarto.

– Até agora, nada – disse Spade, enquanto eles vasculhavam o baú.

Não encontraram nada que os interessasse.

– Há alguma coisa em especial que a gente devia procurar aqui? – perguntou Luke, enquanto fechava de novo o baú.

– Não. Consta que ele veio para cá de Constantinopla. Eu queria saber se veio mesmo. Não vi nada que indique o contrário.

– Qual é o ramo dele?

Spade balançou a cabeça.

– E outra coisa que eu gostaria de saber. – Foi até o outro lado do quarto e inclinou-se sobre a cesta de lixo. – Bem, este é o nosso último tiro.

Tirou um jornal da cesta de lixo. Seus olhos brilharam quando viu que era o *Call* do dia anterior. Estava dobrado com a página dos classificados virada para fora. Spade desdobrou o jornal, examinou a página e nada ali chamou sua atenção.

Virou o jornal e olhou a página que ficara dobrada para dentro, a página que trazia notícias de negócios, chegada de navios, previsão do tempo, nascimentos, casamentos, divórcios e falecimentos. No canto esquerdo inferior, um pedaço de pouco mais de cinco centímetros fora arrancado do pé da segunda coluna.

Logo acima do trecho rasgado, havia um pequeno título **CHEGARAM HOJE**, seguido por:

12h20 – *Capac* de Astória
5h05 – *Helen P. Drew* de Greenwood
5h06 – *Albarado* de Bandon

O rasgão cortava a linha seguinte, deixando de suas letras apenas o bastante para deduzir "de Sydney".

Spade baixou o *Call* na escrivaninha e olhou de novo para dentro da cesta de lixo. Encontrou um pedacinho de papel de embrulho, um barbante, duas presilhas de meias, uma nota fiscal de um armarinho, relativa à venda de uma dúzia de pares de meias e, no fundo da cesta de lixo, um pedaço de jornal amassado em forma de bolinha.

Spade abriu a bolinha com todo cuidado, alisou o papel sobre a escrivaninha e o encaixou na folha rasgada do *Call.* Dos lados, se ajustava com exatidão, porém, entre a parte de cima do pedaço amassado e as palavras "de Sydney", faltava um trecho de um centímetro e meio, espaço suficiente para o anúncio da chegada de seis ou sete navios. Virou a folha de papel e viu que o outro lado do pedaço de papel que faltava continha apenas um canto irrelevante do anúncio de um corretor de valores.

Luke, debruçado sobre o ombro de Spade, perguntou:

– Do que se trata?

– Parece que o nosso ilustre cavalheiro está interessado em um navio.

– Bem, não há nenhuma lei contra isso, há? – disse Luke, enquanto Spade dobrava juntos a folha rasgada e o pedaço amassado, e os enfiava no bolso do paletó. – Já encerrou sua função aqui?

– Já. Muito obrigado, Luke. Você me telefona assim que o Cairo aparecer?

– Telefono.

Spade foi ao departamento comercial do *Call,* comprou um exemplar do jornal do dia anterior, abriu-o na página de notícias sobre a chegada de navios e comparou-a com a página recolhida da cesta de lixo de Cairo. O trecho que faltava dizia:

5h17 – *Taiti* de Sydney e Papeete
6h05 – *Admiral Peoples* de Astória
8h07 – *Caddopeak* de San Pedro
8h17 – *Silverado* de San Pedro
8h05 – *La Paloma* de Hong Kong
9h03 – *Daisy Gray* de Seattle

Spade leu a lista lentamente e, quando terminou, sublinhou "Hong Kong" com um traço da unha, cortou com o canivete a lista de chegadas, pôs o resto do jornal e a folha do exemplar de Cairo na cesta de lixo e voltou para o seu escritório.

Sentou-se à sua escrivaninha, procurou um número no caderninho de telefones e ligou o aparelho.

– Kearny, um, quatro, zero, um, por favor... Onde está atracado o *Paloma,* que chegou ontem pela manhã de Hong Kong? – Repetiu a pergunta. – Obrigado.

Apertou o botão do telefone com o polegar por um momento, soltou-o e disse:

– Davenport, dois, zero, dois zero, por favor... Departamento de investigações, por favor... O sargento Polhaus está?... Obrigado... Alô, Tom, aqui é Sam Spade... Sim, tentei falar com você ontem à tarde... Claro, que tal almoçar comigo?... Certo.

Ficou com o fone no ouvido enquanto o polegar apertou e soltou o botão outra vez.

– Davenport, zero, um, sete, zero, por favor... Alô, aqui é Samuel Spade. Minha secretária recebeu ontem um recado de que o senhor Bryan queria conversar comigo. Poderia perguntar a ele que horário seria mais conveniente?... Sim, Spade, S-P-A-D-E. – Uma pausa demorada. – Sim... Duas e meia? Tudo bem. Obrigado.

Ligou um quarto número e disse:

– Alô, meu anjo, posso falar com o Sid?... Alô, Sid. É o Sam. Tenho uma entrevista com o promotor público às duas e meia da tarde. Você poderia me dar uma ligadinha... Aqui ou lá... Por volta das quatro horas, só para ver se eu não estou encrencado... Dane-se o seu golfe de sábado à tarde: seu trabalho é me manter fora da cadeia... Certo, Sid. Até logo.

Empurrou o telefone para trás, bocejou e espreguiçou-se, apalpou a têmpora ferida, olhou o relógio de pulso, enrolou e acendeu um cigarro. Fumou sonolento até Effie Perine entrar.

Effie Perine entrou sorrindo, de olhos radiantes e face rosada.

– Ted diz que pode ser verdade – confirmou ela. – E espera que seja verdade. Diz que não é nenhum especialista nesse campo, mas os nomes e as datas conferem, e pelo menos os autores que você mencionou e as suas obras não são fraudes descaradas. Ele ficou bastante empolgado com a história.

– Tudo bem, contanto que não se entusiasme tanto a ponto de não perceber que é uma falcatrua.

– Ah, ele não faria isso... Não o Ted! Ele é bom demais no seu ramo de atividade para permitir uma coisa dessas.

– Ãrrã, a droga da família Perine inteirinha é uma maravilha – disse Spade –, incluindo você e a mancha de fuligem no seu nariz.

– Ele não é um Perine, ele é um Christy. – Effie inclinou a cabeça para espiar a ponta do nariz no seu espelhinho de maquiagem. – Devo ter pegado isso no incêndio. – Ela esfregou a mancha com o canto de um lenço.

– O entusiasmo dos Christy-Perine ateou fogo em Berkeley? – perguntou Spade.

A moça torceu a cara para ele, enquanto batia de leve no nariz com um disco cor-de-rosa empoado.

– Havia um navio em chamas quando eu voltei. Estavam rebocando o navio do cais e o vento soprou a fumaça direto na nossa barca.

Spade pôs as mãos nos braços da cadeira.

– Você estava perto o bastante para enxergar o nome do navio? – perguntou ele.

– Estava, sim. *La Paloma.* Por quê?

Spade sorriu, desanimado:

– Que o diabo me carregue se eu souber por que, minha flor – disse ele.

15. Todos os malucos

Spade e o sargento detetive Polhaus comeram pés de porco em conserva em uma das mesas grandes do John's, na States Hof Brau.

Polhaus, balançando uma gelatina brilhante e sem cor em um garfo a meio caminho entre o prato e a boca, disse:

– Ei, escute aqui, Sam! Esqueça aquela história da outra noite. Ele estava totalmente errado, mas você sabe que qualquer um pode perder a cabeça se for tratado daquele jeito.

Spade fitou o detetive com ar pensativo.

– Era por isso que você queria conversar comigo? – perguntou ele.

Polhaus fez um gesto afirmativo com a cabeça, pôs o garfo cheio de gelatina dentro da boca, engoliu e alterou a sua resposta afirmativa:

– Em grande parte.

– Foi o Dundy que mandou você aqui?

Polhaus fez uma careta de contrariedade.

– Você sabe que não foi isso. Ele é tão cabeça-dura quanto você.

Spade sorriu e balançou a cabeça.

– Não, não é, não, Tom – retrucou Spade. – Ele apenas pensa que é.

Tom fechou a cara e picou seu pé de porco com a faca e o garfo.

– Será que nunca vai criar juízo? – grunhiu ele. – Do que é que você está reclamando? Ele não machucou você. E você ainda saiu vitorioso. De que adianta criar uma rixa por causa disso? Vai estar apenas criando um bocado de aborrecimento para si mesmo.

Spade pôs cuidadosamente o garfo e a faca dentro do prato e apoiou as mãos sobre a mesa, ao lado do prato. Seu sorriso era sutil e destituído de qualquer afeição.

– Com todos os canas da cidade fazendo hora extra na tentativa de amontoar aborrecimentos em cima das minhas costas, um pouco mais, um pouco menos, não vai fazer grande diferença. Eu nem vou notar.

O tom corado de Polhaus se acentuou. Ele disse:

– Bela coisa para você me dizer.

Spade pegou o garfo e a faca e começou a comer. Polhaus comeu.

Logo depois, Spade perguntou:

– Você viu o navio em chamas na baía?

– Vi a fumaça. Seja razoável, Sam. Dundy estava errado e sabe disso. Por que você não deixa a coisa ficar por isso mesmo?

– Acha que eu devo ir lá e dizer ao Dundy que espero que o meu queixo não tenha machucado o punho dele?

Polhaus cortou furiosamente o seu pé de porco.

Spade disse:

– Phil Archer apareceu por lá para dar mais alguns palpites?

– Ah, diabos! Dundy não acha que você tenha baleado o Miles, mas o que ele podia fazer, senão apurar os fatos? Você teria feito a mesma coisa no lugar dele, e sabe disso.

– Ah, é? – A malícia cintilou nos olhos de Spade. – E o que o levou a pensar que eu não matei Miles? O que leva você a pensar isso? Ou você não acha?

A cara vermelha de Polhaus ruborizou-se de novo. Respondeu:

– Thursby matou Miles.

– Você acha que foi ele.

– Foi ele. Aquela Webley era dele e a bala que matou Miles veio dessa arma.

– Tem certeza? – indagou Spade.

– Absoluta – respondeu o detetive. – Encontramos um garoto, um mensageiro do hotel de Thursby, que viu a arma no quarto dele naquela mesma manhã. O garoto reparou bem nela porque nunca tinha visto uma igual. Eu também nunca vi uma igual. Você diz que não é mais fabricada. Não é provável que exista outra dessas por aí e, seja como for, se a arma não era a de Thursby, onde está ela? E essa foi a arma da qual saiu a bala que matou Miles. – Começou a pôr na boca um pedaço de pão, retirou-o e perguntou: – Você disse que já tinha visto uma dessas. Onde? – Pôs o pão na boca.

– Na Inglaterra, antes da guerra.

– Sei, então foi isso.

Spade fez um gesto afirmativo com a cabeça e disse:

– Portanto, o único que sobrou para eu matar foi o Thursby.

Polhaus se retorceu na cadeira e seu rosto ficou vermelho e brilhante.

– Pelo amor de Deus, será que você nunca vai esquecer isso? – queixou-se Tom, a sério. – A questão está encerrada. Você sabe disso tão bem quanto eu. Alguém podia até pensar que você não é um detetive, do jeito que fica se lamuriando das coisas. Quer que eu acredite que você nunca aplicou nos outros o mesmo truque que aplicamos em você?

– Você quer dizer: tentaram aplicar em mim, Tom. Só tentaram.

Polhaus soltou uma praga em voz baixa e atacou o resto do pé de porco. Spade disse:

– Tudo bem. Você sabe que isso está encerrado e eu também sei. Mas o que o Dundy sabe?

– Sabe que está encerrado.

– O que foi que abriu os olhos dele?

– Ah, Sam, ele nunca pensou de verdade que você... – O sorriso de Spade deteve Polhaus. Ele abandonou sua frase incompleta e disse: – Desencavamos a ficha de Thursby.

– Ah, é? Quem era ele?

Os olhinhos astutos de Polhaus examinaram o rosto de Spade. Irritado, Spade exclamou:

– Eu daria tudo para saber metade do que vocês, seus espertinhos, pensam que eu sei sobre essa história toda!

– Quem dera que nós todos soubéssemos – resmungou Polhaus. – Pois bem, na primeira vez em que ouvimos falar dele, Thursby era um pistoleiro de St. Louis. Foi preso naquelas bandas uma porção de vezes, por uma coisinha aqui, outra ali, mas ele era do bando do Egan, portanto nada de sério foi feito contra ele em nenhum desses casos. Não sei de que jeito ele perdeu essa proteção, mas certa vez Thursby foi preso em Nova York por assaltar uma roda de carteado. Sua garota o denunciou. E ele ficou um ano preso antes que Fallon mexesse os pauzinhos para ele sair da cadeia. Alguns anos depois, passou uma breve temporada em Joliet por espancar com um revólver uma outra vagabunda que o havia provocado, mas depois disso se juntou ao Dixie

Monahan e não teve mais dificuldade em se safar toda vez que era apanhado. Foi na época em que Dixie era quase tão poderoso quanto Nick, o Grego, nos negócios do jogo de apostas em Chicago. Thursby era guarda-costas de Dixie e deu o fora junto com ele, quando Dixie pisou na bola para o resto dos caras, alguma coisa ligada a certas dívidas que ele não podia ou não estava a fim de pagar. Isso aconteceu poucos anos atrás, mais ou menos na época em que o Clube Náutico da Praia de Newport foi fechado. Não sei se o Dixie teve alguma participação nisso. De todo jeito, essa foi a primeira vez que ele ou o Thursby apareceram, desde então.

– Tiveram notícia de Dixie? – perguntou Spade.

Polhaus balançou a cabeça.

– Não. – Seus olhinhos brilharam sagazes, perscrutadores. – Não, a menos que você o tenha visto ou saiba de alguém que o viu.

Spade refestelou-se na cadeira e se pôs a fazer um cigarro.

– Eu não – respondeu ele, com voz suave. – Para mim, tudo isso é novidade.

– Aposto que é – bufou Polhaus.

Spade sorriu para ele e perguntou:

– Onde vocês conseguiram tantas informações sobre o Thursby?

– Uma parte está nos arquivos da polícia. O resto... bem, recolhemos um pouco aqui, um pouco ali.

– Do Cairo, por exemplo? – Agora eram os olhos de Spade que tinham um brilho perscrutador.

Polhaus baixou sua xícara de café e balançou a cabeça.

– Aquele cara não abriu o bico. Você envenenou aquela fonte para nós.

Spade riu.

– Quer dizer que dois canas linha-dura que nem você e o Dundy ficaram em cima daquele mosca-morta a noite inteira e não quebraram a resistência dele?

– Que história é essa de noite inteira? – protestou Polhaus. – Ficamos com ele durante menos de duas horas. A gente viu logo que não ia chegar a lugar nenhum e deixamos Cairo ir embora.

Spade riu de novo e olhou para o relógio de pulso. Acenou para John e pediu a conta.

– Tenho uma entrevista com o promotor público esta tarde – explicou para Polhaus, enquanto esperavam o troco.

– Ele mandou chamar você?

– Foi.

Polhaus empurrou a cadeira para trás e levantou-se, um homem alto, com barriga de barril, firme e controlado.

– Você vai me deixar em maus bocados – disse Polhaus – se contar a ele que conversou comigo desse jeito.

Um rapaz magro que nem um palito, com orelhas salientes, conduziu Spade até o gabinete do promotor público. Spade entrou sorrindo e dizendo, descontraído:

– Oi, Bryan!

O promotor público Bryan levantou-se e estendeu a mão por cima da escrivaninha. Era um homem louro, de estatura mediana, com talvez quarenta e cinco anos, olhos azuis agressivos atrás de um pincenê com fita preta, boca muito grande, própria para um orador, e um queixo largo com uma covinha. Sua voz ressoou com uma força latente quando disse:

– Como tem passado, Spade?

Os dois apertaram as mãos e sentaram-se.

O promotor público pôs o dedo em um dos botões de madrepérola de uma bateria de quatro botões, sobre a mesa, e disse ao jovem magricela que mais uma vez abriu a porta:

– Peça ao senhor Thomas e ao Healy para virem aqui – e depois, girando a sua cadeira para a posição anterior, dirigiu-se a Spade, com satisfação: – Você e a polícia não andam se entendendo às mil maravilhas, não é mesmo?

Spade fez um gesto displicente com os dedos da mão direita.

– Nada sério – respondeu, com pouco-caso. – O Dundy se entusiasma demais.

A porta abriu para deixar entrar dois homens. Aquele a quem Spade disse "Oi, Thomas" era um homem parrudo, corado de sol, de uns trinta anos, com roupas e cabelo semelhantes pela indisciplina. Ele deu uma palmadinha no ombro de Spade com a mão sardenta e perguntou:

– Tudo em cima? – E sentou-se ao seu lado. O segundo homem era mais jovem e pálido. Sentou-se um pouco afastado dos demais e equilibrou sobre o joelho um caderninho de estenógrafo, segurando um lápis verde acima do papel.

Spade olhou de relance para ele, deu uma risadinha e perguntou ao Bryan:

– Qualquer coisa que eu disser poderá ser usada contra mim?

O promotor público sorriu.

– É sempre bom se prevenir. – Tirou os óculos, olhou para as lentes e os pôs de novo sobre o nariz. Olhou para Spade através dos óculos e perguntou: – Quem matou Thursby?

Spade respondeu:

– Não sei.

Bryan esfregou a fita preta do seu pincenê entre o polegar e os dedos e disse, compreensivo:

– Talvez não saiba, mas sem dúvida poderia dar alguns palpites excelentes.

– Poderia, mas não vou dar.

O promotor ergueu as sobrancelhas.

– Não vou dar – repetiu Spade. Estava tranquilo. – Meus palpites poderiam ser excelentes, ou poderiam ser imprestáveis, mas a senhora Spade não criou nenhum filho tão maluco a ponto apresentar meros palpites diante de um promotor público, um assistente do promotor e um estenógrafo.

– Por que você não poderia fazer isso, se nada tem a esconder?

– Todo mundo – retrucou Spade, com voz branda – tem alguma coisa a esconder.

– E você tem...

– Meus palpites, por exemplo.

O promotor público baixou os olhos para a escrivaninha e depois os levantou para Spade. Ajustou com mais firmeza os óculos no nariz. Falou:

– Se prefere que não tenhamos aqui o estenógrafo, podemos dispensá-lo. Só o trouxe por uma questão de conveniência.

– Não me importo nem um pouco com ele – respondeu Spade. – Estou disposto a aceitar que anotem tudo o que eu disser e estou disposto a assinar, depois.

– Não tencionamos pedir a você que assine nada – garantiu Bryan. – Quero que não encare isto aqui como um inquérito formal, nem de longe. E, por favor, não creia que eu tenha alguma convicção, e muito menos tenha qualquer confiança, nessas teorias que a polícia parece ter elaborado.

– Não?

– Nem uma migalha.

Spade suspirou e cruzou as pernas.

– Fico contente de saber. – Apalpou os bolsos à cata de tabaco e papel de cigarro. – Qual é a sua teoria?

Bryan inclinou-se para a frente, na cadeira, e seus olhos ficaram tão duros quanto as lentes diante deles.

– Diga-me para quem o Archer estava seguindo Thursby e eu lhe direi quem matou Thursby.

Spade deu uma risada rápida e desdenhosa.

– Você está tão enganado quanto o Dundy – disse ele.

– Não me compreenda mal, Spade – retrucou Bryan, batendo na escrivaninha com o nó dos dedos. – Eu não disse que o seu cliente matou Thursby, nem que mandou matá-lo, mas o que digo é que, sabendo quem é o seu cliente, ou quem era ele, muito rapidamente eu teria condições de saber quem matou Thursby.

Spade acendeu seu cigarro, retirou-o dos lábios, soprou a fumaça dos pulmões e falou como que intrigado:

– Não entendi bem o que você disse.

– Não entendeu? Então vamos supor que eu ponha nestes termos: onde está Dixie Monahan?

O rosto de Spade conservou sua expressão intrigada.

– Pôr a questão nesses termos não ajuda grande coisa – disse ele. – Ainda não entendi.

O promotor público tirou os óculos e brandiu-os num gesto de ênfase.

– Sabemos que Thursby era guarda-costas de Monahan e o acompanhou quando Monahan achou sensato sumir de Chicago. Sabemos que Monahan deu um calote de algo em torno de duzentos mil dólares, em dinheiro de apostas que ele embolsou, quando sumiu. Não sabemos ainda quem eram os credores dele. – Bryan pôs os óculos de novo e abriu um sorriso sinistro. – Mas todos nós sabemos o que costuma acontecer com um apostador que dá um calote, e ao seu guarda-costas, quando os credores o encontram. Já aconteceu antes.

Spade passou a língua nos lábios e repuxou o beiço para trás, acima dos dentes, em um sorriso tétrico. Seus olhos faiscaram abaixo das sobrancelhas rebaixadas. Seu pescoço avermelhado inchou acima da borda do colarinho. Sua voz era baixa, rouca e veemente.

– Pois bem, e o que você acha? Eu matei Thursby a mando dos credores de Monahan? Ou apenas o localizei e deixei que eles o chacinassem à vontade?

– Não, não! – protestou o promotor público. – Você entendeu mal.

– Tomara que sim – disse Spade.

– Não foi isso o que ele quis dizer – comentou Thomas.

– Então, o que ele quis dizer?

Bryan abanou a mão.

– Só quis dizer que você podia ter sido envolvido nisso tudo sem saber do que se tratava. Podia...

– Entendo – caçoou Spade. – Você não pensa que sou malvado. Só pensa que sou um imbecil.

– Tolice – insistiu Bryan. – Suponha que alguém procure você e o contrate para encontrar Monahan, explicando que há razões para pensar que ele esteja na cidade. Essa pessoa poderia lhe contar uma história completamente falsa, haveria mais de uma dúzia de histórias que serviriam muito bem, ou talvez dissesse que ele era um devedor que havia fugido, sem dar a você maiores detalhes. Como você poderia adivinhar o que estava por trás disso? Como você poderia saber que não se tratava de uma tarefa corriqueira na vida de um detetive particular? E nessas circunstâncias você certamente não poderia ser julgado responsável pela sua participação na história, a menos – sua voz baixou para um tom mais solene e suas palavras soaram espaçadas e bem nítidas – que você se torne cúmplice, ao esconder o que sabe sobre a identidade do assassino ou qualquer informação capaz de levar à prisão do criminoso.

A raiva estava deixando o rosto de Spade. Não havia raiva nenhuma em sua voz, quando perguntou:

– É isso o que você quis dizer?

– Exatamente.

– Muito bem. Então não há ressentimentos entre nós. Só que você está enganado.

– Prove.

Spade balançou a cabeça.

– Não posso provar agora. Posso lhe contar.

– Então conte.

– Ninguém jamais me contratou para nada que diga respeito a Dixie Monahan.

Bryan e Thomas trocaram olhares rápidos. Os olhos de Bryan se voltaram para Spade e ele disse:

– Mas, conforme você mesmo admitiu, alguém o contratou para fazer alguma coisa ligada ao guarda-costas dele, o Thursby.

– Sim, alguma coisa ligada ao seu ex-guarda-costas Thursby.

– Ex?

– Sim, ex.

– Sabe que Thursby não estava mais ligado ao Monahan? Sabe disso de forma categórica?

Spade estendeu a mão e largou a guimba do cigarro dentro de um cinzeiro em cima da escrivaninha. Falou, com displicência:

– Não sei nada de forma categórica, exceto que o meu cliente não estava interessado em Monahan, nunca teve nenhum interesse em Monahan. Ouvi dizer que Thursby levou Monahan para o Oriente e se livrou dele lá.

De novo, o promotor público e o assistente trocaram olhares.

Thomas, em um tom cuja naturalidade não escondia completamente o nervosismo, falou:

– Isso abre uma perspectiva nova. Os amigos de Monahan podem ter dado cabo de Thursby por ele ter traído Monahan.

– Gerentes de jogo mortos não têm amigos – contestou Spade.

– Isso abre dois caminhos novos – interveio Bryan. Recostou-se na cadeira e fitou o teto durante vários segundos, depois se aprumou rapidamente. Seu rosto de orador estava radiante. – A questão agora se restringe a três possibilidades. Número um: Thursby foi morto pelos gerentes de jogo em que Monahan deu calote em Chicago. Sem saber que Thursby se livrara de Monahan, ou sem acreditar nisso, eles o mataram porque tinha sido sócio de Monahan, ou então para tirá-lo do caminho e assim poderem chegar a Monahan, ou porque ele se recusara a levá-los até Monahan. Número dois: foi morto por amigos de Monahan. Ou, número três: Thursby vendeu Monahan aos inimigos dele, depois os deixou na mão e eles o mataram.

– Ou, número quatro – sugeriu Spade, com um sorriso jocoso: – Ele morreu de velhice. Vocês não gostam mesmo de falar a sério, não é?

– Os dois olharam fixamente para Spade, mas nenhum deles falou. Spade voltou seu sorriso de um para o outro e depois balançou a cabeça com uma piedade irônica:

– Você está com o Arnold Rothstein* na cabeça – disse ele.

Bryan estalou as costas da mão esquerda na palma da direita.

– Em uma dessas três categorias está a solução. – Agora a força da sua voz já não se mostrava latente. A mão direita, um punho cerrado, exceto pelo indicador estendido, subiu e depois baixou, para deter-se com um tranco quando o dedo se nivelou com o peito de Spade. – E você pode nos dar a informação que nos permitirá determinar qual é a solução.

Spade indagou:

– Ah, é? – em tom muito displicente. Seu rosto estava sombrio. Tocou o lábio inferior com um dedo, olhou para o dedo e depois coçou a nuca com ele. Algumas rugas de irritação surgiram em sua testa. Bufou através do nariz e sua voz foi um resmungo mal-humorado: – Você não gostaria de receber o tipo de informação que tenho para dar, Bryan. Você não teria como usá-la. Faria toda essa história de gerentes de jogo e de vingança virar pó.

Bryan aprumou-se na cadeira e pôs os ombros retos. Sua voz soou severa, sem arrogância.

– Você não é o juiz dessa questão. Certa ou errada a minha hipótese, sou eu o promotor público.

O lábio erguido de Spade deixou seus caninos à mostra.

– Pensei que fosse uma conversa informal.

– Sou um funcionário juramentado da justiça vinte e quatro horas por dia – respondeu Bryan –, e nem formalidade nem informalidade justificam que você oculte

---

* Arnold Rothstein (1882-1928) foi considerado o cérebro do crime organizado no seu tempo. Supõe-se haver inspirado o personagem Meyer Wolfsheim, no romance *O grande Gatsby*, de Scott Fitzgerald. (N.T.)

de mim indícios relevantes de um crime, a menos, é claro – e ele balançou a cabeça num gesto significativo –, que você queira se resguardar em preceitos constitucionais.

– Você quer dizer, a menos que a história me incrimine? – perguntou Spade. Sua voz estava serena, quase que achando graça, mas o seu rosto não. – Bem, tenho coisa melhor do que isso para me resguardar, coisas mais pertinentes para mim. Os meus clientes têm o direito de manter um boa dose de sigilo. Talvez eu possa ser forçado a testemunhar perante o tribunal do júri, ou até perante um júri de instrução, mas até hoje nunca fui convocado e é óbvio que não vou divulgar os negócios dos meus clientes, a menos que seja forçado a fazê-lo. E mais uma vez você e a polícia me acusaram de estar envolvido nos assassinatos daquela noite. Eu já tive problemas com vocês antes. Até onde posso perceber, minha melhor oportunidade de me livrar da encrenca que estão tentando armar para cima de mim consiste em encontrar os assassinos e capturá-los. E a minha única chance de apanhá-los e entregá-los a vocês depende de eu me manter longe de você e da polícia, porque nem você nem a polícia dão sinais de ter a mínima ideia do que está acontecendo. – Spade levantou-se e virou a cabeça sobre o ombro para se dirigir ao estenógrafo. – Está anotando tudo direitinho aí, filho? Ou será que estou falando rápido demais para você?

O estenógrafo olhou para Spade com expressão de espanto e respondeu:

– Não, senhor. Estou anotando perfeitamente.

– Bom trabalho – disse Spade, voltando-se de novo para Bryan – Agora, se você quiser ir ao conselho e dizer a eles que estou obstruindo a justiça e depois pedir que cassem a minha licença vá logo de uma vez. Você já tentou antes e isso não lhe rendeu nada, exceto uma boa gargalhada de todo mundo. – Spade pegou o chapéu.

Bryan começou a falar:

– Mas olhe aqui...

Spade interrompeu:

– E eu não quero mais saber dessas conversas informais. Não tenho nada para contar para você nem para a polícia, e já estou mais do que farto de ser acusado de qualquer coisa que acontece por todos os malucos que constam da folha de pagamento da prefeitura. Se você quiser falar comigo, mande me prender ou me apresente uma intimação ou alguma coisa assim, e eu virei com o meu advogado. – Pôs o chapéu na cabeça e disse: – Vejo você no inquérito, talvez – e saiu a passos largos.

16. O TERCEIRO ASSASSINATO

Spade entrou no Hotel Sutter e telefonou para o Hotel Alexandria. Gutman não estava lá. Nenhum membro do grupo de Gutman estava no hotel. Spade ligou para o Hotel Belvedere. Cairo não estava lá, nem passara no hotel nesse dia.

Spade foi para o seu escritório.

Um homem moreno e gorduroso aguardava na sala de espera. Effie Perine, apontando para o homem moreno, disse:

– Este cavalheiro quer falar com o senhor, senhor Spade.

Spade sorriu, cumprimentou-o com um meneio da cabeça e abriu a porta do gabinete.

– Entre. – Antes de seguir o homem, Spade perguntou a Effie Perine: – Alguma novidade sobre aquele assunto?

– Não, senhor.

O homem moreno era proprietário de um cinema na rua Market. Desconfiava de que um dos caixas e um porteiro estavam mancomunados para roubá-lo. Spade apressou-o a terminar a história, prometeu "cuidar do assunto", pediu e recebeu cinquenta dólares e livrou-se dele em menos de meia hora.

Quando a porta do escritório se fechou atrás do dono do cinema, Effie Perine entrou no gabinete. Seu rosto queimado de sol estava preocupado e tinha uma expressão interrogativa.

– Você ainda não a encontrou? – perguntou ela.

Spade balançou a cabeça e continuou a afagar com a ponta dos dedos, de leve e em círculos, a têmpora machucada.

– Como está esse machucado? – perguntou ela.

– Tudo bem, mas sinto muita dor de cabeça.

A moça deu a volta por trás dele, baixou a mão de Spade e afagou a têmpora com seus dedos alongados. Ele se inclinou para trás até a parte posterior da cabeça, por cima do espaldar da cadeira, repousar de encontro ao peito da moça. E disse:

– Você é um anjo.

Effie Perine curvou a cabeça para a frente, sobre a cabeça de Spade, e encarou-o de cima.

– Você tem de encontrá-la, Sam. Faz mais de um dia e ela...

Spade se remexeu e a interrompeu com impaciência:

– Não tenho de fazer coisa alguma, mas se você deixar que eu descanse a droga da minha cabeça um minuto ou dois, vou sair daqui e encontrá-la.

A moça sussurrou:

– Pobre cabecinha – e afagou-a em silêncio por um tempo. Em seguida, perguntou: – Você sabe onde ela está? Tem alguma ideia?

O telefone tocou. Spade apanhou o fone e disse:

– Alô... Sim, Sid, correu tudo bem, obrigado... Não... Claro. Ele falou grosso, mas eu também falei... Ele está alimentando um sonho de uma guerra suja entre gerentes de jogo... Bem, não nos beijamos na despedida. Eu banquei o importante e dei as costas para ele... Essa é uma questão para você se preocupar...

Certo, até logo. – Pôs o fone no gancho e recostou-se de novo na cadeira.

Effie Perine veio de trás dele e parou ao seu lado. Ela perguntou:

– Você acha que sabe onde ela está, Sam?

– Sei para onde ela foi – respondeu em um tom de má vontade.

– Para onde? – Effie Perine ficou agitada.

– Para o navio que você viu pegando fogo.

Os olhos da moça se arregalaram até o castanho ficar rodeado de branco.

– Você foi até lá. – Não era uma pergunta.

– Eu não – retrucou Spade.

– Sam – gritou a moça, irritada. – Ela pode estar...

– Ela foi para lá – disse Spade com voz ríspida. – Não foi levada à força. Foi para lá em vez de ir para a sua casa, assim que soube que o navio estava atracado na baía. Ora, o que é que tem? Será que sou obrigado a correr atrás dos meus clientes implorando para que me deixem ajudá-los?

– Mas, Sam, quando falei com você, o navio estava em chamas!

– Isso foi ao meio-dia e eu tinha uma entrevista com Polhaus e outra com Bryan.

Effie Perine olhou fixamente para Spade, com as pálpebras semicerradas.

– Sam Spade – disse ela. – Você, quando quer, é o homem mais desprezível que Deus já criou. Só porque ela fez uma coisa sem lhe avisar, você fica aqui sentado e não faz nada, quando sabe que ela está em perigo, quando sabe que ela talvez esteja...

O rosto de Spade afogueou-se. Ele retrucou, obstinado:

– Ela é perfeitamente capaz de tomar conta de si mesma sozinha e sabe onde procurar ajuda, quando acha que precisa de ajuda e quando isso lhe convém.

– Isso é despeito – gritou a moça – e nada mais do que despeito! Você está magoado porque ela fez uma coisa por conta própria, sem contar a você. E por que ela não deveria agir desse modo? Você não é tão impecavelmente honesto assim, e não tem sido tão leal com ela para que confie cegamente em você.

Spade respondeu:

– Já chega dessa história.

Seu tom de voz despertou um ligeiro brilho de inquietude nos olhos ardentes da moça, mas ela jogou a cabeça para trás e o brilho se extinguiu. Sua boca ficou tensa e contraída. Falou:

– Se você não for lá neste exato minuto, Sam, eu mesma vou, e vou levar a polícia comigo. – Sua voz tremeu, interrompeu-se e ficou fina e chorosa: – Ah, Sam, vá atrás dela!

Ele se levantou, praguejando contra Effie Perine. Em seguida, disse:

– Santo Deus! Vai ser melhor para a minha cabeça do que ficar aqui ouvindo você cacarejar. – Olhou para o relógio de pulso. – Você também já pode fechar tudo e ir para casa.

Ela disse:

– Não vou. Vou ficar aqui mesmo, esperando até você voltar.

Spade respondeu:

– Faça como bem entender. – Pôs o chapéu, hesitou, tirou o chapéu e saiu com ele na mão.

Uma hora e meia depois, às cinco e vinte, Spade voltou. Estava alegre. Entrou perguntando:

– O que é que você tem que não deixa a gente se entender bem?

– Eu?

– É, você mesma. – Spade pôs um dedo na ponta do nariz de Effie Perine e achatou-o. Pôs as mãos embaixo dos cotovelos da moça, ergueu-a do chão e deu um beijo no seu queixo. Baixou-a no chão de novo e perguntou: – Aconteceu alguma coisa enquanto eu estava fora?

– Luke, é assim que ele se chama?, do Hotel Belvedere, ligou para avisar que Cairo voltou. Faz uma meia hora.

Spade cerrou a boca com uma mordida, voltou-se com um passo comprido e seguiu direto para a porta.

– Você a encontrou? – gritou a moça, atrás dele.

– Conto a você quando voltar – respondeu Spade sem se deter, e logo saiu apressado.

Um táxi deixou Spade no Belvedere dez minutos depois de ele ter saído do seu escritório. Encontrou Luke no saguão. O detetive do hotel, sorridente e balançando a cabeça, veio ao encontro de Spade.

– Quinze minutos atrasado – disse ele. – O seu pássaro voou.

Spade rogou pragas à sua falta de sorte.

– Assinou a ficha de saída do hotel. Partiu com a bagagem e tudo o mais – disse Luke. Pegou uma caderneta surrada no bolso do colete, lambeu o polegar, correu as páginas na ponta do dedo e abriu a caderneta para Spade. – Este é o número do táxi que o levou. Foi o que pude fazer por você.

– Obrigado. – Spade copiou o número nas costas de um envelope. – Algum endereço para recados?

– Não. Ele simplesmente entrou carregando uma mala grande e subiu para o quarto, fez as malas e desceu com a sua tralha, pagou a conta, pegou um táxi e se foi sem que ninguém pudesse ouvir o que falou para o motorista.

– E o baú dele?

O lábio inferior de Luke curvou-se para baixo.

– Meu Deus! – exclamou. – Esqueci isso! Vamos lá.

Subiram ao quarto de Cairo. O baú estava lá. Fechado, mas não trancado. Levantaram a tampa. O baú estava vazio.

Luke disse:

– O que você sabe sobre isso?

Spade não falou nada.

Spade voltou para o escritório. Effie Perine levantou os olhos para ele, com ar interrogativo.

– Eu o perdi – resmungou Spade, seguindo direto para o seu gabinete.

A moça foi atrás dele. Spade sentou-se na cadeira giratória e começou a enrolar um cigarro. Ela sentou-se na escrivaninha, à frente dele, e pôs os dedos do pé no canto da cadeira de Spade.

– E quanto à senhorita O'Shaughnessy? – indagou ela.

– Eu a perdi também – respondeu Spade. – Mas ela esteve lá.

– *No La Paloma?*

– *O* e *La* formam uma péssima combinação de palavras – disse ele.

– Pare com isso. Seja bom comigo, Sam. Conte.

Ele acendeu o cigarro, pôs o isqueiro no bolso, deu palmadinhas nas canelas da moça e disse:

– Sim. *La Paloma.* Ela foi lá ontem, um pouco depois do meio-dia. – Spade baixou as sobrancelhas. – Isso significa que foi direto para lá, depois que saiu do táxi na estação das barcas. O navio está num atracadouro ali perto. O capitão não estava a bordo. Seu nome é Jacobi e ela o chamou pelo nome. Ele estava no centro da cidade, a negócios. Isso significa que ele não a esperava, pelo menos não àquela hora. Ela ficou à sua espera ali mesmo até ele chegar às quatro horas. Até a hora do jantar, passaram todo o tempo na cabine do capitão e ela comeu em companhia dele.

Spade inspirou e expirou fumaça, virou a cabeça para o lado para cuspir do lábio um floco amarelo de tabaco e prosseguiu:

– Após o jantar, o capitão Jacobi recebeu mais três visitantes. Um era Gutman, o outro era Cairo e o terceiro era o rapaz que trouxe ontem a você a mensagem do Gutman. Esses três se juntaram enquanto Brigid estava lá, e os cinco conversaram muito na cabine do capitão. E difícil arrancar alguma coisa dos tripulantes, mas houve um bate-boca entre eles e por volta das onze horas uma arma disparou lá dentro, na cabine do capitão. O vigia bateu na porta, mas o capitão veio ao seu encontro do lado de fora e lhe disse que estava tudo bem. Há um buraco de bala recente num canto da cabine, a uma altura elevada o bastante para indicar que a bala não atravessou o corpo de ninguém antes de chegar lá. Até onde pude apurar, houve apenas um tiro. Mas até onde pude apurar, foi muito pouco o que apurei.

Spade assumiu uma expressão severa e inalou fumaça de novo.

– Bem, eles saíram por volta da meia-noite, o capitão e seus quatro visitantes, todos juntos, e todos pareciam caminhar normalmente. Quem me contou foi o vigia. Não consegui falar com os funcionários da alfândega que estavam de serviço nesse horário. E isso é tudo. O capitão não voltou desde então. Faltou a uma reunião que havia marcado para o meio-dia de hoje com alguns agentes de navegação e não o encontraram para avisá-lo a respeito do incêndio.

– E o incêndio? – perguntou ela.

Spade deu de ombros.

– Não sei. Foi descoberto no porão da popa, nos porões de ré, no fim da manhã. É provável que tenha começado ontem. Foi apagado, mas houve muitos danos. Ninguém gosta de falar dessas coisas enquanto o capitão está ausente. É o...

A porta do escritório abriu. Spade fechou a boca. Effie Perine saltou da escrivaninha para o chão, mas um homem abriu a porta do gabinete antes que ela chegasse a pôr os pés no assoalho.

– Onde está Spade? – perguntou o homem.

Sua voz fez Spade se aprumar e se pôr alerta na cadeira. Era uma voz áspera e rascante de aflição e também do esforço para evitar que as três palavras fossem sufocadas pelo borbulhar líquido que fervia por baixo e ao redor delas.

Effie Perine, assustada, recuou para sair do caminho do homem.

Ele ficou parado na porta, com o seu chapéu de pano mole esmagado entre a cabeça e o topo do portal: tinha quase dois metros e dez de altura. Um sobretudo preto de corte comprido e reto como um estojo, abotoado do pescoço aos joelhos, exagerava sua magreza. Seus ombros se salientavam, altos, finos, angulosos. Seu rosto ossudo, maltratado pelas intempéries, com as rugas da idade, tinha cor de areia molhada e, nas faces e no queixo, estava molhado de suor. Seus olhos eram escuros, vermelhos e alucinados, acima das pálpebras inferiores que pendiam para baixo e deixavam à mostra membranas internas rosadas. Bem firme e bem junto ao lado esquerdo do peito, em um braço de manga preta que terminava em uma garra amarelada, havia um embrulho de papel pardo amarrado com barbante – algo em forma de elipse, maior do que uma bola de futebol americano.

O homem alto ficou parado na porta e não havia nenhum sinal de que tivesse visto Spade. Ele falou:

– Você sabe... – E depois o borbulhar líquido subiu da sua garganta e submergiu tudo o mais que ele falou. Pôs a outra mão sobre a mão que segurava o embrulho em forma de elipse. Mantendo-se inflexivelmente reto, sem estender as mãos para amortecer sua queda, ele tombou para a frente como cai uma árvore.

Spade, com agilidade e o rosto impassível, saltou da sua cadeira e segurou o homem ao cair. Quando o segurou, a boca do homem abriu, cuspiu um pouco de sangue e o embrulho de papel pardo tombou das mãos dele, rolou pelo chão até que um pé da escrivaninha o detivesse. Em seguida, os joelhos do homem se flexionaram, ele se dobrou na cintura e seu corpo magro se enrijeceu por dentro do sobretudo semelhante a um estojo, vergando-se nos braços de Spade, de modo que o detetive não conseguiu sustentá-lo.

Spade baixou o homem com cuidado até ele ficar estendido no chão, sobre o lado esquerdo do corpo. Os olhos do homem – escuros e vermelhos de sangue, mas agora não mais alucinados – estavam bem abertos e imóveis. Sua boca estava aberta, como no instante em que cuspiu sangue, porém não saiu mais sangue nenhum dali, e todo o seu corpo comprido ficou tão imóvel quanto o assoalho onde estava estirado.

Spade disse:

– Tranque a porta.

Enquanto Effie Perine, com os dentes se entrechocando, atracava-se com a fechadura da porta do escritório, Spade ajoelhou-se ao lado do homem magro, virou-o de barriga para cima e correu a mão por dentro do sobretudo. Quando retirou a mão, ela instantaneamente se mostrou manchada de sangue. A visão da sua própria mão ensanguentada não provocou a mais ínfima alteração no rosto de Spade. Mantendo a mão erguida de modo a não tocar em nada, Spade retirou o isqueiro do bolso com a outra mão. Fez estalar uma chama e aproximou-a de um olho, e depois do outro, do homem magro. Os olhos – pálpebras, globo, íris e pupila – permaneciam inertes, imóveis.

Spade apagou a chama e repôs o isqueiro no bolso. De joelhos, pôs-se ao lado do homem e, usando a mão limpa, desabotoou e abriu o sobretudo tubular. A parte interna do sobretudo estava molhada de sangue e o paletó azul traspassado, por baixo do sobretudo, estava empapado de sangue. As lapelas do paletó, no ponto em que se cruzavam sobre o peito do homem, e ambos os lados do sobretudo imediatamente abaixo desse ponto, estavam vazados por furos esfiapados e encharcados.

Spade levantou-se e foi até o lavatório, no canto da sala de espera.

Effie Perine, pálida e trêmula, mantendo-se de pé graças à mão que segurava a maçaneta da porta do escritório e graças às costas apoiadas no vidro da porta, sussurrou:

– Ele... está... está...?

– Está. Baleado no peito, talvez meia dúzia de tiros. – Spade começou a lavar as mãos.

– Não deveríamos...? – começou a moça, mas ele a interrompeu abruptamente.

– Agora é tarde demais para um médico e tenho de refletir antes de fazer qualquer coisa. – Terminou de lavar as mãos e começou a enxaguar a pia. – Ele não poderia ter vindo de muito longe, desse jeito. Se ele... Mas por que diabos não aguentou o tempo suficiente para nos revelar alguma coisa? – Spade franziu as sobrancelhas ao olhar para a moça, enxaguou as mãos de novo e apanhou uma toalha. – Trate de se recompor, menina. Pelo amor de Deus, não vá desmaiar agora, não! – Jogou a toalha de lado e correu os dedos pelos cabelos. – Vamos dar uma olhada nesse embrulho.

Entrou novamente no seu gabinete, passou por cima das pernas do cadáver e pegou o embrulho de papel pardo. Quando sentiu o peso, seus olhos rebrilharam. Pousou-o sobre a escrivaninha, virado para cima, de modo que a parte do barbante com um nó ficou à mostra. O nó estava apertado e difícil de desfazer. Spade pegou seu canivete e cortou o barbante.

A moça se afastou da porta e, contornando o cadáver, mantendo o rosto voltado para o lado, veio para perto de Spade. Enquanto estava ali – as mãos apoiadas num canto da escrivaninha –, observando-o puxar e soltar o barbante e empurrar para os lados o papel pardo, a emoção começou a suplantar a náusea no seu rosto.

– O que você acha que é? – cochichou ela.

– Logo vamos saber – respondeu Spade, seus dedos grandes atarefados com o invólucro interno de papel grosso e cinzento, da espessura de três folhas, que ficara à mostra quando ele removeu o papel pardo. O rosto de Spade estava rijo e insensível. Seus olhos brilhavam. Depois de pôr de lado o papel cinzento, Spade se viu diante de uma massa esbranquiçada de aparas de madeira, de formato oval, que formava um acolchoado bem espesso. Seus dedos romperam aquele chumaço de aparas e então chegou à figura de um pássaro de trinta centímetros de altura, negro como carvão, e reluzente nos pontos em que o seu polimento não estava embaçado por serragem e por fragmentos de aparas de madeira.

Spade riu. Baixou a mão sobre o pássaro. Seus dedos muito abertos tinham, na sua curvatura, o instinto da posse. Spade pôs o outro braço em torno de Effie Perine e espremeu o corpo da moça de encontro ao seu.

– Conseguimos a maldita coisa, meu anjo – disse ele.

– Ai – gemeu ela. – Você está me machucando.

Spade afastou seu braço da moça, segurou o pássaro preto com as duas mãos e sacudiu-o para soltar as aparas grudadas. Em seguida, recuou um passo segurando o falcão erguido à sua frente e soprou a poeira, contemplando a estátua em triunfo.

Effie Perine fez uma careta de horror e gritou, apontando para os pés dele.

Spade olhou para os seus pés. Seu último passo atrás pusera o calcanhar esquerdo em contato com a mão do cadáver, comprimindo meio centímetro de carne na beirada da palma da mão, entre o calcanhar e o soalho. Spade afastou o pé dali com um safanão.

O telefone tocou.

Ele acenou com a cabeça para a moça. Ela voltou-se para a escrivaninha e pôs o fone na orelha. Falou:

– Alô... Sim... Quem?... Ah, sim. – Seus olhos se arregalaram. – Sim... Sim... Fique na linha... – Sua boca de repente se escancarou com um susto. Gritou: – Alô! Alô! Alô! – Apertou o botão do telefone com estrépito e gritou duas vezes: – Alô! – Em seguida, soltou um soluço e girou o rosto para encarar Spade, que a essa altura estava junto a ela. – Era a senhorita O'Shaughnessy – disse a moça, aflita. – Ela quer falar com você. Está no Hotel Alexandria, em perigo. Sua voz estava... ah, foi terrível,

Sam! E alguma coisa aconteceu com ela antes de poder terminar o telefonema. Vá ajudá-la, Sam!

Spade pôs o falcão sobre a mesa e seu rosto tomou uma feição lúgubre.

– Tenho de cuidar desse cara, antes – disse ele, apontando com o polegar para o cadáver magro sobre o chão.

A moça golpeou o peito de Spade com os punhos cerrados, gritando:

– Não, não... Você tem de ir até onde ela está! Será que não entende, Sam? Ele estava com a tal coisa que pertence a ela e veio até você com o objeto. Será que não entende? Estava ajudando a moça e eles o mataram e agora ela está... Ah, você precisa ir lá!

– Tudo bem. – Spade empurrou-a para o lado e debruçou-se sobre a escrivaninha, repôs o pássaro preto em seu ninho de aparas de madeira, dobrou o papel em volta, trabalhando depressa, formando um pacote mais volumoso e desajeitado. – Assim que eu sair, telefone para a polícia. Conte a eles como aconteceu, mas não pronuncie nenhum nome. Você não sabe. Eu recebi o telefonema e lhe disse que precisava sair, mas não disse para onde ia. – Spade praguejou contra o barbante por estar embolado, esticou-o com um safanão e começou a amarrar o embrulho. – Esqueça esta coisa aqui. Conte tudo como aconteceu, mas esqueça este embrulho. – Spade mordeu o lábio inferior. – A menos que ponham você contra a parede. Se parecerem já saber a respeito do embrulho, você vai ter de admitir. Mas isso é pouco provável. Se for assim, então conte que eu levei o embrulho comigo, sem abrir. – Spade terminou de amarrar o nó e aprumou o corpo com o embrulho debaixo do braço esquerdo. – Agora, entenda muito bem isso. Tudo aconteceu do modo como aconteceu, mas sem esta tralha aqui, a menos que eles já saibam. Não negue, apenas não mencione. E eu recebi o telefonema, não você. E você não sabe de nada nem de ninguém com qualquer ligação com esse sujeito. Você não sabe nada a respeito desse sujeito e não pode falar sobre os meus negócios antes de conversar comigo. Entendeu?

– Certo, Sam. Quem... Você sabe quem é ele?

Spade abriu um sorriso feroz.

– Ã-ã – negou –, mas tenho o palpite de que era o capitão Jacobi, comandante do navio *La Paloma*. – Pegou o chapéu e pôs na cabeça. Olhou com ar pensativo para o cadáver e depois correu os olhos pela sala.

– Depressa, Sam – implorou a moça.

– Claro – disse ele, pensativo. – Vou me apressar. Não faria mal nenhum você recolher do chão esses restos de aparas de madeira, antes de a polícia chegar. E talvez fosse bom você falar com o Sid. Não. – Spade esfregou o queixo. – Vamos deixá-lo de fora por um tempo. Vai parecer melhor assim. Se eu fosse você, manteria a porta trancada até eles chegarem. – Tirou a mão do queixo e esfregou a face da moça. – Você é uma parceira formidável, minha flor – disse e saiu.

17. Noite de sábado

A passos rápidos, com o embrulho despreocupadamente sob o braço, enquanto apenas o movimento incessante dos olhos indicava sua cautela, Spade seguiu, em parte por um beco e depois por uma viela estreita, do prédio em que ficava o seu escritório até as ruas Kearny e Post, onde pegou um táxi que passava.

O táxi levou-o até o terminal ferroviário de Pickwick, na rua Cinco. Registrou o falcão no guarda-volumes, pôs a nota de registro em um envelope selado, escreveu no envelope *M.F. Holland* e o número de uma caixa postal de uma agência de correio de São Francisco, fechou-o e jogou-o dentro de uma caixa de correio. Do terminal, outro táxi levou-o até o Hotel Alexandria.

Spade subiu até a suíte 12-C e bateu na porta. Quando batia pela segunda vez, a porta foi aberta por uma mocinha de cabelo louro, em um faiscante penhoar amarelo – uma mocinha cujo rosto estava pálido e sem brilho, que se segurava desesperadamente à maçaneta interna, com as duas mãos, e que falou ofegante:

– Senhor Spade?

Spade respondeu:

– Sim – e a segurou na hora exata em que desabou.

O corpo da moça vergou para trás sobre o braço do detetive e a sua cabeça tombou toda para trás, de modo que o cabelo curto e louro pendeu do alto do crânio e o pescoço esguio formou uma curva perfeita, do queixo até o peito.

Spade deslizou seu braço, que a amparava, mais para o alto das costas da moça e curvou-se para passar seu outro braço por trás dos joelhos, mas ela sacudiu as pernas, opondo resistência, e através dos lábios entreabertos que mal se moviam saíram palavras confusas:

– Nã! Me fa'ndar!

Spade a fez andar. Fechou a porta com um pontapé e caminhou com ela de uma parede até a outra, por toda a sala atapetada de verde. Com um dos braços em torno do corpo pequeno da moça, a mão sob a sua axila e a outra mão segurando com força o outro braço da jovem, Spade a mantinha ereta quando ela tropeçava, Spade controlava a sua oscilação, insistia para que continuasse a andar, mas fazia as pernas claudicantes da moça suportarem todo o peso que conseguiam aguentar. Percorreram o assoalho para lá e para cá, a moça vacilante, com passos descoordenados, Spade firmemente apoiado na planta dos pés, sem que o cambalear da jovem o afetasse em nada. O rosto dela estava branco como giz, tinha o olhar apagado, o rosto de Spade estava emburrado, os olhos tensos no seu esforço para observar tudo ao mesmo tempo.

Ele lhe falava com voz monótona:

– É assim que se faz. Direito, esquerdo, direito, esquerdo. É assim mesmo. Um, dois, três, quatro, um, dois, três, quatro, agora vamos voltar. – Ele a sacudiu quando se desviaram da parede. – Agora vamos voltar. Um, dois, três, quatro. Fique com a cabeça levantada. Isso mesmo. Boa menina. Esquerdo, direito, esquerdo, direito. Agora vamos voltar de novo. – Ele a sacudiu de novo. – Esta é uma boa menina. Anda, anda, anda, anda. Um, dois, três, quatro. Agora vamos voltar. – Ele a sacudiu com mais brutalidade e acelerou o passo. – Esse é o truque. Esquerdo, direito, esquerdo, direito. Estamos com pressa. Um, dois, três...

Ela teve um sobressalto e engoliu algo ruidosamente. Spade começou a esfregar o braço da moça e o flanco do seu corpo, e pôs a boca mais perto da sua orelha.

– Muito bem. Você está indo bem. Um, dois, três, quatro. Mais depressa, mais depressa, mais depressa. É isso aí. Um passo, um passo, um passo, um passo. Levantar o pé e abaixar o pé. É assim que se faz. Agora vamos voltar. Esquerdo, direito, esquerdo, direito. O que foi que fizeram? Doparam você? A mesma droga que me deram para beber?

As pálpebras dela se contraíram para o alto por um instante, acima de olhos castanhos dourados e turvos, e ela conseguiu responder simplesmente:

– Sim. – Mas sem a consoante final.

Caminharam pela sala, a moça quase a trote, agora, para acompanhar os passos de Spade, e o detetive dando palmadinhas e afagos na sua carne, com as duas mãos, por cima da seda amarela, sem parar de falar, enquanto os olhos continuavam tensos, frios e vigilantes.

– Esquerdo, direito, esquerdo, direito, esquerdo, direito, voltar. Muito bem. Um, dois, três, quatro, um, dois, três, quatro. Fique com o queixo levantado. E isso aí. Um, dois...

As pálpebras da moça se ergueram de novo uma fração de centímetro e, abaixo delas, os olhos moveram-se debilmente de um lado para o outro.

– Muito bem – disse ele, com voz de incentivo, deixando de lado o tom monótono. – Mantenha os olhos abertos. Abra bem os olhos, bem abertos! – Ele a sacudiu.

A moça gemeu em protesto, mas suas pálpebras se levantaram mais um pouco, embora os olhos não tivessem brilho interior. Spade ergueu a mão e deu uma saraivada de tapas na face da moça, em uma sequência rápida. Ela gemeu de novo e tentou se soltar dele. O braço de Spade a segurou e ele a arrastou atrás de si, de uma parede até a parede oposta.

– Não pare de andar – ordenou ele, com voz severa, e depois: – Quem é você?

– Rhea Gutman. – A voz dela era pastosa mas inteligível.

– A filha?

– Sim. – Agora a consoante final não soou tão distante.

– Onde está Brigid?

Ela se contorceu convulsivamente entre os braços de Spade e segurou uma das mãos do detetive com as duas mãos. Spade puxou o braço depressa e olhou para a mão. Nas costas da mão de Spade havia um arranhão fino e vermelho, de uns quatro centímetros ou mais de comprimento.

– Que diabo é isso? – rosnou ele, ao examinar as mãos dela. A mão esquerda da moça estava vazia. Na mão direita de Rhea, quando Spade a forçou a se abrir, havia um alfinete de aço, com cabeça de jade, de sete centímetros. – Que diabo é isso? – rosnou Spade de novo, segurando o alfinete diante dos olhos dela.

Quando Rhea viu o alfinete, choramingou e abriu o penhoar. Empurrou para o lado o casaco de pijama cor creme que estava por baixo e mostrou-lhe seu corpo, abaixo do seio esquerdo – carne branca com finos riscos vermelhos entrecruzados, pontilhada por pequenos pontos vermelhos, onde o alfinete havia arranhado e perfurado.

– Para eu ficar acordada... andar... até você chegar... Ela disse que você viria... passou tanto tempo. – Rhea bambeou.

Spade apertou o braço em redor dela e disse:

– Ande.

Rhea lutou contra o braço dele, retorcendo-se para virar-se e ficar novamente de cara para Spade.

– Não... lhe digo... dormir... salve-a...

– Brigid? – perguntou Spade.

– Sim... pegue-a... Bur... Burlingame... Ancho, 26... depressa... tarde demais... – A cabeça de Rhea tombou sobre o ombro.

Spade, brutalmente, empurrou a cabeça da moça para a posição correta.

– Quem a levou para lá? O seu pai?

– Sim... Wilmer... Cairo... – Ela se contorceu e suas pálpebras se contraíram, mas não se abriram. – ...matá-la. – A cabeça de Rhea tombou de novo, e de novo Spade a levantou com um empurrão.

– Quem atirou em Jacobi?

Rhea pareceu não ter ouvido a pergunta. Tentou penosamente manter a cabeça erguida e abrir os olhos. Balbuciou:

– Vá... ela...

Spade sacudiu-a com brutalidade.

– Fique acordada até o médico chegar.

O medo abriu os olhos de Rhea e, por um momento, varreu a névoa que encobria seu rosto.

– Não, não – gritou ela, com voz pastosa. – Pai... me matar... jure que não vai... ele saberia... eu fiz... por ela... promessa... não vou... dormir... tudo bem... manhã...

Spade a sacudiu outra vez.

– Tem certeza de que pode dormir até o efeito passar?

– Si. – Sua cabeça tombou outra vez.

– Onde fica a sua cama?

Ela tentou erguer a mão, mas o esforço tornou-se demasiado antes que a mão pudesse apontar para outra coisa além do tapete. Com o suspiro de uma criança cansada, Rhea deixou o corpo todo relaxar e desmoronar.

Spade ergueu-a nos braços – aninhou seu corpo na hora em que tombava – e, segurando-a com facilidade de encontro ao peito, dirigiu-se à mais próxima das três portas. Girou a maçaneta o bastante para soltar a lingueta, abriu a porta com um empurrão do pé e avançou por um corredor que passava pela porta aberta do banheiro e ia até o quarto. Olhou para dentro do banheiro, viu que estava vazio e levou a moça para o interior do quarto. Não havia ninguém ali. A roupa que se podia ver e os objetos sobre a cômoda indicavam que era um quarto de homem.

Spade carregou a moça de volta para a sala atapetada de verde e experimentou a outra porta. Através dela, seguiu por outro corredor, passou por outro banheiro vazio e entrou num quarto que tinha acessórios femininos. Virou as cobertas para trás e estendeu a moça sobre a cama, retirou suas sandálias, levantou-a um pouco para desamassar o penhoar amarelo, ajeitou um travesseiro embaixo da sua cabeça e pôs as cobertas sobre Rhea.

Em seguida, abriu as duas janelas do quarto e ficou parado de costas para elas, olhando atentamente para a moça adormecida. A respiração da jovem soava profunda, mas sem transtornos. Spade franziu as sobrancelhas e olhou em volta, comprimindo os lábios. O crepúsculo ensombrecia o quarto. Ele ficou ali parado, na claridade decrescente, durante talvez uns cinco minutos. Por fim, sacudiu com impaciência os ombros robustos e curvados e saiu, deixando destrancada a porta da suíte.

***

Spade seguiu para a estação da Companhia Telefônica e Telegráfica Pacific, na rua Powell, e ligou para Davenport 2020.

– Hospital de Emergência, por favor... Alô? Há uma jovem na suíte 12-C, no Hotel Alexandria, que foi dopada... Sim, é melhor mandarem alguém lá cuidar dela... Aqui é o senhor Hooper, do Alexandria.

Pôs o fone no gancho e riu. Ligou outro número e disse:

– Alô, Frank? É o Sam Spade... Pode me arranjar um carro com um motorista que fique de boca fechada?... Para correr até o fim da península imediatamente... Só umas poucas horas... Certo. Mande que ele me pegue no John's, rua Ellis, assim que puder.

Ligou outro número – o do seu escritório –, segurou o fone junto à orelha por um breve tempo sem falar nada e o repôs no gancho.

Seguiu para o John's Grill, pediu ao garçom para apressar o seu pedido, costeletas, batata assada e tomates picados, comeu às pressas e estava fumando um cigarro e tomando café quando um homem muito moço e atarracado, com uma boina xadrez, enviesada acima dos olhos sem cor e de um rosto vigoroso e alegre, entrou no restaurante e veio até a sua mesa.

– Tudo pronto, senhor Spade. O carro está cheio de gasolina e prontinho para rodar.

– Ótimo. – Spade esvaziou a xícara e saiu ao lado do homem atarracado.

– Sabe onde fica a avenida Ancho, ou estrada, ou bulevar Ancho, em Burlingame?

– Não tenho ideia, mas, se a rua fica lá, podemos achar.

– Vamos fazer isso, então – respondeu Spade, enquanto sentava no banco ao lado do motorista no Cadillac sedã escuro. – 26 é o número que procuramos, e quanto antes melhor, mas não queremos estacionar bem em frente à porta.

– Certo.

Rodaram meia dúzia de quarteirões sem falar nada. O motorista disse:

– Seu sócio foi assassinado, não foi, senhor Spade?

– Ãrrã.

O motorista estalou a língua.

– É um ramo difícil, esse de vocês. Pode crer.

– Bem, motoristas de aluguel também não vivem para sempre.

– Pode ser – admitiu o homem troncudo –, mas mesmo assim vai ser uma surpresa para mim se eu não viver muito.

Spade olhou fixo para a frente, para o nada, e para o que estava ainda além, à espera de que o motorista se cansasse de tentar entabular uma conversa, respondendo apenas com sins e nãos desinteressados.

Em uma drogaria em Burlingame o motorista soube como chegar à avenida Ancho. Dez minutos depois, parou o sedã perto de uma esquina escura, apagou os faróis e acenou com a mão para o quarteirão à frente.

– Lá está – disse ele. – Deve ficar do outro lado, talvez a terceira ou quarta casa.

Spade disse:

– Certo – e saiu do carro. – Fique com o motor ligado. Talvez a gente precise sair daqui às pressas.

Spade atravessou a rua e foi para o outro lado. Mais à frente brilhava um poste de luz solitário. Luzes mais amistosas pontilhavam a noite de ambos os lados, onde se distribuíam meia dúzia de casas por quarteirão. Uma lua alta e fina brilhava fria e tênue, assim como a luz do poste. Um rádio zumbia através das janelas abertas de uma casa do outro lado da rua.

Diante da segunda casa a partir da esquina, Spade parou. Em um dos pilares do portão, que eram muito volumosos, em completa desproporção com a cerca que os flanqueava, um dois e um seis de metal lívido recebiam toda a luz que havia ali. Um cartão retangular e branco estava pregado acima deles. Chegando o rosto bem perto do cartão, Spade pôde enxergar que era um aviso de VENDO OU ALUGO. Não havia portão algum entre os dois pilares. Spade avançou pelo passeio de cimento até a casa. Deteve-se no passeio ao pé da escada da varanda por um longo intervalo. Não vinha nenhum ruído de dentro da casa. Estava escura, exceto por um outro cartão retangular e lívido pregado na porta.

Spade aproximou-se da porta e escutou com atenção. Não conseguiu ouvir nada. Tentou espiar através do vidro da porta. Não havia cortina para barrar o seu olhar, mas apenas a escuridão interna. Seguiu nas pontas dos pés até uma janela e depois até uma outra. Assim como a porta, elas não tinham cortinas, mas apenas a escuridão interna. Verificou as duas janelas. Estavam trancadas. Verificou a porta. Estava trancada.

Saiu da varanda e, pisando com cuidado em terreno escuro e desconhecido, caminhou entre ervas daninhas em redor da casa. A porta dos fundos e a única janela dos fundos que ele conseguia alcançar estavam trancadas.

Spade voltou para o pilar do portão e, protegendo a chama entre as mãos em concha, ergueu o isqueiro até a altura do aviso de VENDO OU ALUGO. Trazia impresso um nome e um endereço de um corretor de imóveis de San Mateo e, sublinhado com lápis azul: CHAVES NO 31.

Spade voltou ao sedã e perguntou ao motorista:

– Tem uma lanterna?

– Claro. – Entregou-a para Spade. – Posso ajudar em alguma coisa?

– Talvez. – Spade entrou no sedã. – Vamos seguir até o número 31. Pode acender os faróis.

O número 31 era uma casa quadrada e cinzenta do outro lado da rua, mas um pouco depois da casa número 26. Luzes brilhavam nas janelas do térreo. Spade subiu até a varanda e tocou a campainha. Uma menina de cabelos escuros, de catorze ou quinze anos, abriu a porta. Spade, baixando a cabeça e sorrindo, disse:

– Eu gostaria de pegar a chave do número 26.

– Vou chamar o papai – respondeu ela, e voltou para dentro da casa, chamando: – Papai!

Um homem gorducho, de rosto vermelho, careca e com um bigode espesso, apareceu com um jornal na mão.

Spade disse:

– Eu gostaria de pegar as chaves do 26.

O gorducho pareceu estar em dúvida. Respondeu:

– A eletricidade está desligada. Não vai dar para ver nada.

Spade deu uma palmadinha no bolso:

– Trouxe uma lanterna.

O gorducho pareceu ficar mais em dúvida ainda. Limpou um pigarro na garganta meio constrangido e amassou o jornal na mão.

Spade mostrou-lhe um dos seus cartões profissionais, pôs o cartão de novo no bolso e falou em voz baixa:

– Recebemos uma dica de que pode haver algo escondido lá dentro.

O rosto e a voz de gorducho ficaram ansiosos.

– Espere um minuto – disse ele. – Vou lá com você.

Um momento depois, voltou com uma chave de metal presa a uma etiqueta preta e vermelha. Spade acenou para o motorista quando passaram pelo carro e o motorista veio se juntar a eles.

– Alguém andou visitando a casa recentemente? – perguntou Spade.

– Não que eu saiba – respondeu o gorducho. – Faz meses que ninguém vem me pedir as chaves.

O gorducho andou na frente, com a chave, até subirem para a varanda. Em seguida, empurrou a chave para a mão de Spade e resmungou.

– Agora é com você – e deu um passo para o lado.

Spade destrancou a porta e abriu-a. Havia silêncio e escuridão. Com a lanterna – fraca – segura na mão esquerda, Spade entrou. O motorista aproximou-se atrás dele e em seguida, a uma distância curta, o gorducho os acompanhou. Vasculharam a casa de alto a baixo, primeiro com cautela e depois, como não encontravam nada, com mais desembaraço. A casa estava vazia – não havia dúvida – e nada indicava que alguém a visitara em muitas semanas.

Ao sair do sedã em frente ao Hotel Alexandria, Spade disse:

– Obrigado, isso é tudo.

Entrou no hotel, dirigiu-se à recepção onde um jovem alto de rosto moreno e compenetrado disse:

– Boa noite, senhor Spade.

– Boa noite. – Spade levou o jovem até a extremidade do balcão da recepção. – Aqueles Gutman, lá da suíte 12-C, ainda estão aí?

O jovem respondeu:

– Não – e atirou um olhar de relance para Spade. Em seguida, desviou os olhos, hesitou, olhou de novo para Spade e sussurrou: – Aconteceu uma coisa gozada com eles nesta noite, senhor Spade. Alguém telefonou para o Hospital de Emergência e disse que havia uma moça doente lá em cima.

– E não havia?

– Ah, não, não havia ninguém lá. Eles saíram cedo, esta noite.

Spade disse:

– Bem, esses gozadores têm de se divertir de algum jeito. Obrigado.

Foi até a cabine telefônica, ligou um número e disse:

– Alô... Senhora Perine?... Effie está aí?... Sim, por favor... Obrigado... Alô, meu anjo! Qual é a boa nova?... Ótimo, ótimo! Fique aí. Vou chegar em vinte minutos... Certo.

Meia hora depois, Spade tocou a campainha da porta de um prédio de tijolos de dois andares na Nona Avenida. Effie Perine abriu a porta. Seu rosto juvenil estava cansado e sorridente.

– Oi, patrão – disse ela. – Entre. – E falou em voz baixa: – Se mamãe falar alguma coisa para você, Sam, seja educado com ela. Está com os nervos à flor da pele.

Spade sorriu de modo tranquilizador e deu uma palmadinha no ombro da moça. Ela pôs as mãos sobre o braço de Spade.

– Era a senhorita O'Shaughnessy?

– Não – resmungou ele. – Caí numa armadilha. Tem certeza de que era a voz dela?

– Tenho.

O rosto de Spade tomou uma expressão de desagrado.

– Pois bem, era tudo papo-furado.

Ela o levou para uma sala clara, suspirou e se deixou afundar na ponta de um sofá de espaldar alto, sorrindo alegremente para ele, através do seu cansaço. Spade sentou-se ao seu lado e perguntou:

– Tudo correu bem? Não falou nada sobre o tal embrulho?

– Nada. Eu lhes contei o que você me mandou contar e eles pareceram ter certeza de que o telefonema tinha alguma relação com o caso e que você tinha saído para pôr o assunto em pratos limpos.

– Dundy esteve lá?

– Não. Hof e O'Gar, e alguns outros que eu não conhecia. Também falei com o capitão.

– Levaram você para a delegacia?

– Ah, sim, e me fizeram um monte de perguntas, mas, você sabe, era tudo rotina.

Spade esfregou as palmas das mãos.

– Ótimo – disse ele, e depois franziu as sobrancelhas. – Mas acho que eles vão inventar uma porção de perguntas para mim quando nos encontrarmos. Pelo menos aquele cretino do Dundy vai fazer isso, e Bryan também. – Spade moveu os ombros. – E mais alguém que você conheça, além da polícia, apareceu?

– Sim. – Ela aprumou o corpo no sofá. – Aquele rapazinho, o que trouxe o recado de Gutman, passou lá. Não chegou a entrar, mas os policiais deixaram aberta a porta enquanto estavam no escritório e eu o vi parado lá fora.

– E você não disse nada?

– Ah, não. Você me disse para não contar nada. Portanto, não dei a mínima atenção a ele e, logo depois, quando olhei de novo, ele já tinha ido embora.

Spade sorriu para ela.

– Foi uma tremenda sorte sua, garota, a polícia ter chegado antes dele.

– Por quê?

– Ele não é flor que se cheire, aquele pirralho. Veneno puro. O morto era mesmo Jacobi?

– Era.

Spade apertou as mãos da moça e se levantou.

– Eu vou me mandar. É melhor você se enfiar na cama. Está pregada.

A moça levantou-se.

– Sam, o que é...?

Ele deteve as palavras da moça com a mão sobre a sua boca.

– Aguente até segunda-feira – disse ele. – Quero cair fora antes que a sua mãe me apanhe aqui e solte os cachorros em cima de mim, por ter arrastado seu cordeirinho para as sarjetas do mundo.

Faltavam poucos minutos para a meia-noite quando Spade chegou a sua casa. Meteu a chave na fechadura. Calcanhares estalaram ligeiro no passeio às suas costas. Spade soltou a chave a virou-se. Brigid O'Shaughnessy subiu correndo a escadinha em sua direção. Pôs os braços em torno de Spade e pendurou-se nele, ofegante:

– Ah, pensei que você nunca mais viria! – Seu rosto estava desfigurado, atormentado, sacudido por tremores que a abalavam da cabeça aos pés.

Com a mão que não amparava a moça, Spade procurou a chave de novo, abriu a porta e levou Brigid para dentro, levemente erguida do chão.

– Você estava à minha espera?

– Estava. – Arquejos espaçavam suas palavras. – Em um... portal... mais adiante... na rua.

– Dá para andar sozinha? – perguntou Spade. – Ou tenho de carregá-la?

Ela balançou a cabeça de encontro ao ombro do detetive.

– Vou ficar... bem... quando... estiver em... um lugar... onde possa... me sentar.

Subiram pelo elevador até o andar de Spade e fizeram a curva no corredor até o seu apartamento. Brigid soltou-se do braço de Spade e se pôs ao seu lado, ofegante, com as duas mãos sobre o peito, enquanto ele destrancava a porta. Spade acendeu a luz do corredor. Entraram. Ele fechou a porta e, com o braço de novo em torno dela, levou-a para a sala. Quando estavam um passo além da porta, a luz da sala acendeu-se.

A moça gritou e agarrou-se a Spade.

Bem no meio da sala, o gordo Gutman estava de pé e sorria para eles com uma expressão benévola. O jovem Wilmer saiu da cozinha, por trás deles. Pistolas negras ficavam gigantescas nas suas mãozinhas. Cairo saiu do banheiro. Ele também portava uma pistola.

Gutman disse:

– Bem, senhor, estamos todos aqui, como pode ver por si mesmo. Agora, vamos entrar, sentar e conversar confortavelmente.

18. O BODE EXPIATÓRIO

Spade, com os braços em torno de Brigid O'Shaughnessy, deu um sorriso débil por cima da cabeça da moça e disse:

– Claro, vamos conversar.

As protuberâncias de Gutman sacolejaram quando ele recuou três passos bamboleantes, afastando-se da porta.

Spade e a moça entraram juntos. O rapaz e Cairo os seguiram. Cairo parou na soleira da porta. O rapaz pôs de lado uma das suas pistolas e se aproximou por trás de Spade.

Spade virou a cabeça toda para trás para olhar de cima, sobre o ombro, em direção ao rapaz, e disse:

– Caia fora. Você não vai me revistar.

O rapaz falou:

– Fique parado. Cale a boca.

As narinas de Spade se dilatavam e se contraíam no ritmo da sua respiração. Sua voz soou firme.

– Dê o fora. Ponha suas patas em mim e eu vou obrigá-lo a usar a pistola. Pergunte ao seu patrão se ele quer me ver baleado antes de conversarmos.

– Pode deixar, Wilmer – disse o gordo. Franziu as sobrancelhas para Spade, com uma expressão complacente. – Sem dúvida, o senhor é mesmo um homem teimoso. Bem, vamos sentar.

Spade disse:

– Eu lhe avisei que não gosto desse moleque – e levou Brigid O'Shaughnessy até o sofá perto das janelas. Sentaram-se juntos, a cabeça da moça apoiada no ombro esquerdo de Spade, o braço direito dele em torno dos ombros de Brigid. Ela havia parado de tremer, havia parado de ofegar. A aparência de Gutman e de seus companheiros parecia ter privado Brigid daquela liberdade de movimento e de emoção pessoais própria dos animais, deixando-a viva, consciente, mas inerte como uma planta.

Gutman arriou o corpo na cadeira de balanço acolchoada. Cairo escolheu a cadeira de braços junto à mesa. Wilmer não se sentou. Ficou parado na porta, onde antes estivera Cairo, deixando sua única pistola visível pender ao lado da coxa e, sob as pestanas recurvadas, olhava para o corpo de Spade. Cairo pôs sua pistola sobre a mesa ao seu lado.

Spade tirou o chapéu e jogou-o para a outra ponta do sofá. Sorriu para Gutman. A descontração do lábio inferior e a inclinação das pálpebras superiores combinavam com os Vs do seu rosto para tornar o seu sorriso lascivo como o de um sátiro.

– Aquela sua filha tem uma barriguinha linda – disse ele. – Linda demais para ser arranhada por alfinetes.

O sorriso de Gutman era afável, embora um pouco untuoso.

O rapaz na porta deu um curto passo adiante, erguendo a pistola até a altura do quadril. Todos na sala olharam para ele. Nos olhares distintos com que Brigid O'Shaughnessy e Joel Cairo o fitaram havia, por estranho que parecesse, algo identicamente reprovador. O rapaz corou, recuou o pé que se havia adiantado, aprumou as pernas, baixou a pistola e ficou parado, como estivera antes, olhando na direção do peito de Spade com olhos dissimulados por trás das pálpebras. Foi um rubor um tanto desmaiado e durou apenas um instante, mas foi algo espantoso de se ver, no seu rosto habitualmente tão frio e impassível.

Gutman voltou novamente para Spade seu sorriso gordo de expressão marota. Sua voz era um ronronar suave:

– De fato, senhor, aquilo foi uma vergonha, mas o senhor tem de admitir que serviu ao propósito almejado.

As sobrancelhas de Spade se juntaram, franzidas:

– Qualquer coisa serviria – disse ele. – Naturalmente, eu queria me encontrar com o senhor assim que tivesse o falcão comigo. Uma coisa digna de fregueses que pagam em dinheiro vivo. Por que não? Fui a Burlingame na esperança de um encontro desse tipo. Não sabia que vocês andavam por aí fazendo besteiras, meia hora antes, na tentativa de me tirar do seu caminho para que vocês pudessem encontrar Jacobi de novo antes que ele me encontrasse.

Gutman deu uma risadinha. Seu riso parecia não conter outra coisa que não contentamento.

– Bem, senhor – disse ele –, em todo caso, aqui estamos, promovendo agora a nossa pequena reunião, se era isso o que o senhor desejava.

– Era o que eu desejava. Quando vai estar em condições de me fazer o primeiro pagamento e tirar o falcão das minhas mãos?

Brigid O'Shaughnessy aprumou-se no sofá e olhou para Spade com olhos azuis, espantados. Disfarçadamente, ele deu uma palmadinha no ombro dela. Os olhos de Spade estavam fixos nos de Gutman. Os olhos de Gutman piscaram alegres entre trincheiras de papos gordurosos. Ele disse:

– Bem, senhor, quanto a isso – e pôs a mão dentro do paletó, na altura do peito.

Cairo, com as mãos sobre as coxas, inclinou-se para a frente na sua cadeira, respirando através dos lábios moles e entreabertos. Seus olhos escuros tinham o brilho superficial do verniz de laca. Com toda a prudência, eles mudavam de foco, passando do rosto de Spade para o de Gutman, e do de Gutman para o de Spade.

Gutman repetiu:

– Bem, senhor, quanto a isso – e tirou do bolso um envelope branco. Dez olhos, os do rapaz agora apenas parcialmente toldados pelas pestanas, miraram o envelope. Depois de virar o envelope para cima em suas mãos balofas, Gutman examinou por um momento a parte da frente, em branco, e em seguida o verso, com a aba apenas enfiada para dentro e não colada. Gutman ergueu a cabeça, sorriu com ar cordial e atirou o envelope rodando no ar até o colo de Spade.

O envelope, embora não fosse volumoso, era pesado o bastante para voar de verdade. Chocou-se contra a parte inferior do peito de Spade e tombou sobre as suas coxas. Ele o apanhou com todo o cuidado e abriu-o com todo o cuidado, usando as duas mãos, depois de retirar a mão esquerda dos ombros da moça. O conteúdo do envelope eram notas de mil dólares, lisas, durinhas e novas. Spade retirou as notas e contou-as. Havia dez cédulas. Spade ergueu o rosto e sorriu. Disse em tom suave:

– Nós havíamos falado em mais dinheiro do que isto.

– Sim, senhor, havíamos falado – concordou Gutman. – Mas havíamos falado em outra ocasião. Isso é dinheiro real, moeda autêntica do reino, senhor. Com um dólar desses aí o senhor pode comprar mais do que com dez dólares de conversa. – Um riso silencioso sacudiu suas protuberâncias. Quando essa comoção parou, ele falou com mais seriedade, se bem que não inteiramente a sério: – Agora, há também mais pessoas para levarmos em conta. – Moveu os olhos pestanejantes e a cabeça gorda para indicar Cairo. – E... bem, senhor, em resumo, a situação toda se alterou.

Enquanto Gutman falava, Spade, com toques da mão, havia alinhado as bordas das dez notas em uma pilha e as devolvera ao interior do envelope, enfiando a aba por cima delas. Agora, com os antebraços sobre os joelhos, ele sentou-se curvado para a frente, fez o envelope balançar entre as pernas, preso bem de leve entre a ponta do polegar e do indicador. Sua réplica para o gordo foi displicente:

– Claro. Vocês agora estão juntos, mas quem tem o falcão sou eu.

Joel Cairo falou. Com as mãos feias agarradas aos braços da cadeira, ele se inclinou para a frente e disse, com afetação, na sua voz rarefeita e de timbre agudo:

– Quero crer que não seria necessário recordar, senhor Spade, que embora o senhor possa ter o falcão em suas mãos, nós, sem dúvida alguma, temos o senhor em nossas mãos.

Spade abriu um sorriso forçado.

– Estou tentando não deixar que isso me preocupe – disse ele. Sentou-se ereto, pôs o envelope de lado, sobre o sofá, e dirigiu-se para Gutman: – Vamos voltar a falar do dinheiro mais tarde. Há outra questão que precisa ser resolvida antes. Precisamos encontrar um bode expiatório.

O gordo franziu as sobrancelhas sem entender, mas, antes que ele tivesse chance de falar, Spade já explicava:

– A polícia precisa arranjar uma vítima, alguém a quem possa atribuir os três assassinatos. Nós...

Cairo, com uma voz oscilante e nervosa, interrompeu Spade:

– Dois... só dois assassinatos, senhor Spade. Thursby seguramente matou o seu sócio.

– Muito bem, dois – resmungou Spade. – Que diferença faz? A questão é que precisamos matar a fome da polícia com algum...

Dessa vez, Gutman interveio, sorrindo com ar confiante e falando com uma segurança descontraída:

– Bem, a julgar pelo que vimos e ouvimos do senhor, não creio que tenhamos de nos preocupar a respeito disso. Podemos deixar perfeitamente a seu encargo as manobras com a polícia. O senhor não terá necessidade do auxílio inexperiente de nenhum de nós.

– Se é assim que você pensa – respondeu Spade –, ainda não viu e ouviu o bastante.

– Ora, vamos, senhor Spade. Não pode esperar que a esta altura acreditemos que o senhor tenha o mais ínfimo temor da polícia, ou que não seja plenamente capaz de lidar...

Spade bufou pela garganta e pelo nariz. Inclinou-se para a frente, apoiando de novo os antebraços sobre os joelhos e interrompeu Gutman com irritação:

– Não tenho um pingo de medo dessa turma e sei como lidar com eles. É o que estou tentando dizer para você. O modo de lidar com essa gente é lançar uma vítima nas mãos deles, alguém em quem possam descarregar a culpa pelos assassinatos.

– Bem, senhor, admito que esse seja um modo de resolver a situação, mas...

– Mas, uma ova! – exclamou Spade. – Esse é o único modo. – Seus olhos estavam inflamados e sérios, abaixo da testa que se avermelhava. A ferida na têmpora estava da cor de um fígado. – Sei do que estou falando. Já me saí bem de situações desse tipo antes e espero me sair bem de novo, agora. Já tive de mandar para o inferno todo mundo da Suprema Corte, e não sofri nada por isso. Não sofri nada porque nunca me permiti esquecer que ia chegar o dia do ajuste de contas. Nunca esqueci que quando o dia do ajuste de contas chegasse eu ia querer ter tudo bem esclarecido para entrar na central de polícia empurrando uma vítima na minha frente, e dizendo: "Aqui está ele, seus panacas, o seu criminoso!". Se eu estiver em condições de fazer isso, poderei pôr o polegar na ponta do nariz e abanar os dedos para todas as leis do país. Na primeira vez em que eu não puder fazer isso, meu nome será Lama. Ainda não houve uma primeira vez. E não vai ser agora, também. Nem em sonho.

Os olhos de Gutman piscaram e sua brandura tornou-se dúbia, mas conservava seus demais traços no rosto polpudo, rosado, sorridente e tolerante, e não havia sinal de inquietação em sua voz. Ele disse:

– É um método que conta muito a seu favor, senhor... por Deus, isto é verdade! E se porventura ele tivesse qualquer coisa de viável eu seria o primeiro a dizer: "Siga em frente por esse caminho, senhor". Ocorre, porém, que se trata de uma situação em que isso não é possível. São coisas que acontecem com os melhores métodos. Uma vez ou outra, torna-se necessário abrir uma exceção, e um homem sensato encara os fatos e age de acordo. Pois bem, senhor, é exatamente o que acontece neste caso, e não me incomodo em dizer-lhe que creio que o senhor está sendo muito bem pago para abrir uma exceção. Sem dúvida, o senhor terá de enfrentar, assim, um pouco mais de dificuldades do que se tivesse uma vítima para entregar à polícia, mas... – ele riu e abriu as mãos espalmadas – o senhor não é um homem que tenha receio de um pouco mais de dificuldades. O senhor sabe como resolver as coisas e sabe que, no fim, sairá são e salvo, não importa o que aconteça. – Contraiu os lábios e entrefechou um dos olhos. – O senhor saberá como lidar com esta situação.

Os olhos de Spade haviam perdido a cordialidade. Seu rosto estava impassível e encrespado.

– Sei do que estou falando – disse ele em um tom grave, ostensivamente paciente. – Esta é a minha cidade e este é o meu ramo de trabalho. Sem dúvida, eu saberia sair são e salvo desta vez, mas da próxima vez que tentasse bancar o sabido eles barrariam o meu caminho com tanta força que eu teria de engolir os meus dentes. Para o inferno com toda esta conversa mole. Para vocês, seus malandros, tanto faz estar em Nova York, em Constantinopla ou em qualquer outro lugar. Eu ganho minha vida aqui.

– Mas é claro – começou Gutman. – O senhor pode...

– Não posso – interrompeu Spade, com firmeza. – Não vou. Estou falando sério. – Pôs as costas eretas. Um sorriso simpático iluminou seu rosto e apagou seu encrespamento e frieza. Falou depressa, em um tom agradável e persuasivo: – Escute-me, Gutman. Estou lhe dizendo o que é o melhor para todos nós. Se não dermos à polícia um bode expiatório, há dez chances contra uma de que eles, mais cedo ou mais tarde, tropecem com alguma informação sobre o falcão. E aí você terá de ficar escondido para mantê-lo a salvo, em qualquer lugar onde estiver, e isso não vai ajudá-lo nem um pouco a ganhar uma fortuna com o falcão. Dê-lhes um bode expiatório e eles vão parar de fuçar essa história.

– Bem, senhor, pois essa é exatamente a questão – replicou Gutman, e em seus olhos a inquietação era apenas ligeiramente perceptível. – Será que eles vão parar mesmo? Ou o bode expiatório representará uma pista nova que, muito provavelmente, deve conduzi-los para informações acerca do falcão? E, por outro lado, o senhor não diria que eles, neste exato momento, já estão parados e que o melhor para nós seria deixar as coisas neste pé?

Uma veia bifurcada começou a inchar na testa de Spade.

– Deus do céu! Você não entende nada do que está acontecendo – disse ele em um tom contido. – Eles não estão dormindo, Gutman. Estão de tocaia, esperando. Tente meter isso na sua cabeça. Eu estou enrolado até o pescoço nessa história toda e eles sabem disso. Tudo ficará bem, contanto que eu aja direito quando a hora chegar. Mas nada ficará bem se eu não fizer isso. – Sua voz tornou-se persuasiva, novamente. – Escute bem, Gutman, temos necessariamente de dar a eles uma vítima. Não há outro jeito, senão esse. Vamos dar a eles o pirralho. – Alegremente, acenou com a cabeça na direção do rapaz, parado na soleira da porta. – Foi ele mesmo quem atirou nos dois, Thursby e Jacobi, não foi? De todo modo, ele foi feito sob medida para esse papel. Vamos salpicar em cima dele as provas necessárias e entregá-lo de bandeja para a polícia.

O rapaz na soleira endureceu os cantos da boca no que poderia ser um minúsculo sorriso. A sugestão de Spade pareceu não produzir no jovem nenhum outro efeito. O rosto moreno de Joel Cairo estava amarelado, de olhos arregalados, boquiaberto e perplexo. Respirava através da boca e seu peito redondo e efeminado subia e baixava enquanto fitava Spade com pasmo. Brigid O'Shaughnessy havia se afastado de Spade e dera meia-volta, sentada no sofá, para encarar o detetive. Havia um vestígio de riso histérico por trás da perplexidade atônita em seu rosto.

Gutman continuou parado e impassível por um longo intervalo. Em seguida, resolveu rir. Riu com desenvoltura e demoradamente, só parando quando seus olhos brandos tomaram a alegria emprestada do seu riso. Quando parou de rir, falou:

– Por Deus, o senhor é mesmo um personagem inacreditável, não há dúvida! – Pegou no bolso um lenço branco e enxugou os olhos. – E mesmo, nunca se consegue adivinhar o que o senhor vai dizer, a única coisa segura é que sempre será algo espantoso.

– Não há nada de engraçado nisso. – Spade não pareceu ofendido pela risada do gordo, tampouco afetado por ela. Expressou-se à maneira de um homem que argumenta com algum amigo teimoso, mas nem de longe desarrazoado. – É a melhor cartada que temos. Com o pirralho nas mãos da polícia, eles iriam...

– Mas, meu caro senhor – objetou Gutman –, será que não percebe? Se eu, ainda que só por um momento, pudesse pensar em fazer isso... Mas é ridículo. Com relação a Wilmer, eu me sinto exatamente como se fosse meu filho. Isto é a verdade. Porém se eu, ainda que só por um momento, pudesse pensar em fazer o que o senhor sugere, o que no mundo o senhor imagina que impediria Wilmer de contar à polícia todos os detalhes a respeito do falcão e de todos nós?

Spade sorriu com os lábios rijos:

– Se fôssemos obrigados – respondeu ele, com voz suave –, poderíamos cuidar para que ele morresse ao resistir à prisão. Mas não precisamos ir tão longe assim. Vamos deixar que ele fale o que bem entender. Prometo que ninguém fará nada a respeito do assunto. Isso é bastante fácil de se arranjar.

A carne rosada na testa de Gutman rastejou até franzir as sobrancelhas. Ele baixou a cabeça, amassando as papadas umas sobre as outras por cima do colarinho, e perguntou:

– Como?

Então, com uma brusquidão que pôs todas as suas protuberâncias balofas a tremer e sacolejar umas contra as outras, ele ergueu a cabeça, torceu o corpo para voltar-se para o rapaz e gargalhou com estrondo.

– O que você acha disso, Wilmer? Muito gozado, não é?

Por debaixo das pestanas, os olhos do rapaz eram faíscas frias e castanhas. Respondeu com uma voz grave e nítida:

– Sim, é gozado... Esse filho da mãe.

Spade se dirigiu a Brigid O'Shaughnessy:

– Como se sente agora, meu anjo? Um pouco melhor?

– Sim, muito melhor, só que... – ela baixou o tom de voz até que as duas últimas palavras só fossem inteligíveis a trinta centímetros de distância – ...estou assustada.

– Não tenha medo – ele disse com displicência, pondo a mão sobre o joelho da moça, recoberto por uma meia cinzenta. – Nada de muito ruim vai acontecer. Quer uma bebida?

– Agora não, obrigada. – Sua voz decresceu novamente. – Tenha cuidado, Sam.

Spade sorriu e olhou para Gutman, que olhava para ele. O gordo sorriu com simpatia, sem falar nada por um momento, e depois perguntou:

– Como?

Spade se fez de bobo:

– Como o quê?

O gordo julgou necessário dar mais uma gargalhada e também uma explicação:

– Bem, senhor, se de fato está falando sério, a respeito dessa sua sugestão, o mínimo que podemos fazer, segundo as regras triviais da boa educação, é ouvi-lo. Portanto, de que modo o senhor vai arranjar as coisas para que Wilmer – ele se deteve, novamente, para rir – não esteja em condições de nos prejudicar?

Spade balançou a cabeça.

– Não – disse ele. – Não estou interessado em tirar proveito da boa educação de ninguém, por mais trivial que seja. Esqueça.

O gordo enrugou para cima suas protuberâncias faciais.

– Ora, vamos, vamos – protestou ele. – O senhor me deixa em uma posição francamente desconfortável. Eu não deveria ter rido, e peço desculpas, com toda a humildade e franqueza. Não quis dar a impressão de estar ridicularizando coisa alguma que o senhor tenha proposto, senhor Spade, a despeito da profundidade da minha discordância consigo, pois o senhor deve saber que tenho o maior respeito e admiração pela sua astúcia. Agora, com toda a franqueza, não vejo como essa sua sugestão possa ser posta em prática, mesmo se deixarmos de lado o fato de que eu não poderia ter, com relação a Wilmer, sentimentos diferentes dos que tenho se ele fosse da minha carne e do meu sangue, mas verei como um favor pessoal e também como um sinal de que aceitou minhas desculpas se for em frente e traçar um esboço do restante da sua sugestão.

– É muito justo – respondeu Spade. – Bryan é como a maioria dos promotores públicos. Está mais interessado em saber como vai ficar o seu relatório final do que em qualquer outra coisa. Prefere pôr de lado um caso duvidoso a arriscar a sorte e ver o caso voltar-se contra ele. Que eu saiba, Bryan nunca enquadrou deliberadamente alguém que ele julgasse inocente, mas também não consigo imaginar que Bryan se dê ao luxo de acreditar que alguém é inocente se ele puder adaptar ou torcer provas que incriminem o suspeito. Para ter certeza de que vai condenar uma pessoa, ele é capaz de deixar livres uma dúzia de outras, igualmente culpadas, caso a tentativa de condená-las todas no tribunal possa confundir o seu caso inicial.

"Esta é a alternativa que daremos ao Bryan e ele vai engolir bonitinho. Ele não vai nem querer saber do tal falcão. Vai ficar feliz da vida por se convencer de que tudo o que o pirralho lhe contar não passa de um monte de conversa fiada, uma tentativa de embaralhar as coisas. Deixe isso por minha conta. Posso mostrar ao Bryan que, se ele sair por aí tentando pôr as mãos em todo mundo que estiver envolvido, vai acabar tendo de apresentar um caso tão embolado que nenhum júri será capaz de compreender, ao passo que se ele se fixar no pirralho vai conseguir uma condenação líquida e certa."

Gutman meneou a cabeça para o lado em um gesto vagaroso e sorridente de desaprovação benévola.

– Não, senhor – disse ele. – Receio que isso não vá funcionar, e não vai funcionar de maneira alguma. Não vejo de que modo mesmo esse seu promotor público possa ligar Thursby, Jacobi e Wilmer sem ter de...

– Você não conhece os promotores públicos – retrucou Spade. – O caso do Thursby é fácil. Era um pistoleiro, assim como o seu pirralho. Bryan já tem uma teoria sobre isso. Aí, não vai haver encrenca nenhuma. Meu Deus! Eles só podem enforcar o pirralho uma vez. Por que processá-lo pelo assassinato de Jacobi depois que ele tiver sido condenado pelo assassinato de Thursby? Eles vão simplesmente encerrar o caso atribuindo o crime a ele e deixarão a coisa ficar por isso mesmo. Se, o que é bastante provável, ele usou a mesma arma nos dois crimes, as balas vão ser iguais. Todo mundo vai ficar satisfeito.

– Sim, mas... – Gutman começou, e parou para olhar para o rapaz.

O rapaz adiantou-se; vindo da porta, caminhava com as pernas duras, separadas uma da outra, até se pôr entre Gutman e Cairo, quase no centro do assoalho. Deteve-se aí, ligeiramente inclinado para a frente, a partir da cintura, os ombros erguidos na direção da fronte. A pistola na mão ainda pendia ao lado do corpo, mas os nós dos dedos estavam brancos sobre o cabo da arma. A outra mão formava um punho cerrado, pequeno e rijo, que pendia do outro lado do corpo. A juventude indelével da face conferia uma feição indescritivelmente perversa – e desumana – ao ódio incandescente e à malignidade gélida do seu rosto. Ele falou para Spade, em uma voz contraída pela raiva:

– Seu sacana, fique de pé e saque o seu revólver!

Spade sorriu para o rapaz. Seu sorriso não era largo, mas o contentamento que havia nele parecia genuíno e sincero. O rapaz falou:

– Seu sacana, fique de pé e atire de uma vez, se você tem colhões dentro dessas calças. Já aguentei muito desaforo de você e agora vou à forra.

O contentamento no sorriso de Spade se acentuou. Olhou para Gutman e disse:

– O Novo Oeste Bravio. – Sua voz combinava com o sorriso. – Talvez seja bom você dizer a ele que me balear antes de ter nas mãos o falcão seria péssimo para os negócios.

A tentativa que Gutman fez de sorrir não obteve sucesso, mas ele conservou, no rosto coberto de pintas, a careta resultante desse esforço. Lambeu os lábios secos com a língua seca. Sua voz soou demasiado rouca e arranhada para o tom de advertência paternal que tentou compor:

– Ora, ora, Wilmer – disse ele –, não podemos agir assim. Você não deve dar tanta importância a essas coisas. Você...

O rapaz, sem tirar os olhos de Spade, retrucou com voz sufocada, através do canto da boca:

– Então faça esse cara me deixar em paz. Vou fuzilar esse cara se ele continuar desse jeito, e não há nada que possa me impedir de fazer isso.

– Ora, Wilmer – disse Gutman, voltando-se para Spade. Seu rosto e sua voz agora estavam sob controle. – O seu plano, senhor, conforme eu já disse desde o início, não é absolutamente viável. Não vamos mais tocar nesse assunto.

Spade olhou ora para um, ora para o outro. Havia parado de sorrir. Seu rosto estava totalmente inexpressivo.

– Eu falo o que quiser – disse-lhes Spade.

– Claro que sim – respondeu Gutman, depressa –, e essa é uma das coisas que sempre admirei no senhor. Mas esta questão, conforme eu disse, não é viável, portanto não há a menor utilidade em continuar a debater o assunto, como o senhor pode ver por si mesmo.

– Não posso ver nada disso por mim mesmo – retrucou Spade – e você não me fez ver coisa nenhuma, nem acredito que você seja capaz de fazer isso. – Franziu as sobrancelhas para Gutman. – Vamos ao que interessa. Será que estou jogando meu tempo fora conversando com você? Pensei que você desse as cartas por aqui. Será que eu devia conversar com o pirralho? Sei como fazer isso.

– Não, senhor – respondeu Gutman. – O senhor age de forma correta ao tratar a questão comigo.

Spade disse:

– Muito bem. Pois eu tenho uma outra sugestão. Não é tão boa quanto a primeira, mas é melhor do que nada. Quer ouvir?

– Com a mais absoluta certeza.

– Entregue o Cairo a eles.

Cairo rapidamente apanhou o revólver na mesa a seu lado. Segurou-o firme sobre o colo com as duas mãos. O cano ficou apontado para o chão, um pouco voltado para a ponta do sofá. Seu rosto se tornara novamente amarelado. Os olhos negros dardejavam sua atenção ora para um rosto, ora para o outro. A opacidade dos olhos lhes dava uma aparência chapada, bidimensional.

Gutman, com o aspecto de quem não conseguia acreditar no que tinha ouvido, perguntou:

– Fazer o quê?

– Entregar o Cairo para a polícia.

Gutman pareceu à beira de gargalhar, mas não riu. Por fim, exclamou:

– Ora, por Deus, senhor! – em um tom inseguro.

– Não é tão bom quanto lhes dar o pirralho – disse Spade. – Cairo não é um pistoleiro e usa uma arma menor do que aquela que alvejou Thursby e Jacobi. Vamos ter de enfrentar dificuldades maiores para incriminá-lo, mas assim mesmo é melhor do que não entregar ninguém para a polícia.

Cairo gritou com uma voz esganiçada pela indignação:

– E se entregarmos o senhor para a polícia, senhor Spade, ou a senhorita O'Shaughnessy? Que tal essa ideia, se o senhor está tão determinado a entregar alguém?

Spade sorriu para o levantino e lhe respondeu sem se abalar:

– O que vocês querem é o falcão. Eu tenho o falcão. Um bode expiatório é uma parte do preço que estou pedindo. Quanto à senhorita O'Shaughnessy... – seu olhar impassível observou de relance o rosto pálido e perplexo da moça, depois voltou para Cairo, e seus ombros levantaram e baixaram uma fração de polegada –, se vocês acham que ela serve para o papel, estou perfeitamente disposto a discutir o assunto.

A moça pôs as mãos na garganta, emitiu um grito curto e sufocado e afastou-se dele mais ainda.

Cairo, com o rosto e o corpo se retorcendo de agitação, exclamou:

– O senhor parece esquecer que não está em condições de exigir coisa alguma.

Spade riu, um bufo cortante e sarcástico.

Gutman falou, em uma voz que tentava tornar insinuante a sua severidade:

– Ora, ora, cavalheiros, vamos manter nosso debate em termos amistosos; porém sem dúvida existe – ele se dirigiu a Spade – alguma razão no que o senhor Cairo disse. O senhor deve levar em conta que...

– Diabos, não devo coisa nenhuma. – Spade disparou as palavras com um tipo de displicência brutal, que lhes deu mais peso do que elas poderiam obter por meio de ênfase dramática ou do mero volume do som. – Se você me matar, como é que vai conseguir pôr as mãos no pássaro? Se eu sei que você não pode se dar ao luxo de me matar antes de estar de posse do falcão, como é que vai conseguir me intimidar para que eu lhe entregue o falcão à força?

Gutman meneou a cabeça para a esquerda e ponderou essas perguntas. Seus olhos piscaram entre as pálpebras pregueadas. Por fim, deu-lhe sua resposta afável:

– Bem, senhor, existem outros meios de persuasão além de matar e ameaçar matar.

– Claro – concordou Spade –, mas eles não adiantam grande coisa se por trás de tudo não estiver a ameaça de morte para manter a vítima sob o seu poder. Entende o que digo? Se você tentar qualquer coisa que não me agrade, não vou colaborar. Vou criar uma situação em que você vai ter de desistir ou então vai ter de me matar, ciente de que não pode se dar ao luxo de me matar.

– Entendo o que quer dizer. – Gutman deu uma risadinha. – É uma atitude, senhor, que requer a mais ponderada reflexão de ambas as partes porque, conforme o senhor sabe, os homens, no calor da hora, costumam esquecer onde os seus verdadeiros interesses se encontram e permitem que as emoções os afastem do caminho justo.

Spade também sorriu com brandura.

– Da minha parte – disse ele –, o truque consiste em tornar a minha cartada tão poderosa que você fique sob pressão, mas não a ponto de deixar você louco o suficiente para me liquidar, a despeito de todas as suas ponderadas reflexões.

Gutman disse, com simpatia:

– Por Deus, o senhor é mesmo inacreditável!

Joel Cairo, de um salto, ergueu-se da sua cadeira e passou por trás do rapaz e da cadeira de Gutman. Debruçou-se sobre o espaldar da cadeira de Gutman e, protegendo sua boca e a orelha do gordo com a mão livre, em concha, cochichou. Gutman escutou com atenção, de olhos fechados.

Spade sorriu para Brigid O'Shaughnessy. Os lábios da moça sorriram debilmente em resposta, mas não houve nenhuma alteração nos olhos dela; não perderam sua expressão de torpor. Spade voltou-se para o rapaz:

– Dois contra um como eles estão armando o laço para você, garoto.

O rapaz não falou nada. Um tremor em seus joelhos começou a sacudir suas calças.

Spade voltou-se para Gutman:

– Espero que você não esteja se deixando influenciar pelas armas que esses dois bandoleiros em edição de bolso estão brandindo nas mãos.

Gutman abriu os olhos. Cairo parou de cochichar e se pôs empertigado atrás da cadeira do gordo.

Spade falou:

– Tenho prática suficiente para tirar as armas dos dois, portanto isso não nos trará nenhum problema. O pirralho é...

Em uma voz horrivelmente sufocada pela emoção, o rapaz gritou:

– Muito bem! – E, de um golpe, levantou a pistola à frente do peito.

Gutman lançou sua mão gorda na direção do pulso do rapaz, segurou o pulso e puxou tanto o pulso quanto a arma para baixo, enquanto seu corpo gordo se erguia às pressas da cadeira de balanço. Joel Cairo precipitou-se em redor do rapaz, pelo outro lado, e segurou o outro braço. Os dois lutaram contra o rapaz, forçaram-no a baixar os braços e mantiveram seus braços seguros enquanto ele se debatia inutilmente contra ambos. Palavras escapavam do grupo em combate: fragmentos da fala incoerente do rapaz – "certo... vai... sacana... fumaça" – e de Gutman – "ora, ora, Wilmer!", repetidas muitas vezes – e de Cairo – "não, por favor, não faça" e "não faça isso, Wilmer".

De rosto impassível e olhar sonhador, Spade levantou-se do sofá e aproximou-se do grupo. O rapaz, incapaz de fazer face ao peso que se lançava contra ele, havia parado de lutar. Cairo, ainda segurando o braço do rapaz, ficou parado quase na frente dele, falando-lhe com voz apaziguadora. Spade empurrou Cairo delicadamente para o lado e disparou o punho esquerdo contra o queixo do rapaz. A cabeça do jovem dobrou para trás o mais que pôde, enquanto seus braços continuavam seguros, e depois voltou a se erguer. Gutman começou a falar, em desespero:

– Mas como... o quê...?

Spade disparou o punho direito contra o queixo do rapaz.

Cairo soltou o braço do jovem, deixando-o desabar contra a esférica e volumosa barriga de Gutman. Cairo saltou sobre Spade, agarrando seu rosto entre os dedos curvos e rijos das duas mãos. Spade soltou um bufo e empurrou o levantino para longe. Cairo saltou de novo sobre ele. Havia lágrimas nos olhos de Cairo e seus lábios vermelhos se moviam irados, formavam palavras, mas nenhum som saía através deles.

Spade riu, rosnou:

– Meu Deus, você é mesmo incrível!

E golpeou o lado do rosto de Cairo com a mão aberta, fazendo-o tombar de encontro à mesa. Cairo recuperou o equilíbrio e saltou sobre Spade pela terceira vez. Spade o deteve com as duas palmas das mãos abertas à frente dos braços esticados e duros, contra o rosto de Cairo. Sem conseguir alcançar a cara de Spade com seus braços curtos, Cairo espancou os braços do detetive.

– Pare com isso – urrou Spade. – Vou machucar você.

Cairo gritou:

– Ah, seu grande covarde! – E recuou.

Spade abaixou-se para pegar do chão a pistola de Cairo e depois a pistola do rapaz. Aprumou-se com as duas armas na mão esquerda, balançando-as viradas para baixo, seguras pelo dedo enfiado no protetor do gatilho.

Gutman tinha posto o rapaz na cadeira de balanço e estava parado, olhando para ele com uma expressão desnorteada no rosto coberto de pregas indecisas. Cairo se pôs de joelhos ao lado da cadeira e começou a esfregar uma das mãos molengas do rapaz.

Spade apalpou com os dedos o queixo do jovem.

– Nada fraturado – disse ele. – Vamos deitá-lo no sofá.

– Passou o braço direito por baixo do braço do rapaz e em volta das suas costas, pôs o braço esquerdo por baixo do joelho do rapaz, levantou-o sem nenhum esforço aparente e carregou-o até o sofá.

Brigid O'Shaughnessy ergueu-se depressa e Spade estendeu o rapaz ali. Com a mão direita, Spade apalpou as roupas do rapaz, encontrou a segunda pistola, juntou-a às outras na sua mão esquerda e voltou as costas para o sofá. Cairo já estava sentado ao lado da cabeça do rapaz.

Spade fez as pistolas tilintarem umas contra as outras na sua mão e sorriu satisfeito para Gutman.

– Bem – disse ele –, aí está o nosso bode expiatório.

O rosto de Gutman estava cinzento e seus olhos, anuviados. Não olhava para Spade. Olhava para o chão sem falar nada.

Spade disse:

– Não banque o idiota outra vez. Você deixou Cairo cochichar no seu ouvido e segurou o rapaz enquanto eu o esmurrava. Não pode soltar mais uma das suas gargalhadas para esse fato e, se por acaso tentar, tem muita chance de levar um tiro.

Gutman moveu o pé sobre o tapete e não falou nada.

Spade disse:

– E o outro lado da questão é que ou você diz sim logo de uma vez ou então eu vou entregar à polícia o falcão e todos vocês juntos, seus miseráveis.

Gutman ergueu a cabeça e sussurrou entre os dentes:

– Não gosto nada disso, senhor.

– Pois não é mesmo para gostar – disse Spade. – E então?

O gordo suspirou, torceu a cara e respondeu com tristeza:

– Pode ficar com ele.

Spade disse:

– Ótimo.

19. O TOQUE DO RUSSO

O rapaz estava estirado de costas no sofá, uma figura pequena que – exceto pela respiração – em tudo se parecia com um cadáver. Joel Cairo estava sentado ao lado do rapaz, curvado sobre ele, esfregando suas faces e seus pulsos, alisando seu cabelo para trás da testa, sussurrando para ele e observando com aflição o seu rosto pálido e inerte.

Brigid O'Shaughnessy estava de pé em um canto formado pela mesa e pela parede. Uma de suas mãos estava espalmada sobre a mesa, a outra, sobre o peito. Ela apertava o lábio inferior entre os dentes e olhava furtivamente para Spade quando ele não estava olhando para ela. Quando Spade olhava para Brigid, ela voltava os olhos para Cairo e para o rapaz.

O rosto de Gutman perdera sua expressão perturbada e novamente estava rosado. Havia posto as mãos nos bolsos da calça. Estava de pé, olhava para Spade, observava-o sem curiosidade.

Spade, abanando com displicência as pistolas que enchiam sua mão, acenou com a cabeça para as costas redondas de Cairo e perguntou para Gutman:

– Ele vai concordar?

– Não sei – respondeu o gordo, serenamente. – Essa parte terá de ficar estritamente a seu encargo, senhor.

O sorriso de Spade deixou mais saliente seu queixo em forma de V. Ele disse:

– Cairo.

O levantino girou o rosto moreno e aflito sobre o ombro. Spade disse:

– Deixe-o descansar um pouco. Vamos entregá-lo para a polícia. Precisamos definir os detalhes antes que ele acorde.

Cairo perguntou, com amargura:

– Não acha que já lhe fez mal bastante sem entregá-lo à polícia?

– Não – disse Spade.

Cairo saiu do sofá e aproximou-se do gordo.

– Por favor, não faça isso, senhor Gutman – implorou ele. – O senhor precisa compreender que...

Spade interrompeu-o:

– Já está resolvido. A questão é: o que você vai fazer a respeito? Vai entrar no nosso barco? Ou vai ficar de fora?

Embora o sorriso de Gutman fosse um pouco triste e até melancólico, ao seu modo, ele fez um gesto afirmativo com a cabeça.

– Eu também não gosto disso – disse Gutman para o levantino –, mas agora não podemos mais evitar que seja assim. Realmente não podemos.

– O que vai fazer, Cairo? – indagou Spade. – Está dentro ou está fora?

Cairo enxugou os lábios e lentamente voltou o rosto para Spade.

– Suponha que... – disse ele, e engoliu em seco. – Será que tenho...? Posso optar?

– Pode – assegurou-lhe Spade, com seriedade. – Mas é bom saber que, se a resposta for *estou fora,* nós vamos entregar você para a polícia junto com o seu namoradinho.

– Ora, por favor, senhor Spade – protestou Gutman. – Isso não é...

– Que o diabo me carregue se a gente deixar esse pilantra cair fora – retrucou Spade. – Ou ele está dentro ou está dentro, e pronto. Não podemos deixar um monte de pontas soltas penduradas pelo caminho. – Olhou para Gutman de cara feia e vociferou, exasperado: – Deus do céu! Será que essa é a primeira coisa que vocês vão roubar na vida? Que belo bando de carneirinhos! O que é que vão fazer depois disso? Ajoelhar e rezar? – Voltou seu cenho franzido para Cairo. – E então? O que escolhe?

– O senhor não me dá escolha. – Os ombros estreitos de Cairo moveram-se em um meneio de impotência. – Estou dentro.

– Ótimo – disse Spade, e olhou para Gutman e para Brigid O'Shaughnessy. – Sentem-se.

A moça sentou-se cautelosamente na ponta do sofá, junto aos pés do rapaz inconsciente. Gutman voltou à cadeira de balanço estofada. Spade pôs sobre a mesa as pistolas que enchiam sua mão e sentou-se no canto da mesa, ao lado das armas. Olhou para o relógio de pulso e disse:

– Duas horas. Não posso apanhar o falcão senão depois que amanhecer, ou talvez só depois das oito horas. Temos tempo de sobra para organizar tudo.

Gutman pigarreou.

– Onde está ele? – perguntou, e depois acrescentou, afobado: – Na verdade, isso não me importa, senhor. O que eu tinha em mente era que seria melhor para todos os interessados que não perdêssemos de vista uns aos outros, até que nosso negócio esteja fechado. – Olhou para o sofá e olhou de novo para Spade, de modo penetrante. – O senhor está com o envelope?

Spade balançou a cabeça, olhando para o sofá e depois para a moça. Sorriu com os olhos e disse:

– A senhorita O'Shaughnessy está com ele.

– Sim, está comigo – sussurrou ela, pondo a mão dentro do casaco. – Eu o apanhei...

– Está tudo bem – Spade lhe disse. – Fique com ele. – Dirigiu-se para Gutman: – Não teremos de perder de vista uns aos outros. Posso cuidar para que o falcão seja entregue aqui.

– Isso será excelente – ronronou Gutman. – Portanto, senhor, em troca de dez mil dólares e de Wilmer, o senhor nos dará o falcão e uma ou duas horas de clemência, de modo que não estaremos mais na cidade quando o senhor entregar Wilmer às autoridades.

– Vocês não precisam se esconder – disse Spade. – Vai ser tudo muito tranquilo.

– Talvez, senhor, no entanto nos sentiremos mais seguros longe da cidade, quando Wilmer for interrogado pelo seu promotor público.

– Como preferirem – respondeu Spade. – Posso mantê-lo aqui o dia inteiro, se quiserem. – Começou a enrolar um cigarro. – Vamos definir bem os detalhes. Por que ele baleou Thursby? E por que, onde e como baleou Jacobi?

Gutman sorriu com tolerância, balançou a cabeça e ronronou:

– Ora, vamos, senhor. Não pode esperar isso de nós. Entregamos ao senhor o dinheiro e Wilmer. Essa foi a nossa parte do trato.

– Pois eu espero isso de você, sim – retrucou Spade. Ergueu o isqueiro até o cigarro. – Um bode expiatório foi o que pedi, e Wilmer não será um bode expiatório se não estiver tudo bem armado para ele levar a culpa. Pois bem, e para isso tenho de saber de tudo, e em todos os detalhes. – Cerrou as sobrancelhas. – Por que toda essa choradeira? Você não vai ficar nem um pouco seguro se o pirralho puder sair daqui com uma boa desculpa nas mãos.

Gutman inclinou-se para a frente e acenou um dedo gordo na direção das pistolas sobre a mesa, ao lado das pernas de Spade.

– Há fartas provas da culpa de Wilmer, senhor. Os dois homens foram alvejados por essas armas. É uma questão muito simples, para os peritos da polícia, comprovar que as balas que mataram os dois homens foram disparadas por essas armas. O senhor sabe disso; o senhor mesmo já o mencionou. E isso, quer me parecer, constitui uma prova mais do que suficiente da culpa de Wilmer.

– Talvez – concordou Spade. – Porém a coisa é mais complicada do que isso, e tenho de saber o que aconteceu, de modo a poder garantir que as partes da história que não se encaixam fiquem bem explicadas.

Os olhos de Cairo estavam arregalados e inflamados.

– Pelo visto o senhor se esqueceu de que nos garantiu que tudo isso seria uma questão muito simples de resolver – disse Cairo. Voltou para Gutman o rosto moreno e alvoroçado. – O senhor está vendo? Eu o preveni de que não deveria fazer isso. Não creio que...

– Não faz a mínima diferença o que vocês dois pensem ou não pensem – disse Spade, bruscamente. – Agora é tarde demais para isso e vocês já foram muito fundo nessa história. Por que ele matou Thursby?

Gutman entrecruzou os dedos por cima da barriga e balançou a cadeira. Sua voz, como seu sorriso, era sinceramente pesarosa.

– O senhor é uma pessoa extraordinariamente difícil de se lidar – disse ele. – Começo a crer que cometemos um erro ao não deixá-lo de lado desde o início. Por Deus, é isso o que penso, senhor!

Spade moveu a mão com displicência.

– Você não se saiu tão mal assim. Vai ficar fora da cadeia e vai ficar com o falcão. O que mais quer? – Pôs o cigarro no canto da boca e disse, em volta do cigarro: – De todo modo, agora você sabe em que terreno está pisando. Por que ele matou Thursby?

Gutman parou de se balançar.

– Thursby era um assassino famigerado e um aliado da senhorita O'Shaughnessy. Sabíamos que, ao retirá-lo do nosso caminho desse modo, obrigaríamos a senhorita a parar e refletir que talvez fosse melhor para ela, afinal, acertar suas diferenças conosco, além de deixá-la sem a companhia de um protetor tão violento. Veja bem, senhor, não estou me portando com toda a sinceridade?

– Sim. Continue desse jeito. Você não imaginou que ele talvez estivesse de posse do falcão?

Gutman balançou a cabeça de modo que as bochechas rotundas oscilaram.

– Nem por um minuto pensamos nisso – respondeu ele. Sorriu com benevolência. – Tínhamos a vantagem de conhecer bem demais a senhorita O'Shaughnessy para crer nisso e, embora não soubéssemos então que ela havia entregado o falcão ao capitão Jacobi em Hong Kong para ser transportado no navio *Paloma,* enquanto ela e Thursby viajavam em uma embarcação mais veloz, nem por um minuto pensamos que, se algum deles sabia onde estava o falcão, esse alguém haveria de ser Thursby.

Spade fez um gesto afirmativo com a cabeça, com ar pensativo, e perguntou:

– Você não tentou fazer um acordo com ele antes de mandá-lo para o inferno?

– Tentamos, sim, é claro. Conversei eu mesmo com ele, naquela noite. Wilmer o havia localizado dois dias antes e andara tentando segui-lo para ver onde se encontrava com a senhorita O'Shaughnessy, mas Thursby era ardiloso demais para permitir isso, embora não soubesse que era seguido. Portanto, naquela noite, Wilmer foi para o hotel de Thursby, soube que ele não estava lá e esperou-o do lado de fora. Suponho que Thursby voltou logo depois de matar o sócio do senhor. Seja como for, Wilmer o trouxe para falar comigo. Não conseguimos nada com ele. Foi de uma lealdade muito inflexível com a senhorita O'Shaughnessy. Pois bem, senhor, Wilmer seguiu-o de volta até o hotel e fez o que fez.

Spade refletiu por um momento.

– Isso parece razoável. E agora, Jacobi.

Gutman olhou para Spade com expressão soturna e disse:

– A culpa pela morte do capitão Jacobi cabe inteiramente à senhorita O'Shaughnessy.

A moça arquejou:

– Ah! – E pôs a mão sobre a boca.

A voz de Spade soou pesada e monocórdia:

– Deixe isso de lado, por ora. Conte o que aconteceu.

Após um olhar astuto para Spade, Gutman sorriu.

– Como quiser, senhor – disse ele. – Pois bem, Cairo, como o senhor sabe, entrou em contato comigo, ou melhor, eu mandei chamá-lo, depois que saiu da delegacia naquela noite, ou manhã, e ele veio até aqui. Reconhecemos a vantagem mútua que haveria em unir nossas forças. – Dirigiu seu sorriso para o levantino. – O senhor Cairo é um homem de bom discernimento. O *Paloma* foi ideia dele. Viu no jornal, naquela manhã, a notícia da chegada do navio e lembrou-se de ter ouvido falar em Hong Kong que a senhorita O'Shaughnessy e o capitão Jacobi haviam se encontrado. Isso aconteceu enquanto tentava localizá-la em Hong Kong, e no início ele pensou que ela havia embarcado no *Paloma,* mas depois soube que não. Pois bem, senhor, quando Cairo viu no jornal a notícia sobre a chegada do navio, adivinhou o que acontecera: ela entregara o pássaro para Jacobi a fim de trazê-lo aqui para ela. Jacobi não sabia o que era o objeto, está claro. A senhorita O'Shaughnessy é sensata demais para isso.

Ele sorriu para a moça, balançou a cadeira duas vezes e prosseguiu:

– O senhor Cairo, Wilmer e eu fomos visitar o capitão Jacobi e tivemos a felicidade de chegar enquanto a senhorita O'Shaughnessy estava lá. Foi, de várias formas, uma reunião difícil, mas, por fim, à meia-noite, convencemos a senhorita O'Shaughnessy a fazer um acordo conosco, ou pelo menos assim pensamos. Saímos do navio e seguimos para o meu hotel onde eu deveria pagar à senhorita O'Shaughnessy e, em troca, receber o pássaro. Pois bem, senhor, nós, homens comuns, deveríamos ter calculado que não podíamos enfrentá-la de igual para igual. *En route,* ela, o capitão Jacobi e o falcão escapuliram inteiramente entre os nossos dedos. – Gutman riu com prazer. – Por Deus, senhor, foi tudo muito bem executado.

Spade olhou para a moça. Os olhos dela, grandes e escuros de súplica, encontraram os olhos do detetive. Ele perguntou a Gutman:

– Vocês incendiaram o navio depois que saíram?

– Não de propósito, não, senhor – respondeu o gordo –, embora eu me atreva a dizer que nós, ou Wilmer, pelo menos, fomos responsáveis pelo incêndio. Ele andou por todo lado tentando localizar o falcão enquanto nós todos conversávamos na cabine do capitão, e sem dúvida Wilmer foi descuidado com os fósforos.

– Isso é ótimo – disse Spade. – Se alguma falha nos obrigar a acusá-lo pelo assassinato de Jacobi, poderemos também jogar em cima dele uma acusação por incêndio culposo. Tudo bem. Agora, vamos aos tiros.

– Bem, senhor, corremos a cidade inteira, o dia todo, na tentativa de encontrá-los, e os encontramos no fim dessa tarde. A princípio, não tínhamos certeza de que havíamos encontrado. Tudo o que sabíamos com certeza era que havíamos localizado o apartamento da senhorita O'Shaughnessy. Mas, quando escutamos através da porta, percebemos que os dois estavam lá dentro e assim ficamos bem confiantes de que os havíamos apanhado e tocamos a campainha. Quando ela perguntou quem era e nós lhe respondemos, através da porta fechada, ouvimos uma janela ser aberta.

"Sabíamos o que isso significava, é claro; portanto Wilmer correu para o térreo o mais depressa que pôde e deu a volta para os fundos do prédio a fim de bloquear a saída de incêndio. Quando ele entrou correndo no beco, deu de cara com o capitão Jacobi, que vinha fugindo afobado com o falcão debaixo do braço. Era uma situação difícil de se enfrentar, mas Wilmer fez rigorosamente o melhor que podia. Atirou em Jacobi, mais de uma vez, porém Jacobi era forte demais, tanto para cair quanto para largar o falcão, e estava demasiado perto de Wilmer para que o jovem pudesse se manter fora do alcance do capitão. Jacobi derrubou Wilmer com um soco e correu. Tudo isso em plena luz do dia, o senhor veja bem, à tarde. Quando Wilmer se ergueu, pôde ver um policial que vinha do quarteirão seguinte. Portanto teve de desistir. Esquivou-se através da porta dos fundos do prédio vizinho ao Coronet, seguiu até a rua do outro lado e depois veio se unir a nós, e teve muita sorte, senhor, de fazer tudo isso sem ser visto.

"Bem, senhor, lá estávamos nós, empacados outra vez. A senhorita O'Shaughnessy abrira a porta para o senhor Cairo e para mim depois de ter fechado a janela às costas de Jacobi, e ela..."

Gutman se deteve para sorrir ante essa recordação.

– Nós a persuadimos, e esta é a palavra, senhor, a nos contar que ela havia pedido a Jacobi para entregar o falcão ao senhor. Parecia muito improvável que ele sobrevivesse para conseguir fazê-lo, ainda que a polícia não o capturasse, mas era a única chance que tínhamos, senhor. E assim, mais uma vez, persuadimos a senhorita O'Shaughnessy a nos prestar uma pequena ajuda. Nós... bem... a persuadimos a telefonar para o seu escritório na tentativa de afastá-lo do caminho antes que Jacobi chegasse lá e mandamos Wilmer no encalço dele. Infelizmente levamos tempo demais para decidir e para persuadir a senhorita O'Shaughnessy a...

O rapaz no sofá gemeu e virou para o lado. Seus olhos abriram e fecharam diversas vezes. A moça levantou-se e se pôs de novo no canto formado pela mesa e pela parede.

– ...a cooperar conosco – concluiu Gutman, afobado. – E assim o senhor tinha nas mãos o falcão antes que conseguíssemos alcançar o senhor.

O rapaz pôs um pé sobre o chão, ergueu-se apoiado no cotovelo, abriu bem os olhos, baixou o outro pé, sentou-se e olhou em redor. Quando os olhos focalizaram Spade, perderam o ar desconcertado.

Cairo levantou da cadeira de braços e aproximou-se do rapaz. Pôs o braço nos ombros de Wilmer e começou a falar alguma coisa. O rapaz rapidamente ficou de pé, desvencilhando-se do braço de Cairo. Correu o olhar pelo aposento à sua volta e em seguida fixou os olhos de novo em Spade. Seu rosto tinha as feições endurecidas e ele mantinha o corpo tão tenso que parecia ter sido esticado e encolhido.

Spade, sentado na quina da mesa, balançando as pernas no ar com displicência, disse:

– Agora, preste atenção, garoto. Se você vier para cima de mim e começar com valentia, vou meter o pé na sua cara. Sente e cale a boca, comporte-se direito e você vai viver mais tempo.

O rapaz olhou para Gutman.

Gutman sorriu com benevolência e disse:

– Bem, Wilmer, lamento muito ter de perder você e quero que saiba que eu não poderia ter mais afeição por você, ainda que fosse meu filho; mas... bem, por Deus!... Quando se perde um filho, pode-se arranjar outro, ao passo que só existe um falcão maltês.

Spade riu.

Cairo aproximou-se e segredou algo no ouvido do rapaz. Wilmer, mantendo os olhos castanhos e frios cravados no rosto de Gutman, sentou-se de novo no sofá. Cairo sentou-se a seu lado.

O suspiro de Gutman não afetou em nada a benevolência do seu sorriso. Disse para Spade:

– Quando a gente é jovem, simplesmente não consegue entender as coisas.

Cairo tinha, de novo, o braço em torno dos ombros do rapaz e sussurrava algo para ele. Spade sorriu para Gutman e falou, dirigindo-se para Brigid O'Shaughnessy:

– Acho que seria muito bom se você desse um pulo até a cozinha e tentasse arranjar alguma coisa para a gente comer, além de bastante café. Pode fazer isso? Não me agrada ter de deixar meus convidados sozinhos.

– Claro – disse ela, e seguiu na direção da porta.

Gutman parou de se balançar na cadeira.

– Um momento, minha cara. – Ergueu a mão balofa. – Não seria melhor deixar o envelope aqui? Você não deseja que ele fique com manchas de gordura.

Os olhos da moça indagaram Spade. Ele respondeu em um tom de voz indiferente:

– O envelope ainda é dele.

Brigid enfiou a mão no casaco, retirou o envelope e o entregou para Spade. O detetive jogou-o sobre o colo de Gutman, dizendo:

– Sente em cima dele, se está com medo de perder o dinheiro.

– O senhor entendeu mal – replicou Gutman, com brandura. – Não se trata disso, em absoluto, mas questões de negócios têm de ser tratadas de modo profissional. – Abriu a aba do envelope, retirou as notas de mil dólares, contou-as e soltou uma risada, de modo que sua barriga pulou. – Por exemplo, aqui só há nove notas, agora. – E as dispôs sobre os joelhos e as coxas gordas. – Havia dez quando o entreguei ao senhor, conforme o senhor mesmo verificou. – Seu sorriso era largo, cordial e exultante.

Spade olhou para Brigid O'Shaughnessy e perguntou:

– E então?

Ela balançou a cabeça para os lados, com ênfase. Não falou nada, mas seus lábios se moveram ligeiramente, como se tivesse tentado dizer algo. Seu rosto estava assustado.

Spade estendeu a mão para Gutman e o gordo pôs o dinheiro sobre ela. Spade contou o dinheiro – nove notas de mil dólares – e devolveu-o para Gutman. Em seguida, Spade levantou-se; tinha o rosto compenetrado e sereno. Apanhou as três pistolas sobre a mesa. Falou com voz perfeitamente natural.

– Quero saber o que houve. Nós – ele acenou com a cabeça para a moça, mas sem olhar para ela – vamos agora para o banheiro. A porta vai ficar aberta e eu vou ficar virado para a porta. A menos que vocês queiram despencar de três andares de altura, não há outra saída, senão passando diante da porta do banheiro. Não tentem fazer isso.

– Francamente, senhor – protestou Gutman –, isso não é necessário e, sem dúvida, não é nem um pouco educado da sua parte nos tratar dessa maneira. O senhor deve compreender que não temos a menor intenção de sair daqui.

– Eu vou compreender muito mais quando tiver resolvido essa questão. – Spade mostrava-se paciente mas determinado. – Essa pequena trapaça perturbou as coisas. Tenho de descobrir a resposta. Não vou demorar. – Tocou no ombro da moça. – Vamos.

No banheiro, Brigid O'Shaughnessy reencontrou as palavras. Pôs as mãos espalmadas sobre o peito de Spade, aproximou seu rosto do rosto do detetive e cochichou:

– Não peguei a nota, Sam.

– Não creio que você tenha apanhado a nota – disse ele. – Mas eu tenho de saber. Tire a roupa.

– Não vai acreditar na minha palavra?

– Não. Tire a roupa.

– Não vou tirar.

– Muito bem. Vamos voltar para a outra sala e vou mandar que eles tirem a sua roupa.

Ela recuou com a mão sobre a boca. Tinha os olhos arregalados e cheios de pavor.

– Você faria isso? – perguntou ela com movimento dos dedos.

– Vou fazer, sim – respondeu Spade. – Tenho de saber o que aconteceu com aquela nota, e nenhum pudor virginal vai me impedir de fazer o que tem de ser feito.

– Ah, mas não se trata disso. – Ela se aproximou de Spade e, de novo, pôs as mãos sobre o peito do detetive. – Não tenho vergonha de ficar nua diante de você, mas... será que não percebe?... não desse modo. Será que você não percebe que, se fizer isso, vai estar... vai estar matando alguma coisa?

Ele não ergueu a voz.

– Não sei do que você está falando. Tenho de saber o que aconteceu com aquela nota. Tire a roupa.

Brigid fitou os olhos amarelo-cinzentos de Spade, que não piscavam, e o rosto dela ficou rosado e depois branco de novo. Brigid empertigou-se e começou a se despir. Spade sentou-se na beirada da banheira, de olho na moça e na porta aberta. Da sala, não vinha nenhum ruído. Ela tirou a roupa com rapidez, sem se embaraçar, deixou cair as peças no chão ao redor dos seus pés. Quando ficou nua, recuou um passo de onde estavam as suas roupas e parou, olhando para ele. Em sua atitude, havia orgulho, sem nenhum sinal de revolta nem de constrangimento.

Spade pôs as pistolas sobre o tampo da privada e, de frente para a porta aberta, agachou diante da roupa da moça, apoiado em um joelho. Apanhou cada peça e examinou-a tanto com os olhos quanto com os dedos. Não encontrou a nota de mil dólares. Quando terminou, levantou-se e entregou as roupas de volta para as mãos de Brigid.

– Obrigado – disse ele. – Agora já sei.

Brigid tomou dele as roupas. Não falou nada. Spade apanhou as pistolas. Fechou a porta do banheiro às suas costas e foi para a sala.

Gutman, na cadeira de balanço, sorriu para o detetive com cordialidade.

– Achou? – perguntou Gutman.

Cairo, sentado no sofá, ao lado do rapaz, fitou Spade com um olhar opaco e questionador. O rapaz não ergueu os olhos. Estava inclinado para a frente, tinha a cabeça entre as mãos, os cotovelos apoiados nos joelhos e fitava o chão entre os pés.

Spade disse para Gutman:

– Não, não achei a nota. Você a surrupiou.

O gordo deu uma gargalhada.

– Eu surrupiei?

– É – disse Spade, retinindo as pistolas na sua mão. – Vai confessar ou prefere ficar de pé para eu dar uma limpa?

– Dar uma...?

– Vai admitir que pegou a nota ou vou ter de revistar você. Não há outro jeito – disse Spade.

Gutman fitou o rosto duro de Spade e riu às gargalhadas.

– Por Deus, não tenho dúvida de que o senhor faria mesmo isso. Não tenho a menor dúvida. O senhor é um personagem incrível, se me permite dizê-lo.

– Você surrupiou a nota – insistiu Spade.

– Sim, senhor, fiz isso mesmo. – O gordo retirou do bolso do colete uma nota amassada, alisou-a sobre a coxa larga, retirou do bolso do paletó o envelope que continha as nove notas de mil dólares e pôs a nota alisada lá dentro, junto com as demais. – Preciso fazer uma brincadeirinha de vez em quando e fiquei curioso de saber como o senhor agiria em uma situação desse tipo. Devo dizer que o senhor foi aprovado no teste, com louvor. Nunca passou pela minha cabeça que o senhor fosse recorrer a um método tão simples e direto para alcançar a verdade.

Spade olhou para ele com escárnio, mas sem rancor:

– É o tipo de coisa que eu esperaria de alguém da idade do pirralho.

Gutman riu.

Brigid O'Shaughnessy, novamente vestida, exceto pelo casaco e pelo chapéu, saiu do banheiro, deu um passo rumo à sala, virou-se, foi para a cozinha e acendeu a luz.

Cairo chegou mais perto do rapaz, no sofá, e recomeçou a cochichar no seu ouvido. O rapaz meneou os ombros, com irritação.

Spade, olhando para as pistolas que tinha na mão e depois para Gutman, afastou-se para o corredor e para o armário que havia ali. Abriu a porta, pôs as pistolas lá dentro, em cima de um baú, fechou a porta, trancou, enfiou a chave no bolso da calça e foi até a porta da cozinha.

Brigid O'Shaughnessy estava enchendo uma cafeteira.

– Achou tudo? – perguntou Spade.

– Achei – respondeu ela com voz fria, sem levantar a cabeça. Em seguida, pôs a cafeteira de lado e veio até a porta. Enrubesceu, e seus olhos ficaram úmidos, grandes e reprovadores.

– Não devia ter feito isso comigo, Sam – disse ela, com voz mansa.

– Eu tinha de descobrir, meu anjo. – Ele curvou-se, beijou-a de leve na boca e voltou para a sala.

Gutman sorriu para Spade e lhe ofereceu o envelope branco, dizendo:

– Em breve, ele será seu; pode ficar com ele desde já.

Spade não pegou o envelope. Sentou-se na cadeira de braços e disse:

– Há tempo de sobra para isso. Ainda não conversamos o suficiente a respeito da questão do dinheiro. Preciso de mais de dez mil dólares.

Gutman disse:

– Dez mil dólares é um bocado de dinheiro.

– Você está citando minhas palavras – retrucou Spade. – Mas não é todo o dinheiro do mundo.

– Não, senhor, não é. Posso garantir isso. Mas é muito dinheiro para se embolsar em tão poucos dias e com a facilidade com que o senhor o está obtendo.

– Você acha mesmo que foi essa moleza toda? – perguntou Spade, e deu de ombros. – Bem, talvez, mas isso é assunto meu.

– Claro que sim – concordou o gordo. Estreitou os olhos, moveu a cabeça para indicar a cozinha e baixou a voz: – Vai dividir com ela?

– Isso também é assunto meu – respondeu Spade.

– Claro que sim – concordou o gordo, de novo. – Mas... – ele hesitou – eu gostaria de lhe dar um conselho.

– Vá em frente.

– Se o senhor não... Eu me atrevo a dizer que o senhor, de um modo ou de outro, dará a ela algum dinheiro, mas, se o senhor não lhe der aquilo que ela julga ter o direito de receber, meu conselho é: tenha muito cuidado.

Os olhos de Spade adquiriram um brilho sarcástico. Perguntou:

– É má?

– Má – replicou o gordo.

Spade sorriu e começou a enrolar um cigarro.

Cairo, ainda cochichando no ouvido do rapaz, pusera o braço de novo em torno dos ombros de Wilmer.

De repente, o rapaz empurrou o braço de Cairo para o lado e virou-se no sofá para ficar de frente para o levantino. No rosto de Wilmer havia mágoa e raiva. Cerrou o punho da pequena mão esquerda e golpeou com ele a boca de Cairo. Este gritou como uma mulher teria gritado e recuou para a ponta do sofá. Pegou no bolso um lenço de seda e cobriu a boca. Logo o pano se manchou de sangue. Pôs o lenço na boca de novo e olhou para o rapaz com ar de censura. Wilmer rosnou:

– Fique longe de mim – e pôs o rosto entre as mãos outra vez. O lenço de Cairo exalava a fragrância de *chypre* pela sala.

O grito de Cairo trouxera Brigid até a porta. Spade, sorrindo, abanou o polegar na direção do sofá e disse para ela:

– Percalços do amor autêntico. E a comida, como vai?

– Já vou levar – disse ela, e voltou para a cozinha.

Spade acendeu o cigarro e dirigiu-se a Gutman:

– Vamos falar de dinheiro.

– Perfeitamente, senhor, terei toda a boa vontade do mundo – respondeu o gordo. – Mas devo lhe dizer também, com absoluta franqueza, e sem mais demora, que dez mil é rigorosamente o máximo que posso obter.

Spade exalou fumaça.

– Eu preciso de vinte.

– Quem me dera poder pagar tudo isso. Eu entregaria essa soma ao senhor com toda a satisfação se a possuísse, mas dez mil é absolutamente tudo o que posso obter, dou minha palavra de honra. É claro, o senhor compreende que é apenas o primeiro pagamento. Mais tarde...

Spade riu.

– Sei que mais tarde você vai me dar milhões – disse ele. – Mas por ora vamos nos fixar neste primeiro pagamento. Quinze mil?

Gutman sorriu, franziu as sobrancelhas e balançou a cabeça.

– Senhor Spade, eu já lhe disse com franqueza e com toda a sinceridade, já lhe dei minha palavra de honra, como um cavalheiro, que dez mil dólares é todo o dinheiro de que disponho, até o último centavo, e é tudo o que posso obter.

– Mas você não disse categoricamente.

Gutman riu e disse:

– Categoricamente.

Com ar de desânimo, Spade falou:

– Isso não é nada bom mas, se é mesmo o melhor que você pode conseguir... me dê o dinheiro.

Gutman entregou-lhe o envelope. Spade contou as notas e as estava pondo no bolso quando Brigid O'Shaughnessy entrou portando uma bandeja.

O rapaz não quis comer. Cairo bebeu uma xícara de café. A moça, Gutman e Spade comeram ovos mexidos, toucinho, torradas e marmelada, que ela havia preparado, e beberam duas xícaras de café cada um. Em seguida, se dispuseram a esperar que o resto da noite passasse.

Gutman fumava um charuto e lia Os *crimes célebres da América,* e de vez em quando ria ou comentava trechos do livro que o divertiam. Cairo cuidava da boca e se mantinha amuado na ponta do sofá. O rapaz ficou sentado com a cabeça apoiada nas mãos até um pouco depois das quatro horas. Depois, deitou-se com os pés virados para Cairo, voltou o rosto para a janela e dormiu. Brigid O'Shaughnessy, na cadeira de braços, cochilava de vez em quando, ouvia os comentários do gordo e, a longos intervalos, travava com Spade conversas desencontradas.

Spade enrolava cigarros, fumava e, sem se inquietar e sem nenhum nervosismo, movia-se em redor da sala. Às vezes, sentava-se num braço da cadeira onde estava a moça, ou no canto da mesa, ou no chão aos pés de Brigid, ou em uma cadeira sem braços. Estava bem desperto, alegre e cheio de energia.

Às cinco e meia, ele foi à cozinha e fez mais café. Meia hora depois, o rapaz se agitou, despertou e sentou--se com um bocejo. Gutman olhou o relógio de pulso e indagou a Spade:

– Pode pegá-lo agora?

– Espere mais uma hora.

Gutman fez um gesto afirmativo com a cabeça e voltou ao seu livro.

Às sete horas, Spade foi até o telefone e ligou para Effie Perine.

– Alô, senhora Perine?... Aqui fala o senhor Spade. Posso falar com a Effie, por favor... Sim, é... Obrigado. – Ele assobiou duas frases melódicas de *En Cuba,* bem de leve. – Alô, meu anjo. Desculpe por acordar você... Sim, muito. O esquema é o seguinte: na nossa caixa postal em nome de Holland, na agência do correio, você vai encontrar um envelope subscritado com a minha letra. Dentro dele, há um recibo do guarda-volumes da estação de Pickwick, para aquele embrulho que recebemos ontem. Você faria a gentileza de pegar o embrulho e trazer aqui para mim, imediatamente?... Sim, estou em casa... Essa minha menina é demais... Rapidinho. Até logo.

Dez para as oito, a campainha tocou. Spade foi até o interfone e apertou o botão que destravava a fechadura. Gutman baixou seu livro e ergueu-se, sorrindo.

– O senhor não se incomoda se eu for até a porta com o senhor? – perguntou ele.

– Tudo bem – respondeu Spade.

Gutman seguiu-o até a porta. Spade abriu-a. Rapidamente, Effie Perine veio do elevador, trazendo o embrulho de papel pardo. Seu rosto juvenil estava alegre e radiante e ela se adiantou ligeiro, quase a trote. Após um olhar de relance, a moça não olhou mais para Gutman. Effie sorriu para Spade e lhe entregou o embrulho.

Ele o segurou e disse:

– Muito obrigado, minha cara senhora. Lamento estragar o seu dia de repouso, mas isto...

– Não é o meu primeiro dia de repouso que você estraga – retrucou ela, rindo, e depois, quando ficou claro que Spade não iria convidá-la para entrar, perguntou: – Mais alguma coisa?

Spade balançou a cabeça.

– Não, obrigado.

– Até logo – disse ela, e voltou para o elevador,

Spade fechou a porta e trouxe o embrulho para a sala. O rosto de Gutman estava vermelho e suas bochechas tremiam. Cairo e Brigid O'Shaughnessy aproximaram-se quando Spade pôs o embrulho sobre a mesa. Estavam agitados. O rapaz levantou-se, pálido e tenso, mas permaneceu no sofá, observando os outros por baixo das pestanas recurvadas.

Spade recuou, afastando-se da mesa, e disse:

– Pronto, aí está.

Os dedos gordos de Gutman desembaraçaram-se rapidamente do barbante, do papel e das aparas de madeira, e tomou nas mãos o pássaro preto.

– Ah – exclamou ele, com voz rouca. – Enfim, após dezessete anos! – Seus olhos estavam úmidos.

Cairo lambia os lábios vermelhos e apertava as mãos uma na outra. O lábio inferior da moça estava comprimido entre os dentes. Ela e Cairo, assim como Gutman, e também Spade e Wilmer, respiravam ofegantes.

O ar na sala estava gélido e viciado, além de espesso por causa da fumaça do tabaco.

Gutman assentou o pássaro sobre a mesa novamente e remexeu a mão no fundo do bolso.

– É ele – disse o gordo. – Mas precisamos ter certeza. – O suor rebrilhava em suas faces rotundas. Os dedos se retorciam enquanto ele retirava do bolso um canivete dourado e o abria.

Cairo e a moça mantinham-se parados perto dele, um de cada lado. Spade estava um pouco atrás, onde podia vigiar o rapaz, bem como o grupo junto à mesa.

Gutman virou o pássaro de cabeça para baixo e raspou a borda da base com o canivete. O esmalte preto se desprendeu em cachinhos retorcidos, deixando à mostra, por baixo, o metal enegrecido. A lâmina do canivete de Gutman feriu o metal, empurrou para trás uma fina lasca anelada. A face interna da lasca e a estreita faixa plana deixada à mostra pelo talho tinham o brilho suave e cinzento do chumbo.

A respiração de Gutman chiava entre os dentes. Seu rosto inchou com o afluxo de sangue quente. Virou o pássaro ao contrário e lascou sua cabeça. Ali também a ponta do canivete pôs a nu o chumbo. Gutman deixou o canivete e o pássaro caírem com estrondo sobre a mesa, de onde ele girou o corpo para encarar Spade.

– É uma falsificação – disse Gutman, com voz enrouquecida.

O rosto de Spade ficou sombrio. Fez um lento gesto afirmativo com a cabeça, mas não houve a menor lentidão na sua mão quando agarrou o pulso de Brigid O'Shaughnessy. Spade puxou-a para junto de si e segurou firme o queixo da moça entre os dedos da outra mão, erguendo seu rosto com rudeza:

– Muito bem – rugiu ele, na cara de Brigid. – Você já fez a sua brincadeirinha. Agora, trate de explicar tudo isso.

Ela gritou:

– Não, Sam, não! É este o falcão que tomei de Kemidov. Eu juro...

Joel Cairo lançou-se entre Gutman e Spade e começou a emitir palavras em uma torrente esganiçada e repleta de perdigotos:

– É isso! É isso! Foi o russo! Eu devia ter adivinhado! Nós o tomamos por um bobo e foi ele que nos fez, a todos, de bobos! – Lágrimas correram pelas faces do levantino e seu corpo sacudia-se para cima e para baixo. – Você estragou tudo! – gritou ele para Gutman. – Você e a sua tentativa estúpida de adquirir o pássaro dele! Seu gordo imbecil! Você permitiu que ele percebesse que se tratava de um objeto valioso, ele descobriu o quanto era valioso e fez uma réplica para nós! Não admira que tenha sido tão fácil para nós roubar o falcão! Não admira que ele estivesse tão desejoso de me enviar pelo mundo afora à procura do falcão! Seu imbecil! Seu idiota balofo! – Cairo pôs as mãos no rosto e afundou em soluços.

O queixo de Gutman caiu. Ele piscou os olhos vazios. Em seguida, sacudiu-se e – quando suas protuberâncias pararam de sacolejar – já era de novo um gordo cordial.

– Ora, vamos, senhor – disse ele, de bom humor –, não há a menor necessidade de continuarmos agindo desse modo. Todos cometemos erros uma vez ou outra, e o senhor pode ter certeza de que foi um golpe tão duro para mim quanto para qualquer outro. Sim, isso tem o toque do russo, não há a menor dúvida. Bem, senhor, o que sugere? Devemos ficar aqui, nos desfazermos em lágrimas e xingarmos uns aos outros? Ou devemos... –

fez uma pausa e seu sorriso era o de um querubim – ir para Constantinopla?

Cairo afastou as mãos do rosto e seus olhos se arregalaram. Balbuciou:

– O senhor está...? – A surpresa que acompanhou o pleno entendimento o deixou sem fala.

Gutman bateu as mãos gordas uma na outra. Seus olhos piscaram. Sua voz era um ronronar gutural e satisfeito:

– Durante dezessete anos eu desejei essa pequena peça e venho tentando obtê-la. Se for preciso gastar mais um ano nessa busca, bem, senhor, será uma despesa de tempo adicional de apenas... – seus lábios moveram-se em silêncio enquanto ele calculava – cinco e quinze dezessete avos por cento.

O levantino soltou uma risadinha e gritou:

– Irei com o senhor!

Spade, de repente, soltou o pulso da moça e olhou em redor da sala. Wilmer não estava lá. Spade foi até o corredor. A porta estava aberta. Spade fez um muxoxo de descontentamento, fechou a porta e voltou para a sala. Recostou-se no batente da porta e olhou para Gutman e para Cairo. Fitou Gutman por um longo tempo, com irritação. Depois falou, arremedando o ronronar gutural do gordo:

– Bem, senhores, devo dizer que vocês são um bando de larápios de péssima categoria!

Gutman riu.

– Temos bem pouco do que nos orgulhar, e isso é um fato incontestável, senhor – disse ele. – Mas, ora, nenhum de nós está morto por enquanto, e não adianta absolutamente nada pensar que o mundo acabou só porque sofremos um pequeno revés. – Ergueu a mão esquerda que estava nas suas costas e estendeu-a para

Spade, com a palma rosada, lustrosa e montanhosa voltada para cima. – Terei de lhe pedir o envelope de volta, senhor.

Spade não se mexeu. Seu rosto estava impassível. Ele disse:

– Cumpri a minha parte. Você conseguiu a sua tralha. É sua, e não minha, a má sorte de não se tratar daquilo que você esperava.

– Ora, vamos, senhor – disse Gutman, em tom persuasivo. – Todos fracassamos e não há motivo para esperar que algum de nós tenha de pagar o pato sozinho, e... – Retirou a mão direita das suas costas. Havia nela uma pistola pequena, um artefato com entalhes e marchetados ornamentais, feitos de ouro, prata e madrepérola. – Em suma, senhor, tenho de pedir que me devolva os meus dez mil dólares.

O rosto de Spade não se alterou. Deu de ombros e tirou o envelope do bolso. Começou a estendê-lo na direção de Gutman, hesitou, abriu o envelope e tirou uma nota de mil dólares. Pôs essa nota no bolso da calça. Enfiou a aba do envelope para dentro, por cima das outras notas, e devolveu-o para Gutman.

– Isso vai pagar o meu tempo e as minhas despesas – disse ele.

Gutman, após uma breve pausa, imitou o meneio de ombros de Spade e aceitou o envelope de volta. Falou:

– Agora, senhor, nós vamos nos despedir, a menos – os papos gordurosos em redor dos olhos ondularam – que o senhor aceite empreender a nosso lado a expedição até Constantinopla. Não aceita? Bem, senhor, com toda a franqueza, eu gostaria de ter o senhor em minha companhia. É um homem que me agrada, um homem de muitos talentos e de discernimento aguçado. Como sabemos que é um homem de discernimento aguçado, sabemos que podemos nos despedir perfeitamente seguros de que o senhor vai manter em segredo os detalhes de nossa pequena empreitada. Sabemos que podemos confiar no senhor, no que concerne a ter em mente o fato de que, do modo como a situação se apresenta agora, qualquer problema legal que sobrevier para nós com relação a esses últimos dias atingiriam, igualmente e na mesma medida, tanto o senhor quanto a adorável senhorita O'Shaughnessy. O senhor é demasiado sagaz para não se dar conta disso, não tenho a menor dúvida.

– Percebo, sim – respondeu Spade.

– Eu tinha certeza, senhor. Também tenho certeza de que agora o senhor não tem alternativa senão lidar com a polícia sem um bode expiatório à sua disposição.

– Posso me arranjar sem isso – respondeu Spade.

– Eu tinha certeza de que o senhor poderia. Bem, senhor, as despedidas mais breves são as melhores. Adeus. – Fez uma reverência solene, curvando a cabeça. – E para você, senhorita O'Shaughnessy, adeus. Deixo com a senhorita a *rara avis* sobre a mesa como uma pequena recordação.

20. Se enforcarem você

Durante cinco minutos inteiros, após a porta se fechar às costas de Casper Gutman e de Joel Cairo, Spade permaneceu imóvel, de olhar cravado na maçaneta da porta aberta da sala. Seus olhos estavam desalentados, abaixo da testa contraída para baixo. As fendas que nasciam nas asas do seu nariz eram profundas e vermelhas. Seus beiços estavam virados para fora e frouxos, num gesto de contrariedade. Retraiu os lábios para dentro, formando um V, e se dirigiu até o telefone. Não havia posto os olhos nem uma vez em Brigid O'Shaughnessy, que se mantinha junto à mesa e olhava preocupada para o detetive.

Ele pegou o telefone, pôs o aparelho de novo na prateleira e curvou-se para olhar o catálogo telefônico que pendia de um canto da estante. Virou as páginas depressa até encontrar o número que desejava, correu o dedo por uma coluna de alto a baixo, aprumou-se e ergueu novamente o telefone da prateleira. Chamou um número e disse:

– Alô, o sargento Polhaus está?... Pode chamá-lo, por favor? Aqui é Samuel Spade... – Ele fitou o vazio, enquanto esperava. – Alô, Tom. Tenho uma coisa para você... Sim, um monte. Aqui está: Thursby e Jacobi foram mortos por um garoto chamado Wilmer Cook. – Descreveu o rapaz minuciosamente. – Ele trabalha para um homem chamado Casper Gutman. – Descreveu Gutman. – Aquele tal de Cairo que você encontrou aqui uma vez está com esses dois... Sim, é isso... Gutman está hospedado no Hotel Alexandria, suíte 12-C, ou estava. Acabaram de sair daqui e vão cair fora da cidade, portanto você tem de andar ligeiro, mas não creio que eles estejam esperando ser presos... Também há uma moça metida na história, a filha de Gutman. – Descreveu Rhea Gutman. – Tome cuidado quando partir para cima do garoto. Dizem que ele é muito hábil com o revólver... Isso mesmo, Tom, e tenho aqui um troço para você, também. Tenho as armas que foram usadas por ele... Está certo. Mãos à obra e boa sorte!

Spade repôs lentamente o fone no gancho e o telefone na prateleira. Enxugou os lábios e olhou para baixo, na direção das mãos. As palmas estavam molhadas. Encheu o peito de ar, até o fundo. Os olhos rebrilharam entre as pálpebras contraídas. Virou-se e deu três passos compridos e rápidos rumo ao interior da sala.

Brigid O'Shaughnessy, atônita com a aproximação repentina de Spade, soltou o ar num riso ligeiro e ofegante.

Spade, face a face com ela, muito perto da moça, alto, de ossos e músculos muito pronunciados, sorriso frio, queixo e olhos duros, disse:

– Eles vão conversar quando forem apanhados... a nosso respeito. Estamos sentados em cima de dinamite e só temos alguns minutos para nos prepararmos para enfrentar a polícia. Conte tudo para mim, e depressa. Gutman mandou você e o Cairo para Constantinopla?

Ela começou a falar, hesitou e mordeu o lábio.

Spade pôs a mão sobre o ombro de Brigid.

– Inferno, vamos, fale! – exclamou ele. – Estou metido nessa história junto com você e agora você não pode ficar de enrolação. Fale. Ele mandou vocês para Constantinopla?

– S-sim, mandou. Eu encontrei Joel lá e... e pedi a ele que me ajudasse. Depois nós...

– Espere. Você pediu ao Cairo que a ajudasse a tirar o falcão de Kemidov?

– Sim.

– Para Gutman?

Ela hesitou de novo, se retorceu sob a mira severa e irada dos olhos de Spade, engoliu em seco e disse:

– Não, naquela hora não. Pensamos em pegar o falcão para nós mesmos.

– Muito bem. E depois?

– Ah, depois comecei a ficar com medo de que Joe não fosse ser leal comigo e aí... pedi a Floyd Thursby que me ajudasse.

– E ele ajudou. E então?

– Então nós apanhamos o falcão e fomos para Hong Kong.

– Com o Cairo? Ou você se livrou dele, antes?

– Sim. Nós o deixamos em Constantinopla, na cadeia... Uma história a respeito de um cheque.

– Uma coisa que vocês armaram para mantê-lo preso lá?

Ela olhou para Spade com expressão envergonhada e sussurrou:

– Foi.

– Muito bem. Agora, você e Thursby estão em Hong Kong com o pássaro.

– Sim, e aí... Eu não o conhecia muito bem, não sabia se podia confiar nele. Pensei que seria mais seguro... Seja como for, conheci o capitão Jacobi e fiquei sabendo que o navio dele viajaria para cá, assim eu lhe pedi que trouxesse um pacote para mim, e esse pacote era o pássaro. Eu não tinha certeza de que podia confiar em Thursby, não sabia se Joe ou... ou se alguém que trabalhava para Gutman também viajaria no mesmo navio em que nós viemos, e assim esse plano pareceu o mais seguro.

– Muito bem. Então você e Thursby apanharam um navio mais veloz. O que houve depois?

– Depois... Depois fiquei com medo de Gutman. Eu sabia que ele conhecia gente... tinha ligações... em toda parte e logo saberia o que havíamos feito. E eu tinha medo de que ele soubesse que havíamos partido de Hong Kong rumo a São Francisco. Ele estava em Nova York e eu sabia que, se ele fosse informado pelo telégrafo, teria tempo de sobra para chegar aqui no momento em que desembarcássemos, ou mesmo antes. Pois foi o que ele fez. Eu não sabia disso, na ocasião, mas tinha medo de que fosse assim, e eu precisava esperar aqui até a chegada do navio do capitão Jacobi. E eu temia que Gutman me encontrasse, ou encontrasse Floyd e o subornasse. Foi por isso que procurei você e pedi que o vigiasse...

– Isso é mentira – disse Spade. – Você tinha o Thursby bem amarrado e sabia perfeitamente disso. Ele era muito otário com mulheres. A ficha dele mostra isso. Os únicos escorregões que sofreu aconteceram por causa de alguma mulher. E uma vez otário, sempre otário. Talvez você não conhecesse os antecedentes dele, mas perceberia logo que o tinha na palma da mão.

Brigid corou e olhou para Spade com timidez.

Ele falou:

– Você queria tirar Thursby do seu caminho antes que Jacobi chegasse com o butim. Qual era o seu esquema?

– Eu... eu sabia que Thursby saíra dos Estados Unidos em companhia de um gerente de jogo, depois de algumas encrencas. Não sabia do que se tratava, mas pensei que se fosse algo sério e ele visse um detetive vigiando seus passos, Thursby imaginaria ser por causa daquela encrenca antiga e ficaria apavorado a ponto de querer sair logo da cidade. Não imaginei...

– Você lhe contou que ele estava sendo seguido – disse Spade, com firmeza. – Miles não era muito hábil, mas também não era desajeitado o bastante para ser notado logo na primeira noite.

– Eu lhe contei, sim. Quando saímos para caminhar naquela noite, fingi ter descoberto o senhor Archer seguindo nossos passos e o denunciei para Floyd. – Ela soltou um soluço. – Mas, por favor, acredite, Sam, eu não faria isso se soubesse que Floyd ia matá-lo. Pensei que ele fosse ficar assustado e sair da cidade. Nem por um minuto pensei que ele fosse dar um tiro nele, sem mais nem menos.

Spade abriu nos lábios um sorriso de fera, mas seus olhos não sorriram nem um pouco. Ele disse:

– Se você pensou que ele não ia atirar em Miles, pensou certo, meu anjo.

O rosto erguido da moça expressou o espanto mais completo.

Spade disse:

– Thursby não atirou nele.

A incredulidade veio se somar ao espanto no rosto da moça.

Spade disse:

– Miles não era muito esperto, mas, que diabos! Tinha anos demais de experiência como detetive para ser apanhado desse jeito pelo homem que estava seguindo. Em um beco sem saída com a sua arma enfiada na cintura e o sobretudo abotoado? Não há a mínima possibilidade. Ele era mesmo burro, mas não tanto assim. As duas únicas saídas do beco podiam ser vigiadas da ponta da rua Bush, acima do túnel. Você nos contou que Thursby era um ator ruim. Ele não conseguiria induzir o Miles a entrar naquele beco desse jeito e não poderia ter conduzido Miles até lá à força. Ele era burro, mas não o bastante para fazer uma coisa dessas.

Spade correu a língua pela parte interna dos lábios e sorriu para a moça com afeição. Disse:

– Mas ele poderia ir lá em cima com você, meu anjo, se tivesse certeza de que não havia ninguém lá. Você era a cliente dele, assim Miles não teria nenhum motivo para deixar de seguir o sujeito, por uma ordem sua, e se você o seduzisse e pedisse para ele ir até lá em cima, ele iria. Miles era burro o bastante para fazer isso. Ele olharia para você da cabeça aos pés, lamberia os beiços e sorriria de uma orelha a outra, e então você poderia ficar tão perto dele quanto quisesse, no escuro, e abrir um buraco através do corpo do Miles com o revólver que havia tomado de Thursby naquela mesma noite.

Brigid O'Shaughnessy encolheu-se, afastando-se dele, até a beirada da mesa detê-la. Olhou para Spade com olhos aterrorizados e gritou:

– Não... Não fale comigo desse jeito, Sam! Você sabe que não fui eu! Você sabe...

– Pare com isso. – Spade olhou para o seu relógio de pulso. – A polícia vai estourar por aqui a qualquer minuto e estamos sentados em cima de dinamite. Fale!

Ela pôs as costas da mão na testa.

– Ah, por que você me acusa de algo tão terrível...?

– Quer parar com isso, por favor? – exigiu ele com voz grave e impaciente. – Não é hora de representar a cena da estudante escandalizada. Escute. Nós dois estamos com os pés no cadafalso. – Ele segurou os pulsos de Brigid e a forçou a ficar de pé diante dele. – Fale!

– Eu... eu... Como você soube que ele... lambeu os lábios e me olhou...?

Spade soltou um riso áspero.

– Eu conhecia Miles muito bem. Mas não ligue para isso. Por que você atirou nele?

Brigid torceu os pulsos para soltar-se dos dedos de Spade, ergueu as mãos e as posicionou em torno da nuca do detetive, pressionou sua cabeça para baixo até a boca de Spade quase encostar na sua. O corpo da moça colou-se ao corpo dele, dos joelhos até o peito. Spade pôs os braços em volta dela, apertando-a com força. As pálpebras de Brigid, de cílios escuros, estavam baixadas até a metade sobre os olhos aveludados. Sua voz soou abafada, palpitante:

– Eu não tinha essa intenção, no início. Não tinha, é verdade. Eu queria fazer o que contei a você, mas quando entendi que Floyd não ia ficar assustado com aquilo, eu...

Spade deu um tapa no ombro da moça. Ele disse:

– Isso é mentira. Você pediu a mim e ao Miles que cuidássemos do assunto nós mesmos. Você quis ter certeza de que a pessoa que ia seguir Thursby era alguém que você conhecia, e que conhecia você, e assim iria junto com você. Você tomou a arma de Thursby naquele mesmo dia, naquela noite. Você já havia alugado o apartamento no Coronet. Já deixara suas malas lá e nenhuma bagagem no hotel, e quando dei uma busca no apartamento descobri um recibo de aluguel datado de seis dias antes do dia em que você me disse ter alugado o apartamento.

Brigid engoliu em seco com dificuldade e sua voz soou humilde.

– Sim, isso é mentira, Sam. Eu queria mesmo fazer aquilo, se Floyd... Eu... Eu... não posso encarar você, Sam, e contar isso. – Ela puxou a cabeça do detetive mais para baixo até a face de Spade tocar na dela, até sua boca estar junto à orelha do detetive, e aí a moça sussurrou: – Eu sabia que Floyd não ia se assustar facilmente, mas pensei que se ele soubesse que alguém o estava seguindo, ou ele... Ah, não sou capaz de falar, Sam! – Ela se agarrou de encontro a Spade, soluçando.

Spade disse:

– Você imaginou que Floyd fosse se atracar com Miles e um dos dois seria morto. Se fosse Thursby, você estaria livre dele. Se fosse Miles, você cuidaria para que Floyd fosse preso e ficaria livre dele. Não é isso?

– M-mais ou menos.

– E quando você compreendeu que Thursby não pretendia se atracar com Miles, você pegou a arma e resolveu a questão sozinha. Certo?

– Sim... só que não foi exatamente assim.

– Mas já é exato o bastante. E você tinha esse plano escondido na manga desde o início. Você pensou que Floyd seria preso pelo assassinato de Miles.

– Eu... Eu pensei que eles fossem deter Thursby pelo menos até que o capitão Jacobi chegasse com o falcão e...

– E você não sabia, nessa altura, que Gutman estava aqui, atrás de você. Você nem desconfiava disso, caso contrário não teria se desvencilhado do seu pistoleiro. Você entendeu que Gutman estava aqui no instante em que soube que Thursby tinha sido baleado. E aí você compreendeu que precisava de um outro protetor, e então voltou a me procurar. Certo?

– Sim, mas... ah, meu querido!... Não foi só isso. Eu teria voltado para você, mais cedo ou mais tarde. Desde o primeiro instante em que o vi, entendi que...

Spade interrompeu com ternura:

– Meu anjo! Bem, se você tiver sorte, poderá sair da penitenciária de San Quentin daqui a vinte anos e aí poderá voltar para mim.

Ela afastou a face do rosto de Spade, recuou a própria cabeça o mais que pôde para encarar o detetive com uma expressão de perplexidade.

O rosto de Spade estava sem cor. Ele disse com ternura:

– Rezo a Deus para que não enforquem você, meu tesouro, e não ponham uma corda em volta desse lindo pescocinho. – Spade ergueu as mãos para acariciar a garganta da moça.

Em um piscar de olhos, Brigid estava livre dos braços dele, de volta para junto da mesa, encolhida, as duas mãos abertas sobre a garganta. Seu rosto tinha um olhar selvagem, desvairado. Sua boca seca abriu e fechou. Falou, com voz miúda e ressequida:

– Você não... – Ela não conseguiu pronunciar mais nenhuma palavra.

O rosto de Spade, agora, estava amarelo-cinzento. Sua boca sorria e havia pregas de um sorriso em torno de seus olhos cintilantes. Sua voz era suave, doce. Ele disse:

– Vou entregá-la à polícia. É provável que você saia da prisão ainda em vida. Isso significa que estará de volta daqui a vinte anos. Você é um anjo. Vou esperá-la. – Ele pigarreou. – Se a enforcarem, vou sempre me lembrar de você.

Brigid deixou cair as mãos e ficou parada, bem ereta. Seu rosto tornou-se liso e sem traços de perturbação, exceto pelos raios muito tênues e dúbios que saíam de seus olhos. Sorriu em resposta para ele, com doçura.

– Não, Sam, não diga isso nem de brincadeira. Ah, você me assustou por um momento! Pensei mesmo que você... Você sabe como às vezes faz essas coisas imprevisíveis e alucinadas... – Ela se interrompeu. Jogou o rosto um pouco para a frente e fitou Spade bem fundo nos olhos. As faces de Brigid e a carne em redor da sua boca estremeceram e o temor voltou aos seus olhos. – O quê...? Sam! – Ela levou a mão à garganta novamente e perdeu sua postura ereta.

Spade riu. Seu rosto amarelo-cinzento estava úmido de suor e, embora conservasse o seu sorriso, não conseguiu manter a brandura na voz. Ele grasnou:

– Não seja tola. Você é que vai pagar o pato. Um de nós terá de fazê-lo, depois que aqueles palhaços tiverem falado com a polícia. Eles não hesitariam um segundo em me enforcar. E provável que você tenha mais sorte. E então?

– Mas... Mas, Sam, você não pode! Não depois do que fomos um para o outro. Você não pode...

– Não posso, uma ova!

Ela inspirou trêmula e longamente.

– Você estava brincando comigo? Apenas fingindo que se preocupava, para poder me apanhar numa armadilha? Você não se importa nem um pouco? Você não... não... me ama?

– Acho que sim – respondeu Spade. – Mas e daí? – Os músculos que sustentavam o seu sorriso salientaram-se como vincos no tecido. – Não sou Thursby. Não sou Jacobi. Não vou bancar o otário para você.

– Isso não é justo – gritou ela. Lágrimas vieram aos seus olhos. – Não é direito. É desprezível da sua parte. Você sabe que não foi assim. Não pode dizer isso.

– Não posso, uma ova! – disse Spade. – Você subiu na minha cama só para que eu parasse de fazer perguntas. Você, ontem, me levou até Gutman com aquele telefonema falso em que pedia socorro. Na noite passada, veio aqui com eles e esperou por mim do lado de fora e depois entrou comigo. Estava pendurada nos meus braços quando a armadilha disparou. Eu não poderia me mover ligeiro para apanhar uma arma, caso eu tivesse trazido uma arma comigo, e também não poderia me atracar com todos eles, se eu quisesse fazer isso. E se eles não a levaram junto, foi só porque Gutman tem demasiado bom senso para confiar em você, a não ser por breves períodos, quando ele precisa, e também porque achou que eu ia bancar o otário e que, como eu não ia desejar fazer mal a você, não poderia fazer mal a ele.

Brigid O'Shaughnessy piscou os olhos para secar as lágrimas. Deu um passo na direção de Spade e parou, fitando-o nos olhos, empertigada e orgulhosa.

– Você me chamou de mentirosa – disse ela. – Agora é você quem está mentindo. Está mentindo se diz que não sabe, no fundo do seu coração, que, apesar de tudo o que fiz, eu amo você.

Spade fez uma reverência curta e abrupta com a cabeça. Seus olhos estavam ficando avermelhados, mas não houve nenhuma outra alteração em seu rosto úmido e amarelado, onde se via um sorriso fixo.

– Talvez sim – disse ele. – Mas e daí? Devo confiar em você? Você, que armou essa ciladinha tão bacana para o meu... predecessor, o Thursby? Você, que liquidou o Miles, um homem contra quem não tinha coisa alguma, e a sangue-frio, do mesmo jeito que se esmaga uma mosca com um tapa, para trair Thursby? Você, que traiu Gutman, Cairo, Thursby... um, dois, três? Você, que nunca agiu honestamente comigo nem por meia hora, desde o instante em que a conheci? Devo confiar em você? Não, não, querida. Eu não faria isso, nem mesmo se pudesse. Por que deveria?

Os olhos de Brigid mantinham-se firmes sob o olhar de Spade, e a voz sufocada da moça soou firme, quando replicou:

– Por que você deveria? Se esteve só brincando comigo, se não me ama, não há resposta para isso. Se agiu assim, não é necessária nenhuma resposta.

O sangue, então, riscou os globos oculares de Spade, e o seu sorriso, sustentado por tanto tempo, converteu-se em uma careta apavorante. Ele pigarreou com um som rouco e disse:

– Fazer discursos não vai adiantar nada, agora. – Pôs a mão sobre o ombro da moça. A mão tremeu e sacudiu. – Não me importa quem ame você ou deixe de amar, só sei que não vou bancar o otário. Não vou seguir os passos do Thursby, ou de Deus sabe quem mais. Você matou Miles e vai ter de pagar por isso. Eu poderia ter ajudado, deixando os outros fugirem e mantendo a polícia afastada o mais que pudesse. Agora, é tarde demais para isso. Não posso ajudar você agora. E nem ajudaria, se pudesse.

Brigid pôs a mão sobre a dele, no seu ombro.

– Então não me ajude – sussurrou ela. – Mas também não me faça mal. Deixe-me ir embora, agora.

– Não – disse ele. – Estou frito se não tiver você na mão para entregar à polícia, quando ela chegar. É a única coisa capaz de impedir que eu afunde junto com os outros.

– Você não faria isso por mim?

– Não vou bancar o otário para você.

– Não fale assim, por favor. – Ela tirou a mão de Spade do seu ombro e levou-a até o seu rosto. – Por que precisa fazer isso comigo, Sam? O senhor Archer certamente não representava tanto assim para você...

– Miles – disse Spade, com voz rouca – era um sacana. Descobri isso logo na primeira semana em que começamos a trabalhar juntos e eu queria dar um pé na bunda dele assim que o ano terminasse. Você não me fez mal nenhum quando matou Miles.

– Mas então, o que é?

Spade puxou sua mão da de Brigid. Ele já não sorria nem fazia careta alguma. Seu rosto amarelo e molhado tinha feições duras e vincos profundos. Seus olhos ardiam desvairadamente. Ele disse:

– Escute bem. Isso não adianta absolutamente nada. Você nunca vai me compreender, mas vou tentar mais uma vez e depois desisto. Escute bem. Quando o sócio de um homem é assassinado, ele tem de tomar alguma providência. Não faz a menor diferença o que ele pensa do seu sócio. Era sócio dele e ele tem de tomar alguma providência. Pois aconteceu que eu e Miles estávamos metidos no ramo dos detetives particulares. Pois bem, quando alguém da nossa organização é assassinado, não é bom negócio deixar o assassino à solta. É ruim para todo mundo, é ruim para a organização toda, é ruim para todos os detetives particulares. Em terceiro lugar, sou detetive, e esperar que eu prenda criminosos e depois os deixe escapar livremente é a mesma coisa que pedir a um cachorro que capture um coelho e depois o deixe fugir. Pode-se agir assim, é verdade, e às vezes acontece, mas não é o caminho natural. O único modo de eu deixar você escapar seria deixar Gutman, Cairo e o rapaz fugirem. Isso é...

– Você não está falando sério – disse ela. – Não espera que eu acredite que essas coisas que está dizendo sejam um motivo suficiente para me mandar para a...

– Espere até eu ter terminado e depois fale à vontade. Em quarto lugar, não importa o que eu quisesse fazer agora, seria completamente impossível para mim deixar você fugir sem que eu fosse arrastado para o cadafalso com os outros. Além disso, não tenho nenhuma razão neste mundo para imaginar que eu possa confiar em você, e se eu fizesse isso e você fugisse livremente, você teria contra mim alguma coisa que poderia usar quando bem entendesse. Já são cinco motivos. O sexto seria o seguinte: como também tenho alguma coisa para usar contra você, eu nunca poderia ter certeza de que você, um belo dia, não resolveria me arrebentar com um tiro. Em sétimo lugar, não gosto nem sequer de pensar na ideia de que exista uma chance em cem de estar sendo feito de otário por você. E em oitavo lugar... mas já chega. E tudo isso de um lado só. Talvez algumas dessas razões não sejam importantes. Não vou discutir o assunto. Mas preste atenção ao número. Agora, do outro lado, o que temos? Tudo o que temos é o fato de que talvez você me ame e talvez eu a ame.

– Você sabe – sussurrou ela – se ama ou não.

– Não sei. É muito fácil ficar doido por você. – Olhou-a esfomeadamente, dos cabelos aos pés, e subiu o olhar de novo até os olhos de Brigid. – Mas não sei o que isso significa. Será que alguém sabe? Mas suponha que eu ame. E daí? Talvez no mês que vem eu não ame mais. Já passei por isso antes, nas vezes em que durou tanto tempo. E depois? Depois, vou pensar assim: banquei o otário. E, se eu fizesse isso e acabasse na cadeia, aí teria certeza de que banquei o otário. Bem, se eu mandar você para a cadeia, vou me lamentar para burro, vou passar algumas noites péssimas, mas tudo isso passa. Escute. – Ele a segurou pelos ombros e curvou-a para trás, debruçando-se sobre a moça. – Se isso não significa nada para você, esqueça o assunto, e vamos pôr as coisas nestes termos: eu não farei isso porque tudo em mim quer que eu faça isso, quer que eu mande para o inferno as consequências e faça isso, e também porque, sua desgraçada, você contou com isso desde o início, contou que eu agiria assim, do mesmo modo como contou que os outros agiriam assim. – Spade retirou as mãos dos ombros de Brigid e deixou-as tombar nos flancos do seu corpo.

Ela ergueu as mãos até as faces do detetive e puxou de novo seu rosto para baixo.

– Olhe para mim – disse ela – e me diga a verdade. Você teria feito isso comigo se o falcão fosse autêntico e tivesse recebido o dinheiro?

– Que diferença isso faz, agora? Não tenha tanta certeza de que sou tão canalha quanto se espera de mim. Esse tipo de reputação pode ser uma grande vantagem, atrai serviços de custo elevado e torna mais fácil lidar com o inimigo.

Ela olhou para Spade sem falar nada.

Ele mexeu os ombros um pouco e disse:

– Bem, um monte de dinheiro teria sido pelo menos um item a mais no outro prato da balança.

Brigid ergueu o rosto até perto do dele. A boca da moça estava ligeiramente aberta com os lábios um pouco virados para fora. Ela sussurrou:

– Se você me amasse, não precisaria ter mais nada no outro prato da balança.

Spade cerrou os dentes e falou através deles:

– Não vou bancar o otário para você.

Ela pôs a boca sobre a boca de Spade lentamente, passou seus braços em volta do corpo dele e foi envolvida pelos braços do detetive. Brigid estava nos braços de Spade quando a campainha da porta tocou.

Spade, com o braço esquerdo em volta de Brigid O'Shaughnessy, abriu a porta. O tenente Dundy, o sargento Tom Polhaus e dois outros detetives estavam ali.

Spade disse:

– Oi, Tom. Pegou todos eles?

– Peguei – respondeu Polhaus.

– Ótimo. Entrem. Aqui está mais uma para vocês. – Spade empurrou a moça para a frente. – Ela matou Miles. E tenho também algumas provas materiais, as armas do rapaz, uma do Cairo, uma estatueta negra que foi o motivo de todo esse inferno, e uma nota de mil dólares com que esperavam me subornar. – Ele olhou para Dundy, cerrou as sobrancelhas, inclinou-se para a frente para fitar cara a cara o rosto do tenente e desatou uma gargalhada. – Mas qual é o problema com esse seu coleguinha, Tom? Ele parece abatido. – Gargalhou de novo. – Por Deus, aposto que quando ele ouviu a história contada por Gutman, pensou que finalmente tinha me apanhado.

– Pare com isso, Sam – resmungou Tom. – A gente não pensou que...

– Não pensou, uma ova – disse Spade, com satisfação. – Ele chegou aqui com a boca salivando, se bem que você tem bom senso bastante para saber que eu havia passado a perna em Gutman.

– Chega desse papo – resmungou Tom, outra vez, olhando meio de lado e constrangido para o seu superior. – De qualquer forma, foi Cairo quem nos contou. Gutman está morto. O garoto tinha acabado de atirar nele quando chegamos lá.

Spade fez um gesto afirmativo com a cabeça:

– Ele devia ter previsto isso.

Effie Perine baixou o jornal e levantou-se de um salto da cadeira de Spade quando ele entrou no escritório, um pouco depois das nove horas da manhã de segunda-feira.

Ele disse:

– Bom dia, meu anjo.

– Isto... que os jornais contam... é a verdade? – perguntou ela.

– É, sim senhora. – Spade jogou o chapéu sobre a escrivaninha e sentou-se. Seu rosto tinha uma cor lívida, mas suas feições estavam vigorosas e alegres, e seus olhos, embora um tanto raiados de vermelho, estavam claros.

Os olhos castanhos da moça estavam singularmente arregalados e havia uma torção estranha na sua boca. Ela se pôs ao lado dele e olhou de cima para Spade.

Ele ergueu a cabeça, sorriu e disse, em tom jocoso:

– É o que dá confiar na sua intuição feminina.

A voz da moça era estranha, assim como a expressão em seu rosto:

– Você fez mesmo isso com ela, Sam?

Ele fez um gesto afirmativo com a cabeça.

– O seu Sam aqui é um detetive. – Olhou com agudeza para a moça. Pôs o braço em torno da cintura dela e a mão no seu quadril. – Ela matou Miles, meu anjo – disse Spade, com voz mansa. – Matou friamente, assim, como se não fosse nada. – Estalou os dedos da outra mão.

Ela escapou de seu braço como se a machucasse.

– Não, por favor, não me toque – disse ela, com voz fraca. – Eu sei... sei que você tem razão. Você tem razão. Mas não me toque agora... agora, não.

O rosto de Spade ficou branco como o seu colarinho.

A maçaneta da porta do escritório chacoalhou. Effie Perine voltou-se depressa e correu para a sala de espera, fechando atrás de si a porta do gabinete de Spade. Quando entrou de novo no gabinete, fechou a porta atrás de si.

Ela disse, com uma vozinha monocórdia:

– Iva está aqui.

Spade, baixando os olhos para a sua escrivaninha, fez um aceno de cabeça quase imperceptível.

– Certo – disse ele, e estremeceu. – Bem, faça-a entrar.

Coleção L&PM POCKET

954.**O lobo do mar** – Jack London
955.**Os gatos** – Patricia Highsmith
956(22).**Jesus** – Christiane Rancé
957.**História da medicina** – William Bynum
958.**O Morro dos Ventos Uivantes** – Emily Brontë
959.**A filosofia na era trágica dos gregos** – Nietzsche
960.**Os treze problemas** – Agatha Christie
961.**A massagista japonesa** – Moacyr Scliar
963.**Humor do miserê** – Nani
964.**Todo o mundo tem dúvida, inclusive você** – Édison de Oliveira
965.**A dama do Bar Nevada** – Sergio Faraco
969.**O psicopata americano** – Bret Easton Ellis
970.**Ensaios de amor** – Alain de Botton
971.**O grande Gatsby** – F. Scott Fitzgerald
972.**Por que não sou cristão** – Bertrand Russell
973.**A Casa Torta** – Agatha Christie
974.**Encontro com a morte** – Agatha Christie
975(23).**Rimbaud** – Jean-Baptiste Baronian
976.**Cartas na rua** – Bukowski
977.**Memória** – Jonathan K. Foster
978.**A abadia de Northanger** – Jane Austen
979.**As pernas de Úrsula** – Claudia Tajes
980.**Retrato inacabado** – Agatha Christie
981.**Solanin (1)** – Inio Asano
982.**Solanin (2)** – Inio Asano
983.**Aventuras de menino** – Mitsuru Adachi
984(16).**Fatos & mitos sobre sua alimentação** – Dr. Fernando Lucchese
985.**Teoria quântica** – John Polkinghorne
986.**O eterno marido** – Fiódor Dostoiévski
987.**Um safado em Dublin** – J. P. Donleavy
988.**Mirinha** – Dalton Trevisan
989.**Akhenaton e Nefertiti** – Carmen Seganfredo e A. S. Franchini
990.**On the Road – o manuscrito original** – Jack Kerouac
991.**Relatividade** – Russell Stannard
992.**Abaixo de zero** – Bret Easton Ellis
993(24).**Andy Warhol** – Mériam Korichi
995.**Os últimos casos de Miss Marple** – Agatha Christie
996.**Nico Demo: Aí vem encrenca** – Mauricio de Sousa
998.**Rousseau** – Robert Wokler
999.**Noite sem fim** – Agatha Christie
1000.**Diários de Andy Warhol (1)** – Editado por Pat Hackett
1001.**Diários de Andy Warhol (2)** – Editado por Pat Hackett
1002.**Cartier-Bresson: o olhar do século** – Pierre Assouline
1003.**As melhores histórias da mitologia: vol. 1** – A.S. Franchini e Carmen Seganfredo
1004.**As melhores histórias da mitologia: vol. 2** – A.S. Franchini e Carmen Seganfredo
1005.**Assassinato no beco** – Agatha Christie
1006.**Convite para um homicídio** – Agatha Christie
1008.**História da vida** – Michael J. Benton
1009.**Jung** – Anthony Stevens
1010.**Arsène Lupin, ladrão de casaca** – Maurice Leblanc
1011.**Dublinenses** – James Joyce
1012.**120 tirinhas da Turma da Mônica** – Mauricio de Sousa
1013.**Antologia poética** – Fernando Pessoa
1014.**A aventura de um cliente ilustre** *seguido de* **O último adeus de Sherlock Holmes** – Sir Arthur Conan Doyle
1015.**Cenas de Nova York** – Jack Kerouac
1016.**A corista** – Anton Tchékhov
1017.**O diabo** – Leon Tolstói
1018.**Fábulas chinesas** – Sérgio Capparelli e Márcia Schmaltz
1019.**O gato do Brasil** – Sir Arthur Conan Doyle
1020.**Missa do Galo** – Machado de Assis
1021.**O mistério de Marie Rogêt** – Edgar Allan Poe
1022.**A mulher mais linda da cidade** – Bukowski
1023.**O retrato** – Nicolai Gogol
1024.**O conflito** – Agatha Christie
1025.**Os primeiros casos de Poirot** – Agatha Christie
1027(25).**Beethoven** – Bernard Fauconnier
1028.**Platão** – Julia Annas
1029.**Cleo e Daniel** – Roberto Freire
1030.**Til** – José de Alencar
1031.**Viagens na minha terra** – Almeida Garrett
1032.**Profissões para mulheres e outros artigos feministas** – Virginia Woolf
1033.**Mrs. Dalloway** – Virginia Woolf
1034.**O cão da morte** – Agatha Christie
1035.**Tragédia em três atos** – Agatha Christie
1037.**O fantasma da Ópera** – Gaston Leroux
1038.**Evolução** – Brian e Deborah Charlesworth
1039.**Medida por medida** – Shakespeare
1040.**Razão e sentimento** – Jane Austen
1041.**A obra-prima ignorada** *seguido de* **Um episódio durante o Terror** – Balzac
1042.**A fugitiva** – Anaïs Nin
1043.**As grandes histórias da mitologia greco-romana** – A. S. Franchini
1044.**O corno de si mesmo & outras historietas** – Marquês de Sade
1045.**Da felicidade** *seguido de* **Da vida retirada** – Sêneca
1046.**O horror em Red Hook e outras histórias** – H. P. Lovecraft
1047.**Noite em claro** – Martha Medeiros
1048.**Poemas clássicos chineses** – Li Bai, Du Fu e Wang Wei
1049.**A terceira moça** – Agatha Christie
1050.**Um destino ignorado** – Agatha Christie
1051(26).**Buda** – Sophie Royer
1052.**Guerra Fria** – Robert J. McMahon
1053.**Simons's Cat: as aventuras de um gato travesso e comilão – vol. 1** – Simon Tofield
1054.**Simons's Cat: as aventuras de um gato travesso e comilão – vol. 2** – Simon Tofield
1055.**Só as mulheres e as baratas sobreviverão** – Claudia Tajes
1057.**Pré-história** – Chris Gosden
1058.**Pintou sujeira!** – Mauricio de Sousa
1059.**Contos de Mamãe Gansa** – Charles Perrault
1060.**A interpretação dos sonhos: vol. 1** – Freud

1061.**A interpretação dos sonhos: vol. 2** – Freud
1062.**Frufru Rataplã Dolores** – Dalton Trevisan
1063.**As melhores histórias da mitologia egípcia** – Carmem Seganfredo e A.S. Franchini
1064.**Infância. Adolescência. Juventude** – Tolstói
1065.**As consolações da filosofia** – Alain de Botton
1066.**Diários de Jack Kerouac – 1947-1954**
1067.**Revolução Francesa – vol. 1** – Max Gallo
1068.**Revolução Francesa – vol. 2** – Max Gallo
1069.**O detetive Parker Pyne** – Agatha Christie
1070.**Memórias do esquecimento** – Flávio Tavares
1071.**Drogas** – Leslie Iversen
1072.**Manual de ecologia (vol.2)** – J. Lutzenberger
1073.**Como andar no labirinto** – Affonso Romano de Sant'Anna
1074.**A orquídea e o serial killer** – Juremir Machado da Silva
1075.**Amor nos tempos de fúria** – Lawrence Ferlinghetti
1076.**A aventura do pudim de Natal** – Agatha Christie
1078.**Amores que matam** – Patricia Faur
1079.**Histórias de pescador** – Mauricio de Sousa
1080.**Pedaços de um caderno manchado de vinho** – Bukowski
1081.**A ferro e fogo: tempo de solidão (vol.1)** – Josué Guimarães
1082.**A ferro e fogo: tempo de guerra (vol.2)** – Josué Guimarães
1084(17).**Desembarcando o Alzheimer** – Dr. Fernando Lucchese e Dra. Ana Hartmann
1085.**A maldição do espelho** – Agatha Christie
1086.**Uma breve história da filosofia** – Nigel Warburton
1088.**Heróis da História** – Will Durant
1089.**Concerto campestre** – L. A. de Assis Brasil
1090.**Morte nas nuvens** – Agatha Christie
1092.**Aventura em Bagdá** – Agatha Christie
1093.**O cavalo amarelo** – Agatha Christie
1094.**O método de interpretação dos sonhos** – Freud
1095.**Sonetos de amor e desamor** – Vários
1096.**120 tirinhas do Dilbert** – Scott Adams
1097.**200 fábulas de Esopo**
1098.**O curioso caso de Benjamin Button** – F. Scott Fitzgerald
1099.**Piadas para sempre: uma antologia para morrer de rir** – Visconde da Casa Verde
1100.**Hamlet (Mangá)** – Shakespeare
1101.**A arte da guerra (Mangá)** – Sun Tzu
1104.**As melhores histórias da Bíblia (vol.1)** – A. S. Franchini e Carmen Seganfredo
1105.**As melhores histórias da Bíblia (vol.2)** – A. S. Franchini e Carmen Seganfredo
1106.**Psicologia das massas e análise do eu** – Freud
1107.**Guerra Civil Espanhola** – Helen Graham
1108.**A autoestrada do sul e outras histórias** – Julio Cortázar
1109.**O mistério dos sete relógios** – Agatha Christie
1110.**Peanuts: Ninguém gosta de mim... (amor)** – Charles Schulz
1111.**Cadê o bolo?** – Mauricio de Sousa
1112.**O filósofo ignorante** – Voltaire
1113.**Totem e tabu** – Freud
1114.**Filosofia pré-socrática** – Catherine Osborne
1115.**Desejo de status** – Alain de Botton
1118.**Passageiro para Frankfurt** – Agatha Christie
1120.**Kill All Enemies** – Melvin Burgess
1121.**A morte da sra. McGinty** – Agatha Christie
1122.**Revolução Russa** – S. A. Smith
1123.**Até você, Capitu?** – Dalton Trevisan
1124.**O grande Gatsby (Mangá)** – F. S. Fitzgerald
1125.**Assim falou Zaratustra (Mangá)** – Nietzsche
1126. **Peanuts: É para isso que servem os amigos (amizade)** – Charles Schulz
1127(27).**Nietzsche** – Dorian Astor
1128.**Bidu: Hora do banho** – Mauricio de Sousa
1129.**O melhor do Macanudo Taurino** – Santiago
1130.**Radicci 30 anos** – Iotti
1131.**Show de sabores** – J.A. Pinheiro Machado
1132.**O prazer das palavras** – vol. 3 – Cláudio Moreno
1133.**Morte na praia** – Agatha Christie
1134.**O fardo** – Agatha Christie
1135.**Manifesto do Partido Comunista (Mangá)** – Marx & Engels
1136.**A metamorfose (Mangá)** – Franz Kafka
1137.**Por que você não se casou... ainda** – Tracy McMillan
1138.**Textos autobiográficos** – Bukowski
1139.**A importância de ser prudente** – Oscar Wilde
1140.**Sobre a vontade na natureza** – Arthur Schopenhauer
1141.**Dilbert (8)** – Scott Adams
1142.**Entre dois amores** – Agatha Christie
1143.**Cipreste triste** – Agatha Christie
1144.**Alguém viu uma assombração?** – Mauricio de Sousa
1145.**Mandela** – Elleke Boehmer
1146.**Retrato do artista quando jovem** – James Joyce
1147.**Zadig ou o destino** – Voltaire
1148.**O contrato social (Mangá)** – J.-J. Rousseau
1149.**Garfield fenomenal** – Jim Davis
1150.**A queda da América** – Allen Ginsberg
1151.**Música na noite & outros ensaios** – Aldous Huxley
1152.**Poesias inéditas & Poemas dramáticos** – Fernando Pessoa
1153.**Peanuts: Felicidade é...** – Charles M. Schulz
1154.**Mate-me por favor** – Legs McNeil e Gillian McCain
1155.**Assassinato no Expresso Oriente** – Agatha Christie
1156.**Um punhado de centeio** – Agatha Christie
1157.**A interpretação dos sonhos (Mangá)** – Freud
1158.**Peanuts: Você não entende o sentido da vida** – Charles M. Schulz
1159.**A dinastia Rothschild** – Herbert R. Lottman
1160.**A Mansão Hollow** – Agatha Christie
1161.**Nas montanhas da loucura** – H.P. Lovecraft
1162(28).**Napoleão Bonaparte** – Pascale Fautrier
1163.**Um corpo na biblioteca** – Agatha Christie
1164.**Inovação** – Mark Dodgson e David Gann
1165.**O que toda mulher deve saber sobre os homens: a afetividade masculina** – Walter Riso
1166.**O amor está no ar** – Mauricio de Sousa
1167.**Testemunha de acusação & outras histórias** – Agatha Christie
1168.**Etiqueta de bolso** – Celia Ribeiro
1169.**Poesia reunida (volume 3)** – Affonso Romano de Sant'Anna
1170.**Emma** – Jane Austen

1171.**Que seja em segredo** – Ana Miranda
1172.**Garfield sem apetite** – Jim Davis
1173.**Garfield: Foi mal...** – Jim Davis
1174.**Os irmãos Karamázov (Mangá)** – Dostoiévski
1175.**O Pequeno Príncipe** – Antoine de Saint-Exupéry
1176.**Peanuts: Ninguém mais tem o espírito aventureiro** – Charles M. Schulz
1177.**Assim falou Zaratustra** – Nietzsche
1178.**Morte no Nilo** – Agatha Christie
1179.**Ê, soneca boa** – Mauricio de Sousa
1180.**Garfield a todo o vapor** – Jim Davis
1181.**Em busca do tempo perdido (Mangá)** – Proust
1182.**Cai o pano: o último caso de Poirot** – Agatha Christie
1183.**Livro para colorir e relaxar** – Livro 1
1184.**Para colorir sem parar**
1185.**Os elefantes não esquecem** – Agatha Christie
1186.**Teoria da relatividade** – Albert Einstein
1187.**Compêndio da psicanálise** – Freud
1188.**Visões de Gerard** – Jack Kerouac
1189.**Fim de verão** – Mohiro Kitoh
1190.**Procurando diversão** – Mauricio de Sousa
1191.**E não sobrou nenhum e outras peças** – Agatha Christie
1192.**Ansiedade** – Daniel Freeman & Jason Freeman
1193.**Garfield: pausa para o almoço** – Jim Davis
1194.**Contos do dia e da noite** – Guy de Maupassant
1195.**O melhor de Hagar 7** – Dik Browne
1196(29).**Lou Andreas-Salomé** – Dorian Astor
1197(30).**Pasolini** – René de Ceccatty
1198.**O caso do Hotel Bertram** – Agatha Christie
1199.**Crônicas de motel** – Sam Shepard
1200.**Pequena filosofia da paz interior** – Catherine Rambert
1201.**Os sertões** – Euclides da Cunha
1202.**Treze à mesa** – Agatha Christie
1203.**Bíblia** – John Riches
1204.**Anjos** – David Albert Jones
1205.**As tirinhas do Guri de Uruguaiana 1** – Jair Kobe
1206.**Entre aspas (vol.1)** – Fernando Eichenberg
1207.**Escrita** – Andrew Robinson
1208.**O spleen de Paris: pequenos poemas em prosa** – Charles Baudelaire
1209.**Satíricon** – Petrônio
1210.**O avarento** – Molière
1211.**Queimando na água, afogando-se na chama** – Bukowski
1212.**Miscelânea septuagenária: contos e poemas** – Bukowski
1213.**Que filosofar é aprender a morrer e outros ensaios** – Montaigne
1214.**Da amizade e outros ensaios** – Montaigne
1215.**O medo à espreita e outras histórias** – H.P. Lovecraft
1216.**A obra de arte na era de sua reprodutibilidade técnica** – Walter Benjamin
1217.**Sobre a liberdade** – John Stuart Mill
1218.**O segredo de Chimneys** – Agatha Christie
1219.**Morte na rua Hickory** – Agatha Christie
1220.**Ulisses (Mangá)** – James Joyce
1221.**Ateísmo** – Julian Baggini
1222.**Os melhores contos de Katherine Mansfield** – Katherine Mansfield
1223(31).**Martin Luther King** – Alain Foix
1224.**Millôr Definitivo: uma antologia de *A Bíblia do Caos*** – Millôr Fernandes
1225.**O Clube das Terças-Feiras e outras histórias** – Agatha Christie
1226.**Por que sou tão sábio** – Nietzsche
1227.**Sobre a mentira** – Platão
1228.**Sobre a leitura *seguido do* Depoimento de Céleste Albaret** – Proust
1229.**O homem do terno marrom** – Agatha Christie
1230(32).**Jimi Hendrix** – Franck Médioni
1231.**Amor e amizade e outras histórias** – Jane Austen
1232.**Lady Susan, Os Watson e Sanditon** – Jane Austen
1233.**Uma breve história da ciência** – William Bynum
1234.**Macunaíma: o herói sem nenhum caráter** – Mário de Andrade
1235.**A máquina do tempo** – H.G. Wells
1236.**O homem invisível** – H.G. Wells
1237.**Os 36 estratagemas: manual secreto da arte da guerra** – Anônimo
1238.**A mina de ouro e outras histórias** – Agatha Christie
1239.**Pic** – Jack Kerouac
1240.**O habitante da escuridão e outros contos** – H.P. Lovecraft
1241.**O chamado de Cthulhu e outros contos** – H.P. Lovecraft
1242.**O melhor de Meu reino por um cavalo!** – Edição de Ivan Pinheiro Machado
1243.**A guerra dos mundos** – H.G. Wells
1244.**O caso da criada perfeita e outras histórias** – Agatha Christie
1245.**Morte por afogamento e outras histórias** – Agatha Christie
1246.**Assassinato no Comitê Central** – Manuel Vázquez Montalbán
1247.**O papai é pop** – Marcos Piangers
1248.**O papai é pop 2** – Marcos Piangers
1249.**A mamãe é rock** – Ana Cardoso
1250.**Paris boêmia** – Dan Franck
1251.**Paris libertária** – Dan Franck
1252.**Paris ocupada** – Dan Franck
1253.**Uma anedota infame** – Dostoiévski
1254.**O último dia de um condenado** – Victor Hugo
1255.**Nem só de caviar vive o homem** – J.M. Simmel
1256.**Amanhã é outro dia** – J.M. Simmel
1257.**Mulherzinhas** – Louisa May Alcott
1258.**Reforma Protestante** – Peter Marshall
1259.**História econômica global** – Robert C. Allen
1260(33).**Che Guevara** – Alain Foix
1261.**Câncer** – Nicholas James
1262.**Akhenaton** – Agatha Christie
1263.**Aforismos para a sabedoria de vida** – Arthur Schopenhauer
1264.**Uma história do mundo** – David Coimbra
1265.**Ame e não sofra** – Walter Riso
1266.**Desapegue-se!** – Walter Riso
1267.**Os Sousa: Uma famíla do barulho** – Mauricio de Sousa
1268.**Nico Demo: O rei da travessura** –

Mauricio de Sousa
1269.**Testemunha de acusação e outras peças** – Agatha Christie
1270(34).**Dostoiévski** – Virgil Tanase
1271.**O melhor de Hagar 8** – Dik Browne
1272.**O melhor de Hagar 9** – Dik Browne
1273.**O melhor de Hagar 10** – Dik e Chris Browne
1274.**Considerações sobre o governo representativo** – John Stuart Mill
1275.**O homem Moisés e a religião monoteísta** – Freud
1276.**Inibição, sintoma e medo** – Freud
1277.**Além do princípio de prazer** – Freud
1278.**O direito de dizer não!** – Walter Riso
1279.**A arte de ser flexível** – Walter Riso
1280.**Casados e descasados** – August Strindberg
1281.**Da Terra à Lua** – Júlio Verne
1282.**Minhas galerias e meus pintores** – Kahnweiler
1283.**A arte do romance** – Virginia Woolf
1284.**Teatro completo v. 1: As aves da noite** ***seguido de*** **O visitante** – Hilda Hilst
1285.**Teatro completo v. 2: O verdugo** ***seguido de*** **A morte do patriarca** – Hilda Hilst
1286.**Teatro completo v. 3: O rato no muro** ***seguido de*** **Auto da barca de Camiri** – Hilda Hilst
1287.**Teatro completo v. 4: A empresa** ***seguido de*** **O novo sistema** – Hilda Hilst
1289.**Fora de mim** – Martha Medeiros
1290.**Divã** – Martha Medeiros
1291.**Sobre a genealogia da moral: um escrito polêmico** – Nietzsche
1292.**A consciência de Zeno** – Italo Svevo
1293.**Células-tronco** – Jonathan Slack
1294.**O fim do ciúme e outros contos** – Proust
1295.**A jangada** – Júlio Verne
1296.**A ilha do dr. Moreau** – H.G. Wells
1297.**Ninho de fidalgos** – Ivan Turguêniev
1298.**Jane Eyre** – Charlotte Brontë
1299.**Sobre gatos** – Bukowski
1300.**Sobre o amor** – Bukowski
1301.**Escrever para não enlouquecer** – Bukowski
1302.**222 receitas** – J. A. Pinheiro Machado
1303.**Reinações de Narizinho** – Monteiro Lobato
1304.**O Saci** – Monteiro Lobato
1305.**Memórias da Emília** – Monteiro Lobato
1306.**O Picapau Amarelo** – Monteiro Lobato
1307.**A reforma da Natureza** – Monteiro Lobato
1308.**Fábulas** ***seguido de*** **Histórias diversas** – Monteiro Lobato
1309.**Aventuras de Hans Staden** – Monteiro Lobato
1310.**Peter Pan** – Monteiro Lobato
1311.**Dom Quixote das crianças** – Monteiro Lobato
1312.**O Minotauro** – Monteiro Lobato
1313.**Um quarto só seu** – Virginia Woolf
1314.**Sonetos** – Shakespeare
1315(35).**Thoreau** – Marie Berthoumieu e Laura El Makki
1316.**Teoria da arte** – Cynthia Freeland
1317.**A arte da prudência** – Baltasar Gracián
1318.**O louco** ***seguido de*** **Areia e espuma** – Khalil Gibran
1319.**O profeta** ***seguido de*** **O jardim do profeta** – Khalil Gibran
1320.**Jesus, o Filho do Homem** – Khalil Gibran
1321.**A luta** – Norman Mailer
1322.**Sobre o sofrimento do mundo e outros ensaios** – Schopenhauer
1323.**Epidemiologia** – Rodolfo Sacacci
1324.**Japão moderno** – Christopher Goto-Jones
1325.**A arte da meditação** – Matthieu Ricard
1326.**O adversário secreto** – Agatha Christie
1327.**Pollyanna** – Eleanor H. Porter
1328.**Espelhos** – Eduardo Galeano
1329.**A Vênus das peles** – Sacher-Masoch
1330.**O 18 de brumário de Luís Bonaparte** – Karl Marx
1331.**Um jogo para os vivos** – Patricia Highsmith
1332.**A tristeza pode esperar** – J.J. Camargo
1333.**Vinte poemas de amor e uma canção desesperada** – Pablo Neruda
1334.**Judaísmo** – Norman Solomon
1335.**Esquizofrenia** – Christopher Frith & Eve Johnstone
1336.**Seis personagens em busca de um autor** – Luigi Pirandello
1337.**A Fazenda dos Animais** – George Orwell
1338.**1984** – George Orwell
1339.**Ubu Rei** – Alfred Jarry
1340.**Sobre bêbados e bebidas** – Bukowski
1341.**Tempestade para os vivos e para os mortos** – Bukowski
1342.**Complicado** – Natsume Ono
1343.**Sobre o livre-arbítrio** – Schopenhauer
1344.**Uma breve história da literatura** – John Sutherland
1345.**Você fica tão sozinho às vezes que até faz sentido** – Bukowski
1346.**Um apartamento em Paris** – Guillaume Musso
1347.**Receitas fáceis e saborosas** – José Antonio Pinheiro Machado
1348.**Por que engordamos** – Gary Taubes
1349.**A fabulosa história do hospital** – Jean-Noël Fabiani
1350.**Voo noturno** ***seguido de*** **Terra dos homens** – Antoine de Saint-Exupéry
1351.**Doutor Sax** – Jack Kerouac
1352.**O livro do Tao e da virtude** – Lao-Tsé
1353.**Pista negra** – Antonio Manzini
1354.**A chave de vidro** – Dashiell Hammett
1355.**Martin Eden** – Jack London
1356.**Já te disse adeus, e agora, como te esqueço?** – Walter Riso
1357.**A viagem do descobrimento** – Eduardo Bueno
1358.**Náufragos, traficantes e degredados** – Eduardo Bueno
1359.**Retrato do Brasil** – Paulo Prado
1360.**Maravilhosamente imperfeito, escandalosamente feliz** – Walter Riso
1361.**É...** – Millôr Fernandes
1362.**Duas tábuas e uma paixão** – Millôr Fernandes
1363.**Selma e Sinatra** – Martha Medeiros
1364.**Tudo que eu queria te dizer** – Martha Medeiros
1365.**Várias histórias** – Machado de Assis
1366.**A sabedoria do Padre Brown** – G.K. Chesterton
1367.**Capitães do Brasil** – Eduardo Bueno
1368. **O falcão maltês** – Dashiell Hammett

IMPRESSÃO:

PALLOTTI
GRÁFICA

Santa Maria - RS | Fone: (55) 3220.4500

www.graficapallotti.com.br